योग तत्व

डॉक्टर बिजेंद्र सिंह

डॉक्टर सविता

प्रवीण पाटिल

डॉक्टर अनिल थपलियाल

अंजुमन प्रकाशन

Title : Yog Tatva
Author : Dr. Bijendra Singh, Dr. Savita, Praveen Patil, Dr. Anil Thapaliyal

Published By-
Anjuman Prakashan
942, Mutthiganj, Prayagraj, 211003
www.anjumanpublication.com
anjumanprakashan@gmail.com

Printed and bound in India.
Hardcover, First published by Anjuman Prakashan in 2022
ISBN : 978-93-91531-82-9

Printing rights reserved : Anjuman Prakashan 2022
Cover & Typeset by Anjuman Prakashan

भूमिका

नमामीशमीशान निर्वाणरूपं । विभुं व्यापकं ब्रह्मवेदस्वरूपम् ॥
निजं निर्गुणं निर्विकल्पं निरीहं । चिदाकाशमाकाशवासं भजेऽहम् ॥1 ॥

(हे मोक्षरूप, विभु, व्यापक ब्रह्म, वेदस्वरूप ईशानदिशा के ईश्वर और सबके स्वामी शिवजी, मैं आपको नमस्कार करता हूं. निज स्वरूप में स्थित, भेद रहित, इच्छा रहित, चेतन, आकाश रूप शिवजी मैं आपको नमस्कार करता हूं.)

हजारों वर्ष पहले भारत में ऋषियों (बुद्धिजीवियों और संतों) ने अपनी ध्यानावस्था में प्रकृति और ब्रह्माण्ड की खोज की थी। उन्होंने भौतिक और आध्यात्मिक शासनों के कानूनों का पता किया था और विश्व में संबंधों की अंतर्दृष्टि प्राप्त की थी। उन्होंने ब्रह्माण्ड के नियमों, प्रकृति के नियम और तत्त्वों, धरती पर जीवन और ब्रह्माण्ड में कार्यरत शक्तियों और ऊर्जाओं-बाह्य संसार और आध्यात्मिक स्तर दोनों पर ही, जांच की थी। पदार्थ और ऊर्जा की एकता, ब्रह्माण्ड का उद्गम और प्राथमिक शक्तियों के प्रभावों का वर्णन और स्पष्टीकरण वेदों में किया गया है। इस ज्ञान का पर्याप्त अंश पुनरू खोजा गया और आधुनिक विज्ञान द्वारा उसकी पुष्टि-सत्य अनुभूति की गई है। इन अनुभवों और अंतर्दृष्टियों से एक अति दूरगामी और योग नाम से ज्ञात प्रणाली प्रारम्भ हुई।

प्रस्तुत पुस्तक योग तत्व में विभिन्न कोर्स जैसे M.Sc, M.A,B.sc,B.A., Diploma Yogic Science, Certificate in Yogic Science, M.Phil, Ph.D, आदि योग के कोर्स के लिए लिखी गई सर्वश्रेष्ठ पुस्तक हैं इस पुस्तक के अंतर्गत योग का इतिहास, योग का आधुनिक काल, आध्यात्मिक काल नारद भक्ति सूत्र योग, वशिष्ठ संहिता, मंत्र योग, राजयोग, कुंडली योग,योगियों का परिचय,संतो साहित्य में योग का परिचय और आधुनिक समय के योगी की समुचित व्याख्या की गई है। इस पुस्तक योग तत्व को आपकी सेवा में प्रस्तुत किया जा रहा है। विद्यार्थियों व पाठकों को हार्दिक शुभकामनाएं।

डॉक्टर बिजेंद्र सिंह
डॉक्टर सविता प्रवीण पाटिल
डॉक्टर अनिल थपलियाल

अनुक्रम

योग का इतिहास

ऐसा माना जाता है कि जब से सभ्यता शुरू हुई है तभी से योग किया जा रहा है। योग के विज्ञान की उत्पत्ति हजारों साल पहले हुई थी, पहले धर्मों या आस्था के जन्म लेने से काफी पहले हुई थी। योग विद्या में शिव को पहले योगी या आदि योगी तथा पहले गुरु या आदि गुरु के रूप में माना जाता है। योग की उत्पत्ति भारत में लगभग 5,000 साल पहले हुई थी। 6 वीं शताब्दी ईसा पूर्व में, सिद्धार्थ गौतम ने 35 वर्ष की आयु में आत्मज्ञान प्राप्त किया। यह बौद्ध धर्म और योग के बीच घनिष्ठ संबंध की शुरूआत थी। वास्तव में, बौद्ध धर्म में, ध्यान और योग की शारीरिक मुद्राएँ अधिकांश प्रथाओं का एक अभिन्न अंग हैं।

योग से सम्बन्धित सबसे प्राचीन ऐतिहासिक साक्ष्य सिन्धु घाटी सभ्यता से प्राप्त वस्तुएँ हैं जिनकी शारीरिक मुद्राएँ और आसन उस काल में योग के अस्तित्व के प्रत्यक्ष प्रमाण हैं। योग के इतिहास पर यदि हम दृष्टिपात करें तो इसके प्रारम्भ या अन्त का कोई प्रमाण नहीं मिलता, लेकिन योग का वर्णन सर्वप्रथम वेदों में मिलता है और वेद सबसे प्राचीन साहित्य माने जाते हैं।

योग करते हुए पिलों के साथ सिंधु - सरस्वती घाटी सभ्यता के अनेक जीवाश्म अवशेष एवं मुहरें भारत में योग की मौजूदगी का सुझाव देती हैं। देवी माँ की मूर्तियों की मुहरें, लैंगिक प्रतीक तंत्र योग का सुझाव देते हैं। लोक परंपराओं, सिंधु घाटी सभ्यता, वैदिक एवं उपनिषद की विरासत, बौद्ध एवं जैन परंपराओं, दर्शनों, महाभारत एवं रामायण नामक महाकाव्यों, शैवों, वैष्णवों की आस्तिक परंपराओं एवं तांत्रिक परंपराओं में योग की मौजूदगी है। इसके अलावा, एक आदि या शुद्ध योग था जो दक्षिण एशिया की रहस्यवादी परंपराओं में अभिव्यक्त हुआ है। यह समय ऐसा था जब योग गुरु के सीधे मार्गदर्शन में किया जाता था तथा इसके आध्यात्मिक मूल्य को विशेष महत्व दिया जाता था। यह उपासना का अंग था तथा योग साधना उनके संस्कारों में रचा-बसा था। वैदिक काल के दौरान सूर्य को सबसे अधिक महत्व दिया गया। हो सकता है कि इस प्रभाव की वजह से आगे चलकर सूर्य नमस्कार की प्रथा का आविष्कार किया गया हो। प्राणायाम दैनिक संस्कार का हिस्सा था तथा यह समर्पण के लिए किया जाता था। हालाँकि पूर्व वैदिक काल में योग किया जाता था, महान संत महर्षि पतंजलि ने अपने योग सूत्रों के माध्यम से उस समय विद्यमान योग की प्रथाओं, इसके आशय एवं इससे संबंधित ज्ञान को व्यवस्थित एवं कूटबद्ध किया। पतंजलि के बाद, अनेक ऋषियों एवं योगाचार्यों ने अच्छी तरह प्रलेखित अपनी प्रथाओं एवं साहित्य के माध्यम से योग के परिरक्षण एवं विकास में काफी योगदान दिया।

योग के काल खण्ड

श्रुतिकाल-

(आदिकाल से 2300 ई. पू.) वेदों से लेकर भगवान बुद्ध के बाद लगभग दो शताब्दी तक का काल श्रुतिकाल माना जाता है इस काल में वेदों, उपनिषदों व् अन्य श्रुतियों की रचना हुई जिनमें योग के सम्बन्ध में अनेक उल्लेख मिलते हैं। इससे स्पष्ट होता है कि योग के शारीरिक, मानसिक तथा आध्यात्मिक पक्ष को भली प्रकार से जानने वाले और योग के अंतिम लक्षण को अपने जीवन में प्रत्यक्ष अनुभव करने वाले सिद्ध लोग भारतवर्ष में थे।

दर्शनों का काल -

(2000 ई. पू.) योग के सभी तथ्यों एवं संकल्पनाओं का संग्रह करके, योग का एक स्वतंत्र शास्त्र व् दर्शन "योग-दर्शन" महर्षि पतंजलि द्वारा ई. पू. दूसरी शताब्दी के आस-पास लिखा गया और इसके साथ ही योग के इतिहास का दूसरा कालखण्ड प्रारम्भ हुआ इस काल में अनेक दर्शन शास्त्रों की रचना हुई, जिनमें से अधिकांश दर्शनों में योग की चर्चा हुई है।

टीकाकाल -

(400 सदी से 1000 सदी तक) इस काल में "योग-सूत्र" पर व्यास भाष्य की रचना और अन्य टिकाएँ लिखी गयी, जिनमें योग के सिद्धांतों और मान्यताओं की सविस्तार चर्चा पायी जाती है योग का प्रचार और अनुसंधान भी इस काल में किये गये।

भक्ति एवं हठयोग का उत्कर्ष काल

(1000 सदी से 1900 सदी तक) इस काल में नाथ सम्प्रदाय का प्रसार हुआ, जिनकी मुख्य विशेषता थी "शारीरिक क्रियाओं द्वारा मन को वश में करना" भक्ति सम्प्रदाय का विकास और हठयोग व् तंत्रयोग के अनेक ग्रंथो की रचना भी इसी काल में की गयी।

आधुनिक काल

(1900 सदी से आज तक) इस काल में योग के आचार्य के रूप में "स्वामी दयानन्द" का उल्लेख सर्वप्रथम होता है, जिन्होंने अपने अमर ग्रन्थ "सत्यार्थ प्रकाश" सहित अनेक वैदिक ग्रंथो के द्वारा योग की भ्रांतियों का खंडन करके स्पष्ट दिशा निर्देश किया। स्वामी विवेकानंद ने शिकागो के धर्म संसद में अपने ऐतिहासिक भाषण में योग का उल्लेख कर सारे विश्व को योग से परिचित कराया. महर्षि महेश योगी, परमहंस योगानंद, रमण महर्षि जैसे कई योगियों ने पश्चिमी दुनिया को प्रभावित किया और धीरे-धीरे योग एक धर्मनिरपेक्ष, आध्यात्मिक अभ्यास के बजाय एक रस्म-आधारित धार्मिक सिद्धांत के रूप में दुनिया भर में स्वीकार किया गया।

योग परम्परा को आगे बढ़ाने में इसी काल में महर्षि रमण, श्री अरविन्द, स्वामी शिवानंद और स्वामी कैवल्यानंद जी, महर्षि महेशयोगी और स्वामी धीरेन्द्र ब्रह्मचारी का महत्वपूर्ण योगदान है। स्वामी धीरेन्द्र ब्रह्मचारी ने केंद्रीय विद्यालयों में योग को पाठ्यक्रम के रूप में मान्यता लायीदिलायी।

योग

योग शब्द का अर्थ- पाणिनी ने 'योग' शब्द की व्युत्पत्ति 'युजिर् योगे', 'युज् समाधौ' तथा 'युज् संयमने' इन तीन धातुओं से मानी है। प्रथम व्युत्पत्ति के अनुसार 'योग' शब्द का अनेक अर्थों में प्रयोग किया गया है।, जैसे - जोड़ना, मिलाना, मेल आदि। इसी आधार पर जीवात्मा और परमात्मा का मिलन योग कहलाता है। इसी संयोग की अवस्था को "समाधि" की संज्ञा दी जाती है जो कि जीवात्मा और परमात्मा की समता होती है।

महर्षि पतंजलि ने योग शब्द को समाधि के अर्थ में प्रयुक्त किया है। व्यास जी ने 'योगः समाधिः' कहकर योग शब्द का अर्थ समाधि ही किया है।

संस्कृत व्याकरण के आधार पर 'योग' शब्द की व्युत्पत्ति

1. "युज्यते एतद् इति योगः - इस व्युत्पत्ति के अनुसार कर्मकारक में योग शब्द का अर्थ चित्त की वह अवस्था है जब चित्त की समस्त वृत्तियों में एकाग्रता आ जाती है।

2. "युज्यते अनेन अति योगः - इस व्युत्पत्ति के अनुसार करण कारक में योग शब्द का अर्थ वह साधन है जिससे समस्त चित्त वृत्तियों में एकाग्रता लायी जाती है।

3. "युज्यतेऽस्मिन् इति योगः" - इस व्युत्पत्ति के अनुसार योग शब्द का अर्थ वह स्थान है जहाँ चित्त की वृत्तियाँ की एकाग्रता उत्पन्न की जाती है।

योग शब्द संस्कृत की युज् धातु से बना है जिसका अर्थ जुड़ना या एकजुट होना या शामिल होना है। योग से जुड़े ग्रंथों के अनुसार योग करने से व्यक्ति की चेतना ब्रह्मांड की चेतना से जुड़ जाती है जो मन एवं शरीर, मानव एवं प्रकृति के बीच परिपूर्ण सामंजस्य का द्योतक है।

योग की परिभाषाएँ

महर्षि पतंजलि ने योग को परिभाषित करते हुए कहा है -

'योगश्चित्तवृत्तिनिरोधः' यो.सू. 1/2

अर्थात् चित्त की वृत्तियों का निरोध करना ही योग है। चित्त का तात्पर्य, अन्तःकरण से है। ब्राह्मकरण ज्ञानेन्द्रियाँ जब विषयों का ग्रहण करती है, मन उस ज्ञान को आत्मा तक पहुँचाता है। आत्मा साक्षी भाव से देखता है। बुद्धि व अहंकार विषय का निश्चय करके उसमें कर्तव्य भाव लाते है।

गीता में - गीता अर्जुन को समझाते हुए योग के सदंर्भ में भगवान श्रीकृष्ण कहते हैं -

योगस्थ कुरूकर्माणि संगत्यक्त्वा धनरजय।
सिद्यसिद्ध्योसमो भूत्वा समत्ंव योग उच्चते॥
(गीता 2/48)

अर्थात अर्जुन तुम कर्म फलों की आसक्ति को त्यागकर, सिद्धि और असिद्धि जय और पराजय, मान और अपमान में समभाव रखते हुए कार्य कर क्योंकि यह समत्वं की भावना ही योग है।

पुनःभगवान श्रीकृष्ण कर्मयोग पर प्रकाश डालते हुए कहते हैं-

बुद्धियुक्तो जहातीह उमे सुकृत दृष्कृते ।
तस्माधोगाय युज्स्व योगः कर्मसु कौशलम् ॥

अर्थात हे अर्जुन बुद्धिमान पुरुष अच्छे .एवं बुरे दोनों ही कर्मों को इसी लोक में त्याग देते हैं तथा आसक्ति रहित होकर कर्म करते हैं क्योंकि कर्मों में कुशलता ही योग है।

अग्नि पुराण के अनुसार -

आत्ममानसप्रत्यक्षा विशिष्टा या मनोगतिः ।
तस्या ब्रह्मणि संयोग योग इत्यभि धीयते ॥
अग्नि पुराण (379)25

अर्थात् योग मन की एक विशिष्ट अवस्था है जब मन में आत्मा को और स्वयंस्वयं मन को प्रत्यक्ष करने की योग्यता आ जाती है, तब उसका ब्रह्म के साथ संयोग हो जाता है। संयोग का अर्थ है कि ब्रह्म की समरूपता उसमें आ जाती है। यह कामरूपता की स्थिति की योग है।

स्कन्द पुराण के अनुसार -

यव्समत्वं द्वयोरत्र जीवात्म परमात्मनोः ।
सा नष्टसर्वसंकल्पः समाधिरमिद्दीयते ॥
परमात्मात्मनोयोडयम विभागः परन्तप ।
स एवं तु परो योगः समासात्क थितस्तव ॥

यहाँ प्रथम श्लोक में जीवात्मा और परमात्मा की समता को समाधि कहा गया है तथा दूसरे श्लोक में परमात्मा और आत्मा की अभिन्नता को परम योग कहा गया है। इसका अर्थ यह है कि समाधि ही योग है। वृत्ति निरोध की अवस्था में ही जीवात्मा और परमात्मा की यह समता और दोनों का अविभाग हो सकता है। यह बात नष्ट सर्व संकल्पः पद के द्वारा कही गयी है।

योगशिखोपनिषद् के अनुसार -

योऽपानप्राणयोरैक्यं स्वरजोरेतसोस्तथा।
सूर्याचन्द्रमसोर्योगो जीवात्मपरमात्मनोः।
एवं तु द्वन्द्व जालस्य संयोगो योग उच्यते॥
1/68-69

अर्थात् अपान और प्राण की एकता कर लेना, स्वरज महाशक्ति कुण्डलिनी को स्वरेत आत्मतत्त्व के साथ संयुक्त करना, सूर्य अर्थात् पिंगला और चन्द्र अर्थात् इड़ा स्वर का संयोग करना तथा परमात्मा से जीवात्मा का मिलन योग है।

हठयोग प्रदीपिका के अनुसार -
सलिबे सैन्धवं यद्वत साम्यं भजति योगतः।
तयात्ममनसोरैक्यं समाधिरभी घीयते॥
(4/5)

अर्थात् जिस प्रकार नमक जल में मिलकर जल की समानता को प्राप्त हो जाता है; उसी प्रकार जब मन वृत्ति शून्य होकर आत्मा के साथ ऐक्य को प्राप्त कर लेता है तो मन की उस अवस्था का नाम समाधि है।

वेदांत के अनुसार-

आत्मा का परमात्मा से पूर्ण रूप से मिलन होना ही योग कहलाता है

प्रत्यभिज्ञानानुसार-

शिव और आत्मा के अभेद्य ज्ञान का नाम ही योग है

महर्षि व्यास के अनुसार योग -

'योग समाधिः' ।

महर्षि व्यास ने योग को परिभाषित करते हुए कहा है, योग नाम समाधि का है। जिसका भाव यह है कि समाधि द्वारा जीवात्मा उस सत्-चित्त-आनन्द स्वरूप ब्रह्म का साक्षात्कार करे और यही योग है।

याज्ञवल्यक स्मृति के अनुसार -

'संयोगो योग इत्यक्तो जीवात्मा - परमात्मनो ।'

अर्थात् जीवात्मा परमात्मा के मिलन को योग कहते हैं। अज्ञानता के कारण यह जीवात्मा संसार चक्र में फंसा रहता है। ज्ञान के उदय होने पर उसका परमात्मा से मिलन हो जाता है। फलस्वरूप उसके सभी दुःख समाप्त हो जाते हैं। इस प्रकार आत्मा-परमात्मा के मिलन की स्थिति ही योग है। **गोरक्ष संहिता के अनुसार -**

द्विजसेवित शाखस्य श्रुति कस्पतरोः फलम् ।
शमन भव तापस्य योगं भजत सत्तमाः ॥"

अर्थात् वेद रूपी कल्प वृक्ष के फल योग शास्त्र है। इस योग शास्त्र के सेवन से संसार के तीन प्रकार के ताप का शमन होता हैं।

शिव संहिता के अनुसार -

यस्मिन् ज्ञाते सर्वमिदं ज्ञातं भवति निश्चितम् ।

तस्मिन् परिश्रमः कार्यः किमन्यच्छास्य भावितम् ॥

जिसके जानने से यह संसार जाना जाता है, ऐसे योग शास्त्र को जानने के लिए परिश्रम करना चाहिए। अन्य शास्त्रों को जानने का प्रयोजन फिर कुछ नहीं रह जाता है।

महोपनिषद के अनुसार -

मनः प्रश्मनोपायो योग इत्याभिधीयते ।

अर्थात् मन के प्रशमन का उपाय ही योग है। मन का प्रशमन अर्थात् मन का रम जाना या स्थिर हो जाना ही योग है।

आचार्य हरिभद्र के अनुसार- *मोक्ष से जोड़ने वाले सभी व्यवहार योग है ।*

सांख्य दर्शन के अनुसार - *पुरुषप्रकृत्योर्वियोगेपि योगइत्यमिधीयते ।*

अर्थात् पुरुष एवं प्रकृति के पार्थक्य को स्थापित कर पुरुष का स्व स्वरूप में अवस्थित होना ही योग है।

विष्णुपुराण के अनुसार - *योग संयोग इत्युक्तः जीवात्म परमात्मने अर्थात् जीवात्मा तथा परमात्मा का पूर्णतया मिलन ही योग है ।*

व्यास जी के अनुसार- *आत्मज्ञान प्राप्त करने की अवस्था योग है ।*

स्वामी विवेकानन्द के अनुसार- *योग वह विज्ञान है, जो हमारे चित्त को इन परिवर्तनों में पड़ने से बचना सिखाता है ।*

योग का उद्‌भव एवं विकास क्रम

योग का उद्‌भव-

योग का उपदेश सर्वप्रथम हिरण्य गर्भ ब्रह्मा ने सनकादिकों को, पश्चात विवस्वान (सूर्य) को दिया। बाद में यह दो शाखाओं में विभक्त हो गया। एक ब्रह्मयोग और दूसरा कर्मयोग। ब्रह्मयोग की परम्परा सनक, सनन्दन, सनातन, कपिल, और पच्चंशिख नारद-शुकादिकों ने शुरू की थी। यह ब्रह्मयोग लोगों के बीच में ज्ञान, अध्यात्म और सांख्य योग नाम से प्रसिद्ध हुआ।

दूसरी कर्मयोग की परम्परा विवस्वान की है। विवस्वान ने मनु को, मनु ने इक्ष्वाकु को, इक्ष्वाकु ने राजर्षियों एवं प्रजाओं को योग का उपदेश दिया। उक्त सभी बातों का वेद और पुराणों में उल्लेख मिलता है। वेद को संसार की प्रथम पुस्तक माना जाता है जिसका उत्पत्ति काल लगभग 10000 वर्ष पूर्व का माना जाता है। पुरातत्ववेत्ताओं के अनुसार योग की उत्पत्ति 5000 ई.पू. में हुई। गुरु-शिष्य परम्परा के द्वारा योग का ज्ञान परम्परागत तौर पर एक पीढ़ी से दूसरी पीढ़ी को मिलता रहा। जीवन को सुखमय बनाते हुए जीवन के चरम लक्ष्य मुक्ति के मार्ग को समझाया गया है। इस मुक्ति के मार्ग के साधन के रूप में योग मार्ग का उल्लेख किया जाता हो सर्वप्रथम ऋग्वेद में कहा गया है-

यजजते मन उत यृञजते धियों विप्रा विप्रस्थ बृहतो विपश्रिचतः ॥

अर्थात जीव (मनुष्य) को परमेश्वर की उपासना नित्य करनी उचित है वह मनुष्य अपने मन को सब विद्याओं से युक्त परमेश्वर में स्थित करें। यहाँ पर मन को परमेश्वर में स्थिर करने का साधन योगाभ्यास का निर्देश दिया गया है

यजुर्वेद में पुनः कहा गया-

योगे योगे तवस्तंर वाजे-वाजे हवामहे।

सखाय इन्द्रमूतये ॥

अर्थात बार-बार योगाभ्यास करते और बार-बार शारीरिक एवं मानसिक बल बढ़ाते समय हम सब परस्पर मित्र भाव से युक्त होकर अपनी रक्षा के लिए अनंत बलवान, ऐश्वर्यशाली ईश्वर का ध्यान करते हैं तथा उसका आवाहन करते हैं।

योग के उद्‌भव अथवा प्रथम वक्ता के याज्ञवल्क्य स्मृति में कहा गया है-

हिरण्यगर्भो योगास्थ वक्ता नास्यःपुरातनः।

अर्थात हिरण्यगर्भ ही योग के सबसे पुरातन अथवा आदि प्रवक्ता है।

उपनिषद में इसके पर्याप्त प्रमाण उपलब्ध हैं। कठोपनिषद में इसके लक्षण को बताया गया है-

श्तां योगमित्तिमन्यन्ते स्थिरोमिन्द्रिय धारणम्।

योगाभ्यास का प्रामाणिक चित्रण लगभग 3000 ई.पू. सिन्धु घाटी सभ्यता के समय की मोहरों और मूर्तियों में मिलता है। योग का प्रामाणिक ग्रंथ श्योगसूत्र 200 ई.पू. योग पर लिखा गया पहला सुव्यवस्थित ग्रंथ है। हिंदू, जैन और बौद्ध धर्म में योग का अलग-अलग तरीके से वर्गीकरण किया गया है। इन सबका मूल वेद और उपनिषद ही रहा है।

वैदिक काल में यज्ञ और योग का बहुत महत्व था। इसके लिए उन्होंने चार आश्रमों की व्यवस्था निर्मित की थी। ब्रह्मचर्य आश्रम में वेदों की शिक्षा के साथ ही शस्त्र और योग की शिक्षा भी दी जाती थी। ऋग्वेद को 1500 ई.पू. से 1000 ई.पू. के बीच लिखा गया माना जाता है।

योग का विकास क्रम

योग विद्या का उद्देश्य हिरण्यगर्भ (परमात्मा) द्वारा किया गया तथा वेदों में इसका वर्णन प्राप्त हुआ वेदों के उपरान्त इस विद्या का प्रचार प्रसार संसार में हुआ तथा यह विकास अभी तक चलता आ रहा है अब हम इसी विकास क्रम पर दृष्टिगत करते हैं

वेदों में योग का विकास क्रम

वेद संसार के आदि ग्रन्थ है सृष्टि के आरम्भ में अग्नि, वायु, आदित्य, एवं अंगिरा नामक ऋषियों ने परमात्मा से प्राप्त प्रेरणा के आधार पर वेदों की रचना की इसी कारण वेद को परमात्मा की वाणी की संज्ञा दी जाती है योग भारतीय जीवन पद्धति का एक अति विशिष्ट अंग है और वेद भारतीय संस्कृति का सबसे प्राचीन ग्रंथ हैं। सृष्टि के आरंभ में अग्नि, वायु, आदित्य और अंगिरा चार ऋषियों को परमात्मा ने वेद का ज्ञान प्रदान किया। साथ ही योग विद्या का भी वर्णन किया। इन ऋषियों ने भी वैदिक मंत्रों के दर्शन से पूर्व योग साधना अवश्य की होगी इसलिए वेदों में कई जगह पर योग की चर्चा की गयी है। वेद विश्व के ज्ञान-विज्ञान के भंडार हैं। वेदों का मुख्य प्रतिपाद्य विषय आध्यात्मिक उन्नति करना है। इसके लिये यज्ञ, उपासना, पूजा व अन्य कर्म-काण्डों का वर्णन किया गया है। इन सबसे पूर्व योग साधना का विधान किया गया है। इसी संदर्भ में वेद में कहा गया है-

ऋग्वेद में कहा गया है-

यस्माद्दते न सिध्यति यज्ञोविपश्चितश्चन ।
स धीनां योगमिन्वति ॥ ऋग्वेद

अर्थात् विद्वानों का कोई भी कर्म बिना योग के पूर्ण (सिद्ध) नहीं होता । इस बात से यह सिद्ध होता है कि वेदों में योग विद्या को कितना महत्व दिया गया है । अर्थात् जिन (इन्द्र-अग्नि) देवता के बिना ज्ञानी का यज्ञ भी सफल नहीं होता, उसी में ज्ञानियों को अपनी बुद्धि और कर्मों का योग करना चाहिए, उसी देव में उन्हें अपनी बुद्धि और कर्मों को अन्य रूप से एकाग्र करना चाहिए ।

वेदों में कहा गया है कि योगाभ्यास के द्वारा प्राप्त विवेक ख्याति (ऋतंभरा-प्रज्ञा) ईश्वर की कृपा से ही होती है । वेद के निम्न निर्दिष्ट मंत्र इसी भाव को प्रकट करते हैं-

स द्या नो योगआभुपत् स राये स पुरंध्याम ।
गमद् वाजेभरा स नः ॥ सामवेद

अर्थात् ईश्वर की कृपा से हमें योग (समाधि) सिद्ध होकर विवेक ख्याति तथा ऋतंभरा-प्रज्ञा प्राप्त हो और वही ईश्वर अणिमा आदि सिद्धियों सहित हमारे पास आवे । इसी कारण योगसिद्ध के लिए वेदों में प्रार्थना की गयी है ।

योग सिद्धि के लिए वेदों में प्रार्थना करते हुए कहा गया है-

योगे-योगे तवस्तरं वाजे-वाजे हवामहे ।
सखाय इन्द्र मूर्तयेद ऋग्वेद । । ।

अर्थात् हम सखा (साधक लोग) प्रत्येक योग (समाधि) में तथा हर मुसीबत में परम ऐश्वर्यवान, इन्द्र का

आह्वान करते हैं जब साधक साधना करता है और उसमें विघ्न उत्पन्न होते हैं तो उन्हें दूर करने के लिए परमात्मा से प्रार्थना करता है ।

वेदों में शरीरस्थ नाड़ियों और प्राण आदि का भी उल्लेख प्राप्त होता है ऋग्वेद में प्राण की महिमा को बताने वाले अनेक मंत्र मिलते हैं । इसे इन्द्रियों का रक्षक बताया गया है । वेदों में मंत्रयोग, लययोग आदि का भी वर्णन प्राप्त होता है ।

यजुर्वेद में कहा गया है-

युक्तेन मनसा वयं देवस्य सवितुः सवे।
स्वर्ग्याय शक्त्या।-यजुर्वेद 11/2

अर्थात् जो मनुष्य परमेश्वर की इस सृष्टि में समाहित हुए योगाभ्यास ओर तत्त्वविद्या को यथा शक्ति सेवन करें, उनमें सुन्दर आत्म ज्ञान के प्रकाश से युक्त हुए योग और पदार्थविद्या का अभ्यास करें, तो

अथर्ववेद में शरीस्थ चक्रों पर प्रकाश डालते हुए कहा गया -

अष्टचक्र नवद्वारा देवातां पूरयोधया
तसूंया हिरण्यभयः कोशः स्वर्गो ज्योतिषावृतः ॥ अथर्ववेद

अर्थात आठ चक्रों एवं नौ द्वारों से युक्त यह शरीर एक अपराजेय देव नगरी है इसमें हिरण्यगर्भ कोश है जो ज्योति एवं आनन्द से परिपूर्ण है।

श्रीमद्भगवद् गीता में योग का विकास क्रम

श्रीमद्भगवद गीता को यदि योग का मुख्य ग्रन्थ कहा जाये तो कोई अतिशयोक्ति नहीं होगी। योग के आदि प्रवक्ता स्वयं श्रीकृष्ण भगवान् है, इसलिए उन्हें योगेश्वर भी कहा गया है। आदि काल में भगवान् गीता का उपदेश सूर्य भगवान् को दिया, सूर्य ने अपने पुत्र वैवस्वत मनु से कहा और मनु ने अपने पुत्र राजा इक्ष्वाकु से कहा। इस प्रकार योग को ऋषियों ने जाना।

इमं विवस्वते योगं प्रोक्तवाहनहमव्ययम।
विवस्वान्मनवे प्राह मनुरिक्ष्वाकवेब्रबीत्।। गीता

परन्तु इसके बाद यह योग बहुत काल से इस पृथ्वी लोक में लुप्त प्रायः हो गया। अतः तू मेरा भक्त और प्रिय सखा है, इसिलिए वही यह पुरातन योग आज मैंने तुझको कहा है, क्योंकि यह बड़ा ही उत्तम रहस्य है अर्थात् गुप्त रखने योग्य विषय है। श्रीमद्भगवद गीता के प्रत्येक अध्याय को योग की संज्ञा दी गयी है। इस प्रकार अठारह अध्यायों को क्रमशरू निम्न योगों से अभिहित किया गया है, जो इस प्रकार

योग तत्व

है- 1. अर्जुनविषाद योग, 2. सांख्य योग, 3. कर्मयोग, 4. ब्रह्मयोग, (ज्ञान कर्म सन्यास योग), 5. कर्म सन्यास योग, 6. आत्मसंयम योग, 7. ज्ञानविज्ञान योग, 8. अक्षरब्रह्म योग, 9. राजविद्याराजग्रह्म योग, 10. विभूति योग, 11. विश्वरूपदर्शन योग, 12. भक्तियोग, 13. क्षेल-क्षेलज्ञ विभाग योग, 14. गुणत्रय विभाग योग. 15. पुरुषोत्तम योग, 16. दैवासुरसम्पद् विभाग योग, 17. श्रद्धात्रय विभाग योग एवं 18. मोक्षसन्यास योग।

यदि इन सब का विश्लेषण किया जाए तो प्रत्येक छः अध्यायों में एक नवीन उपदेश है।

पहले छः अध्यायों में पाँच की साधना प्रणाली का वर्णन है। जिन्हें कर्मयोग के अन्तर्गत रखा गया है। अगले छः अध्यायों में भगवान् ने अपने उपदेश का मूल अथवा गीता हृदय खोल कर रख दिया है तथा अपने शिष्य को दिव्यदृष्टि प्रदान की है। इसमें भक्ति योग है। अन्त के छः अध्यायों में भगवान् श्रीकृष्ण ने कुछ विशिष्ट एवं गूढ़ सिद्धान्तों की मीमांसा की है, जिन्हें समझने के लिए योग को पूर्णतरू व्यवहार में लाने के लिए अत्यन्त आवश्यक है। यही ज्ञान योग है।

गीता में योग के विभिन्न रूपों का वर्णन किया गया है, परन्तु गीता के अन्यान्य योगों में आपाततरू योग के मुख्यतरू तीन स्वरूप स्पष्ट दिखते हैं। इनका संक्षिप्त वर्णन इस प्रकार है- गीता के दूसरे अध्याय में योग के स्वरूप का वर्णन करते हुए कहा है कि

"समत्त्वं योग उच्यते"। गीता

अर्थात् जब साधक का चित्त सिद्धि और असिद्धि में समान बुद्धिवाला होता है, तब इस अवस्था में साधक का चित्त सुख-दुख, मान-अपमान, लाभ-हानि, जय-पराजय, शीत-उष्ण, तथा भूख-प्यास आदि द्वन्द्व में समान बना रहता है। इस अवस्था में साधक सभी पदार्थों में समान भाव रखता है। इस अवस्था के कारण उसका अज्ञान नष्ट हो जाता है, सभी दुख समाप्त हो जाते हैं। इसी समत्त्व भाव का नाम योग है।

गीता के दूसरे अध्याय में ही योग की एक अन्य परिभाषा देते हुए भगवान् श्रीकृष्ण कहते हैं-

योग कर्मसु कौशलम्। गीता

इस कथन का अभिप्राय है फलाशक्ति का त्याग करके कर्म करना ही कर्म कौशल है। कर्म करते हुए यदि कर्ता कर्म में आसक्त हो गया तो वह कर्म कौशल नहीं कहलाता है। कर्ता की कुशलता तो यह है कि कर्म करके उसको वहीं छोड़ दिया जाये। हानि और लाभ, जय अथवा पराजय, कार्य-सिद्धि या असिद्धि के विषय में चिन्ता ही न की जाये। कर्म करते हुए यदि कर्ता उस कर्म का दास होकर रह गया तो वह कर्ता का अस्वतंत्रय हुआ। कर्ता तो स्वतन्त्र हुआ करता है।

यदि कर्म ने कर्ता को पराधीन कर दिया तो यह कर्म की विजय हुई कर्ता की नहीं। कर्ता का स्वातन्त्रय तो तब सिद्ध होता है जब कर्ता स्वेच्छया से कर्म का और उसके फल का त्याग कर देता है। अतः फलाशक्ति का त्याग करके कर्म करना ही कर्मकौशल है। दुष्कृत में आसक्ति की अपेक्षा भी सुकृत में आसक्ति को छोड़ना और कठिन है। किन्तु जिसको यह अनासक्ति योग की बुद्धि प्राप्त हो गयी, वह दुष्कृत को और विशालतर सुकृत में बन्धक लघुतर सुकृत को - इन दोनों को त्याग देता है। इसलिए तू इस अनासक्ति-योग की प्राप्ति के लिए जुट जा। जो लोग इस अनासक्ति योग को प्राप्त कर लेते हैं, वे जन्म के बन्धनों से घबड़ाते नहीं। विपरीत से विपरीत परिस्थितियों की दीवार को तोड़कर पार हो जाते हैं। इसी कुशलता का नाम योग है।

चित्त की चंचलता को दूर करने का सबसे उत्तम मार्ग ध्यान योग है। ध्यान योग का वर्णन करते हुए गीता के छठे अध्याय में कहते हैंहैं कि एकांत में स्थित अकेला चित्त और आत्मा को वश में किये हुए, कामनाओं से रहित किसी भी प्रकार के दवाब से रहित योगी, अपने आप को निरन्तर परमात्मा में लगावे।

योगी युंजीत सततमात्मानं रहसि स्थित।
एकाकी यतचित्तात्मा निराशीरपरिग्रह ॥ गीता

ध्यान के बारे में कहा गया है- वह ध्यान किस स्थान पर किया जाये इसका वर्णन करते हुए योगेश्वर श्रीकृष्ण कहते हैं - पवित्र स्थान में, जिसके ऊपर क्रमशरू कुशा, मृगछाला और वस्त्र बिछा हुआ हो। यह आसन न अधिक ऊँचा हो और न अधिक नीचा ऐसे आसन पर अपने शरीर को स्थिर करते हुए बैठकर साधना करनी चाहिए। आसन पर सिर और गर्दन एक सीध में रखते हुए चित्त और इन्द्रियों की क्रियाओं को वश में रखते हुए मन को एकाग्र करके अन्तरूकरण की शुद्धि के लिए योग का अभ्यास करें।

योग तत्व

(क) शुचौ देशे प्रतिष्ठाय स्थिरमासनमात्मन ।
नात्युच्छ्रितं नातिनीचं चौलाजिनकुशोत्तम ॥ गीता 6/11

(ख) तत्रैकाग्रं मनरू कृत्वा यतचित्तेन्द्रियक्रिय ।
उपविश्यासने युंजयाद्योगमात्मविशुद्धये ॥

(ग) समं कायशिरोग्रीवं धारयन्नचलं स्थिर ।
सम्प्रेक्ष्य नासिकागंर स्वयं दिशश्चानवलोकयन् ॥ गीता 6/12-13

सीधे बैठकर अपनी दृष्टि को नासिका के अग्र भाग पर स्थिर करते हुए ध्यान का अभ्यास करना चाहिए । इस प्रकार अभ्यास करने से साधक का मन सहज रूप से एकाग्र हो जाता है । ध्यान योग के लिए उपयुक्त आहार-विहार तथा शयनादि नियम और उनके फल का प्रतिपादन करते हुए कहा है कि हे अर्जुन ! योग न तो बहुत खाने वाले का सिद्ध होता है और न तो बहुत कम खाने वाले का होता तथा यह योग न तो ज्यादा सोने वाले का और न सदा जागते रहने वाले का सिद्ध होता है ।

महाभारत में योग का विकास क्रम

महाभारत के शान्तिपर्व में हिरण्यगर्भ को योग का प्राचीन ज्ञाता माना गया माना है । अनुशासन पर्व के अनुसार जो स्थान कपिल मुनि को सांख्य में प्राप्त है वही स्थान सनत्कुमार को योग में प्राप्त है । शल्यपर्व तथा शान्तिपर्व में जैगीषव्य और असित का वर्णन तथा विस्तृत संवाद उपलब्ध है । यहाँ जैगीषव्य को महान भिक्षुयोगी कहा गया है ।

जैगीषव्य योगी का मत योगसूत्र के भाष्य में प्रकाशित है जहाँ कहा गया है कि कैवल्य दृष्टिकोण के अनुसार संतोष का सुख भी दुःख ही है अन्यथा विषयों की तुलना में संतोष सुख ही कहा जा सकता है । शान्तिपर्व में योग मार्ग में बाधा उत्पन्न करने वाले पाँच दोष तथा उन्हें दूर करने के उपायों का वर्णन है । शान्तिपर्व में योगाभ्यास हेतु योगी के निवास स्थान का उल्लेख है । इस पर्व में धारणा के उल्लेख के अंतर्गत कहा गया है कि योग शक्ति से संपन्न योगी असंख्य शरीरों में प्रवेश के माध्यम से सारे विश्व में भ्रमण कर सकता है । इस योग मार्ग की कठिनता बताते हुए कहा गया है कि व्यक्ति चाकू की तेज धार पर भले ही खड़े हो जाए परन्तु योग मार्ग

पर चलना उनके लिए जिनकी आत्मा पवित्र नहीं कठिन है। यही बात कठोपनिषद् में भी निर्देशित है। शान्तिपर्व में तो यहाँ तक कहा है कि सांख्य के समान कोई ज्ञान नहीं तथा योग के समान कोई आध्यात्मिक शक्ति नहीं। शान्तिपर्व के अध्याय 304 में योग को आठ प्रकार का बताया गया है तथा धारणा एवं प्राणायाम का उल्लेख भी किया गया है। इस प्रकार महाभारत में अनुशासन, शान्ति एवं भीष्म इत्यादि पर्वों में योग की विस्तृत चर्चा की गयी है।

आध्यात्मिक योग उपनिषद् ग्रंथों में योग का विकास क्रम

उपनिषदों का शाब्दिक अर्थ उप षद् के रूप में किया जा सकता है उप का अर्थ समीप (ब्रह्म अथवा परमात्मा के समीप) जबकि षद् का अर्थ है निश्चित ज्ञान से आता है अर्थात परमात्मा के समीप बैठकर निश्चित ज्ञान की प्राप्ति की उपनिषद् है। आध्यात्मिक ग्रंथों में उपनिषदों का स्थान बहुत ही अग्रणी है। वैदिक शिक्षा का विस्तृत विवेचन उपनिषदों में किया गया है। इनमें उच्च कोटि का ज्ञान है। इन्हें वेदान्त के नाम से भी जाना जाता है। योग विद्या का उपनिषदों में बहुत अधिक वर्णन किया गया है। उपनिषदों की संख्या 108 के लगभग मानी गयी है। इसमें कहीं-कहीं योग का वर्णन विशेष रूप से किया गया है। कुछ ऐसे उपनिषद भी हैं जिनमें केवल योग विषय पर ही चर्चा है। जिनमें से कुछ मुख्य उपनिषद् इस प्रकार हैं-

योग शिखोपनिषद् -

योग शिखोपनिषद् में कहा गया है -

योऽपान प्राणयॉऐक्यं रजसो रेतसो तथा।

सूर्य चन्द्रमसोयॉगाद् जीवात्म परमात्मनो॥

एवं तु द्वन्द्व जालस्य संयोगो योग उच्यते॥

अर्थात् प्राण और अपान की एकता सतरजरूपी कुण्डलिनी की शक्ति और स्वरेत आत्मत्व का मिलन, सूर्यस्वर व चन्द्रस्वर का मिलन एवं जीवात्मा व परमात्मा का मिलन ही योग है।

अमृतानोपनिषद् -

अमृतानोपनिषद् में योग के अंगों का वर्णन करते हुए कहा गया है

योग तत्व

प्रत्याहारस्तथा ध्यानं प्राणायामोऽथ धारणा ।
तर्कश्चैव समाधिश्च षडंगोयोग उच्यते ॥

अर्थात् प्रत्याहार, धारणा, ध्यान, प्राणायाम तक और समाधि यह षडंग योग कहलाता है। अन्य एक उपनिषद् में आसन, प्राणायाम, प्रत्याहार, धारणा, ध्यान, और समाधि योग के छः अंग बताये गये हैं। इसके अतिरिक्त अष्टांग योग का भी उपनिषदों में विस्तृत वर्णन किया गया।

योगशिखोपनिषद्-
योगशिखोपनिषद में कहा गया है-

मन्त्रो लयो हठो राजयोगान्ता भूमिकाः क्रमात् ।
एक एवं चतुर्धाऽयं महायोगोऽभिधीयते ॥

अर्थात् मंत्रयोग, लययोग, हठयोग और राजयोग ये चारों जो यथाक्रम चार भूमिकाएँ हैं। चारों मिलकर यह एक ही चतुर्विध योग है। जिसे महायोग कहते हैं। उपनिषदों में मोक्ष प्राप्ति के लिये ज्ञान के साथ-साथ योग को भी आवश्यक माना गया है।

योगतत्वोपनिद -
योग तत्वोपनिषद् में कहा गया है-

योग हीनं कथं ज्ञानं मोक्षदं भवति ध्रुवम ।
योगोऽपि ज्ञान हीनस्तु न भवेन्मोक्षकर्मणि ॥

अर्थात् योग के बिना ज्ञान ध्रुव मोक्ष का देने वाला भला कैसे हो सकता है उसी प्रकार ज्ञानहीन योग भी मोक्ष कर्म में असमर्थ हैं। इसलिये मोक्ष की प्राप्ति के लिए ज्ञान और योग दोनों का साथ-साथ होना आवश्यक है। क्योंकि योग के बिना शुद्ध ज्ञान की प्राप्ति नहीं हो पाती है और ज्ञान के बिना योग साधकों का भी कोई महत्व नहीं है।

कठोपनिषद्

कठोपनिषद् में कहा गया है-

तां योगमिति मन्यन्ते स्थिरामिन्द्रियधारण ।
अप्रमतस्तदा भवति योगो हि प्रभवाप्ययौ ॥

अर्थात् इन्द्रियों की स्थिर धारणा अर्थात् उनके संयम को भी योग कहते हैं। इसके साधन को करने वाला साधक प्रमाद रहित हो जाता है। और शुभ संस्कारों का उदय होने लगता है।

अन्य उपनिषद योग में

अद्वयतारकोनिषद् - इस उपनिषद् में लक्ष्यत्रय द्वारा अनुसंधानपूर्वक तारक योग को सिद्ध किया है।

क्षुरिकोपनिषद् - षडड साधनों आसन, प्राणायाम, प्रत्याहार, धारणा, ध्यान तथा समाधि इत्यादि का वर्णन किया गया है। यहाँ प्रत्येक साधनों का संक्षेप में वर्णन किया गया है तथा आसन के अंतर्गत किसी विशेष आसन का वर्णन नहीं किया गया है।

तेजोबिन्दूपनिषद् - में सबसे बड़ा उपनिषद् यही है। यह छः अध्यायों में विभक्त है। प्रथम अध्याय में पंचदशांयोग का क्रम से वर्णन किया गया है। यहाँ यम के स्वरूप के विषय में कहा गया है कि यह सब ब्रह्म है इस ज्ञान से इन्द्रियों का संयम करना यम कहा जाता है तथा योगी को निरंतर इसी का अभ्यास करना चाहिए।

त्रिशिखब्राह्मणोपनिषद् - सर्वप्रथम सृष्टि क्रम का वर्णन इस उपनिषद् में किया गया है। इसके पश्चात् ब्रह्मज्ञान हेतु अष्टांगयोग का उपदेश दिया गया है जिसके द्वारा योगी निर्वाण पद का आश्रय लेकर कैवल्य प्राप्त करता है।

दर्शनोपनिषद् - इस उपनिषद् में गुरु दत्तात्रेय के द्वारा अपने शिष्य सांकृति को अष्टांग योग का उपदेश दिया गया है।

ध्यानबिन्दूपनिषद् - उक्त उपनिषद् में ब्रह्म ध्यान योग के प्रतिपादन के पश्चात् षड़ंग योग द्वारा चित्त शुद्धि करने का उपदेश दिया गया है और अन्त में आत्म-दर्शन के लिए नादानु-संधान को अनिवार्य रूप में प्रतिपादित किया है।

नादबिन्दूपनिषद् - इस उपनिषद् में आत्मदर्शन के लिए प्रणवोपासना और

नादानुसंधान को अनिवार्य रूप में प्रतिपादित किया है।

पाशुपतब्राह्मणोपनिषद् - इस उपनिषद् में अनेक विषय यथा ज्ञानयोग, परमात्मा की हंसत्वेन भावना अन्तयोग, ज्ञानयज्ञ रूप अश्वमेघ यज्ञ इत्यादि का प्रतिपादन किया है।

मण्डलब्राह्मणोपनिषद् - उक्त उपनिषद् में वर्णित अष्टांगयोग के यम और नियम की व्याख्या प्रसिद्ध अष्टांगयोग के यम, नियम से भिन्न है। इसमें यम चार तथा नियम नौ हैं। शेष सभी एक जैसे हैं। इसमें अधिकांश तारकयोग तथा अमनस्कयोग का अभ्यास करने का उपदेश दिया गया है।

महावाक्योपनिषद् - इसमें हंसविद्या का निर्देश है, जिसके अभ्यास से सच्चिदानन्द परमात्मा की परमात्मा की अनुभूति संभव बतायी गयी है।

योगकुण्डल्योपनिषद् - इन उपनिषद् में चित्त के दो हेतुओं वासना तथा प्राण का वर्णन और उसके बाद प्रथम अध्याय में आसन, प्राणायाम आदि द्वारा कुण्डिलिनी योग कहा गया है।

योगचूडामण्योपनिषद् - इस उपनिषद् में षडंग योग के पश्चात् प्रणव का अभ्यास तथा प्राणायाम द्वारा प्राणजप करना अनिवार्य बताया गया है।

वराहोपनिषद् - पाँच अध्याय वाले इस उपनिषद् के प्रथम चार अध्यायों में ज्ञानस्वरूप का वर्णन है तथा पाँचवें अध्याय में योग वर्णन के अंतर्गत लय, मंत्र और हठ तीन योग बताये गये हैं। इसमें हठयोग के आठ अंग हैं और यम, नियम की संख्या दस - दस तथा आसन 12 कहे गये हैं। यहाँ कालवचनोपायभूत योग और सम्पुटयोग आदि का विशेष प्रकार के रूप में वर्णन किया गया है।

शाण्डिल्योपनिषद् - उक्त उपनिषद् के प्रथम अध्याय में अथर्वा द्वारा शाण्डिल्य के अष्टांगयोग का उपदेश दिया गया है तथा द्वितीय और तृतीय अध्याय में ब्रह्मस्वरूप का वर्णन है और अन्त दत्तात्रेय की विशेषताओं को उजागर किया हैं।

ब्रह्मविद्योपनिषद् - इसमें प्रणव (ॐ) की चारों मात्राओं का वर्णन है। इसके बाद 72000 नाड़ियों तथा सूर्य का भेदन कर सभी जगह व्याप्त रहने वाली सुषुम्ना नाड़ी का वर्णन विस्तार से किया गया है। जीव स्वरूप् निरूपण, नाद द्वारा मोक्ष प्राप्ति, हंसविद्या तथा हंसयोगी द्वारा आत्मस्वरूप वर्णन इत्यादि के कारण यह उपनिषद् अद्वितीय माना जाता है।

हंसोपनिषद् - इसमें अजपाजप नादनु संधान आदि उपायों के द्वारा हंसविद्या का वर्णन है।

योगराजोपनिषद् - यहाँ चतुर्विध योग कहे जाने वाले मंत्र, लय, राज तथा हठयोग का वर्णन तथा आसन, प्राणायाम, ध्यान तथा समाधि आदि विषयों का

उल्लेख किया गया है। लययोग के प्रसंग में नवचक्रों का वर्णन है।

इन उपनिषदों में योग के अंतर्गत यम, नियम, आसन, प्राणायाम, प्रत्याहार, धारणा, ध्यान तथा समाधि का विस्तृत वर्णन उपलब्ध होता है। यही वर्णन प्राचीन परम्परागत योग के विकास का परिचायक है। अन्य उपनिषदों में भी योग के सिद्धान्त उपलब्ध होते है तथा कठोपनिषद् मे 'योग' शब्द को आध्यात्मिक अर्थ में प्रयुक्त किया गया है। इस उपनिषद् में 'यम' के अनुरूप योगविधि और विद्या द्वारा ही नचिकेता को ब्रह्मज्ञान की प्राप्ति का वर्णन है।

बृहदारण्यकोपनिषद् - बृहदारण्यकोपनिषद में प्राणायाम तथा समाधि का महत्व बताया गया है। मैत्रायणी उपनिषद में प्राणायाम, प्रत्याहार, ध्यान, धारणा, तर्क तथा समाधि इन छः योगांगों का विस्तृत वर्णन उपलब्ध है।

स्मृतियों मे योग का विकास क्रम

स्मृतियों का वैदिक साहित्य के अपना विशिष्ट स्थान है मनु द्वारा रचित याजवल्लभ स्मृति का महत्व वर्तमान समय में भी है इन सभी स्मृतियों में योग के स्वरूप को इस प्रकार स्पष्ट किया गया -

सुक्ष्मतां चान्ववेक्षेत योगेन परमात्मनः ।
देहेषु च समुत्पन्तिमुन्तश्चधमेशु च ॥

अर्थात योगाभ्यास से परमात्मा की सुक्ष्मता को जाना जाता है। मनुस्मृति में प्राणायाम द्वारा इन्द्रियों की शुद्धि का निर्देश भी इस प्रकार किया गया

दहयन्ते ध्मायमानानां धातूनां हि यथा मलाः ।
तथेन्द्रियाणां दहयन्ते दोषाः प्राणास्य निग्रहातृ ॥

अर्थात जिस प्रकार अग्नि में तपाने से धातुओं के मल नष्ट हो जाते हैं उसी प्रकार प्राणायाम रूपी अग्नि में तपाने से इन्द्रियों के दोष समाप्त हो जाते हैं। अर्थात यहाँ पर प्राणायाम की महत्व को दर्शाया गया है। याज्ञवल्क्य स्मृति में "संयागों योग इत्यक्तो जीवोत्मनो" कहकर जीवात्मा का परमात्मा से संयोग को योग कहा गया है।

दर्शन में योग का विकास क्रम

पतंजलि योग दर्शन-

पतंजलि का योगदर्शन, समाधि, साधन, विभूति और कैवल्य इन चार पादों या भागों में विभक्त है। समाधिपाद में यह बतलाया गया है कि योग के उद्देश्य और लक्षण क्या हैं और उसका साधन किस प्रकार होता है। साधनपाद में क्लेश, कर्मविपाक और कर्मफल आदि का विवेचन है। विभूतिपाद में यह बतलाया गया है कि योग के अंग क्या हैं, उसका परिणाम क्या होता है और उसके द्वारा अणिमा, महिमा आदि सिद्धियों की किस प्रकार प्राप्ति होती है। कैवल्यपाद में कैवल्य या मोक्ष का विवेचन किया गया है। संक्षेप में योग दर्शन का मत यह है कि मनुष्य को अविद्या, अस्मिता, राग, द्वेष और अभिनिवेश ये पाँच प्रकार के क्लेश होते हैं, और उसे कर्म के फलों के अनुसार जन्म लेकर आयु व्यतीत करनी पड़ती है तथा भोग भोगना पड़ता है। पतंजलि ने इन सबसे बचने और मोक्ष प्राप्त करने का उपाय योग बतलाया है और कहा है कि क्रमशः योग के अंगों का साधन करते हुए मनुष्य सिद्ध हो जाता है और अंत में मोक्ष प्राप्त कर लेता है। ईश्वर के संबंध में पतंजलि का मत है कि वह नित्य मुक्त, एक, अद्वितीय और तीनों कालों से अतीत है और देवताओं तथा ऋषियों आदि को उसी से ज्ञान प्राप्त होता है। योग दर्शन में संसार को दुःखमय और हेय माना गया है। पुरुष या जीवात्मा के मोक्ष के लिये वे योग को ही एकमात्र उपाय मानते हैं।

पतंजलि ने चित्त की क्षिप्त, मूढ़, विक्षिप्त, निरुद्ध और एकाग्र ये पाँच प्रकार की वृत्तियाँ मानी है, जिनका नाम उन्होंने श्चित्तभूमिश् रखा है। उन्होंने कहा है कि आरंभ की तीन चित्तभूमियों में योग नहीं हो सकता, केवल अंतिम दो में हो सकता है। इन दो भूमियों में संप्रज्ञात और असंप्रज्ञात ये दो प्रकार के योग हो सकते हैं। जिस अवस्था में ध्येय का रूप प्रत्यक्ष रहता हो, उसे संप्रज्ञात कहते हैं। यह योग पाँच प्रकार के क्लेशों का नाश करने वाला है। असंप्रज्ञात उस अवस्था को कहते हैं, जिसमें किसी प्रकार की वृत्ति का उदय नहीं होता अर्थात् ज्ञाता और ज्ञेय का भेद नहीं रह जाता, संस्कार मात्र बचा रहता है। यही योग की चरम भूमि मानी जाती है और इसकी सिद्धि हो जाने पर मोक्ष प्राप्त होता है।

योग साधन के उपाय में यह बतलाया गया है कि पहले किसी स्थूल विषय का आधार लेकर, उसके उपरांत किसी सूक्ष्म वस्तु को लेकर और अंत में सब विषयों का परित्याग करके चलना चाहिए और अपना चित्त स्थिर करना चाहिए। चित्त की वृत्तियों को रोकने के जो उपाय बतलाए गये हैं वह इस प्रकार हैं-

अभ्यास और वैराग्य, ईश्वर का प्रणिधान, प्राणायाम और समाधि, विषयों से विरक्ति आदि। यह भी कहा गया है कि जो लोग योग का अभ्यास करते हैं, उनमें अनेक प्रकार को विलक्षण शक्तियाँ आ जाती है जिन्हें विभूति या सिद्धि कहते हैं। यम, नियम, आसन, प्राणायाम, प्रत्याहार, धारणा, ध्यान और समाधि ये आठों योग के अंग कहे गये हैं, और योगसिद्धि के लिये इन आठों अंगों का साधन आवश्यक और अनिवार्य कहा गया है। इनमें से प्रत्येक के अंतर्गत कई बातें हैं। कहा गया है जो व्यक्ति योग के ये आठों अंग सिद्ध कर लेता है, वह सब प्रकार के क्लेशों से छूट जाता है, अनेक प्रकार की शक्तियाँ प्राप्त कर लेता है और अंत में कैवल्य (मुक्ति) का भागी बनता है। सृष्टितत्व आदि के संबंध में योग का भी प्रायः वही मत है जो सांख्य का है, इससे सांख्य को श्ज्ञानयोगश् और योग को श्कर्मयोगश् भी कहते हैं। पतंजलि के सूत्रों पर सबसे प्राचीन भाष्य वेद व्यास जी का है। उस पर वाचस्पति मिश्र का वार्तिक है। विज्ञान भिक्षु का श्योग सार संग्रह भी योग का एक प्रामाणिक ग्रंथ माना जाता है। योग सूत्रों पर भोजराज की भी एक वृत्ति है (भोजवृत्ति)। पीछे से योग शास्त्र में तंत्र का बहुत सा मेल मिला और श्कायव्यूह का बहुत विस्तार किया गया, जिसके अनुसार शरीर के अंदर अनेक प्रकार के चक्र आदि कल्पित किए गये। क्रियाओं का भी अधिक विस्तार हुआ और हठयोग की एक अलग शाखा निकलीय जिसमें नेति, धौति, वस्ति आदि षट्कर्म तथा नाड़ी शोधन आदि का वर्णन किया गया। शिवसंहिता, हठयोग प्रदीपिका, घेरण्डसंहिता आदि हठयोग के ग्रंथ हैं। हठयोग के बड़े भारी आचार्य मत्स्येंद्रनाथ (मछंदरनाथ) और उनके शिष्य गोरखनाथ हुए हैं।

ग्रन्थ का संगठन

यह चार पादों या भागों में विभक्त हैं-

समाधि पाद (51 सूत्र)

साधना पाद (55 सूत्र)

विभूति पाद (55 सूत्र)

कैवल्य पाद (34 सूत्र)

कुल सूत्र = 195

जैन दर्शन योग का विकास क्रम

योग शब्द 'युज्' धातु से बना है। यह धातु मुख्य रूप से दो अर्थों में प्रयुक्त की गयी है। एक धातु का अर्थ मिलन या संयोग तथा दूसरी धातु का अर्थ समाधि से

लिया गया है। इनमें से प्रथम अर्थ मिलन या संयोग को जैन आचार्यों ने योग के रूप में स्वीकार किया है। अनेक योग सम्प्रदायों की भाँति जैन सम्प्रदायों में भी आत्मा एवं परमात्मा के संयोग को ही योग माना गया है।

योग को परिभाषित करते हुए नियम सार में कहा है कि आत्म प्रयत्न सापेक्ष विशिष्ट जो मनोगति है, उसका ब्रह्म में संयोग होना योग कहलाता है।

जो यह आत्मा, आत्मा को आत्मा के साथ निरन्तर जोड़ता है, वह मुनीश्वर निश्चय ही योग भक्ति वाला है।

आत्मप्रयत्नसापेक्षा विशिष्टा या मनोगतिरू।
तस्या ब्रह्माणि संयोगो योग इत्यभिधीयते ॥
आत्मानमात्मायं युतक्त्येव निरन्तरम।
योग भक्तियुत स्यान्निश्चयेन मनुीश्वररू ॥ नियमसार

जैन सम्प्रदाय में यह स्वीकार किया गया है कि निर्मल मन द्वारा ही आत्म स्वरूप प्रकाशित हो सकता है

बौद्ध दर्शन में योग का विकास क्रम

भगवान बुद्ध ने अष्टांगिक मार्ग का उपदेश दिया था। बौद्ध धर्म अनुयायी इन्हीं मार्गों पर चलकर मोक्ष प्राप्त करते हैं। बुद्ध द्वारा बताये गये इन 8 मार्गों का अपना अलग मतलब है। आइए जानते हैं।

1. सम्यक दृष्टि

चार आर्य सत्यों को मानना, जीव हिंसा नहीं करना, चोरी नहीं करना, व्यभिचार (पर-स्त्रीगमन) नहीं करना, ये शारीरिक सदाचरण हैं। इसके अलावा बुद्ध ने वाणी के सदाचरण का पाठ भी पढ़ाया। जिसमें मनुष्यों को झूठ न बोलना, चुगली नहीं करना, कठोर वचन नहीं बोलने की शिक्षा दी गयी। लालच नहीं करना, द्वेष नहीं करना, सम्यक दृष्टि रखना ये मन के सदाचरण है।

2. सम्यक संकल्प

चित्त से राग-द्वेष नहीं करना, ये जानना की राग-द्वेष रहित मन ही एकाग्र हो सकता है, करुणा, मैत्री, मुदिता, समता रखना, दुराचरण (सदाचरण के विपरीत कार्य) ना करने का संकल्प लेना, सदाचरण करने का संकल्प लेना, धम्म पर चलने

का संकल्प लेना।

3. सम्यक वाणी

सम्यक वाणी में आता है, सत्य बोलने का अभ्यास करना, मधुर बोलने का अभ्यास करना, धम्म चर्चा करने का अभ्यास करना। बौद्ध धर्म इंसान को मधुर वाणी सिखाता है।

4. सम्यक कर्मांत

सम्यक कर्मांत में आता है, प्राणियों के जीवन की रक्षा का अभ्यास करना, चोरी ना करना, पर-स्त्रीगमन नहीं करना। बुद्ध ने सत्य और न्याय के लिए हिंसा को, यदि आवश्यक हो तो जायज ठहराया।

5. सम्यक आजीविका

मेहनत से आजीविका अर्जन करना, पाँच प्रकार के व्यापार नहीं करना, जिनमें आते हैं, शस्त्रों का व्यापार, जानवरों का व्यापार, माँस का व्यापार, मद्य का व्यापार, विष का व्यापार, इनके व्यापार से आप दूसरों की हानि का कारण बनते हो।

6. सम्यक व्यायाम

आष्टांगिक मार्ग का पालन करने का अभ्यास करना, शुभ विचार पैदा करने वाली चीजोंध्बातों को मन में रखना, पापमय विचारो के दुष्परिणाम को सोचना, उन वितर्कों को मन में जगह ना देना, उन वितर्कों को संस्कार स्वरूप मानना, गलत वितर्क मन में आये तो निग्रह करना, दबाना, संताप करना।

7. सम्यक स्मृति

कायानुपस्सना, वेदनानुपस्सना, चित्तानुपस्सना, धम्मानुपस्सना, ये सब मिलकर विपस्सना साधना कहलाता है, जिसका अर्थ है, स्वयं को ठीक प्रकार से देखना। ये जानना की राग-द्वेष रहित मन ही एकाग्र हो सकता है। किसी भी मनुष्य को, जिसे स्वयं को जानने की इच्छा हो, को विपस्सना जरूर करनी चाहिए, इसी से दुख-निवारण के पथ की शुरूआत होगी।

8. सम्यक समाधि

अनुत्पन्न पाप धर्मों को ना उत्पन्न होने देना, उत्पन्न पाप धर्मों के विनाश में रुचि लेना, अनुत्पन्न कुशल धर्मों के उत्पत्ति में रुचि, उत्पन्न कुशल धर्मों के वृद्धि में रुचि। इन सबको शब्दशः पालन करने से जीवन सुखमय होगा, निर्वाण (शाश्वत खुशी, परमानंद एवं विश्राम की स्थिति) की प्राप्ति होगी।

सांख्य दर्शन में योग का विकास क्रम

सांख्य वक्ता महर्षि कपिल ने सांख्य सूत्र में 'रागोपहितिध्यनिम्' में ध्यान का वर्णन किया है।

धारणासनस्वकर्मणातत्सिद्धि सांख्य सूत्र

में धारणा और अन्य यौगिक कर्मों द्वारा वृत्ति निरोध समाधि को प्राप्त करने का आदेश दिया है।

'निरोछिदिविधारणाभ्याम्।' (सांख्य सूत्र 3/33) इस सूत्र में प्राणायाम की उपयोगिता सिद्ध होती है।

न्याय दर्शन में योग का विकास क्रम

न्याय दर्शन में यम, नियमों और अन्य आध्यात्मिक विधि द्वारा आत्मा के संस्कार की बात कही है।

तदर्थ यमनियमाभ्यात्मसंस्कारो योगाच्चाध्यात्म विध्युपाये।' - न्याय सूत्र

इस प्रकार अभ्यास द्वारा समाधि की प्राप्ति का निर्देश हैं।

समाधि विशेषाभ्यासात्। - न्याय सूत्र

वैशेषिक दर्शन में योग का विकास क्रम

वैशेषिक दर्शन में महर्षि कणाद योग से मन के संयोग द्वारा आत्मासाक्षात्कार का वर्णन करते हैं।

तथा द्रव्यान्तरेषु प्रत्यक्षम्। वैशेषिक सूत्र 9

वहीं योग सूत्र में महर्षि पतंजलि योग हेतु अभ्यास और वैराग्य, क्रिया योग और अष्टांग योग का वर्णन क्रमशः उत्तम, मध्यम और अधम कोटि के साधकों हेतु प्रशस्त है।

हठ प्रदीपिका एवं घेरण्ड संहिता में योग का विकास क्रम

प्रणम्य श्रीगुरु नाथ स्वात्मारामेण योगिना ।
केवलं राजयोगाय हठविद्योपदिश्यतें ॥

अर्थात श्रीनाथ गुरु को प्रणाम करके योगी स्वात्माराम केवल राजयोग की प्राप्ति की प्राप्ति के लिए हठ विद्या का उपदेश करते हैं। घेरण्ड संहिता में हठ योग के सप्त साधनों पर प्रकाश डालते हुए कहा गया-

शोधनं दृढ़ता चैवं स्थैर्य धैर्य च लाघवम् ।
प्रत्यक्षं च निर्लिप्तं च घटस्य सप्तसाधनम् ।

अर्थात शोधन, धैर्य, लाघव, प्रत्यक्ष, और निलिप्ता ये सात शरीर शुद्धि के साधन हैं जिन्हें सामान्यतः सप्तसाधन की संज्ञा दी जाती है इन सप्तसाधनों के लाभों पर प्रकाश डालते हुए घेरण्ड ऋषि कहते हैं-

षट्कर्मणा शोधनं च आसनेन भवेद्दृढढम् ।
मुद्रेया स्थिरता चैव प्रत्याहारेण धीरता ।
प्राणायामाल्लाघवं च ध्यानात्प्रत्यक्षमात्मनः ।
समाधिना निर्लिप्तं च मुक्तिरेव न संशयः ॥

अर्थात षट्कर्मों से शरीर का शोधन, आसनों से दृढ़ता, मुद्राओं से स्थिरता प्रत्याहार से धैर्य, प्राणायाम से हल्कापन, ध्यान से आत्म साक्षात्कार एवं समाधि से निर्लिप्तता के भाव उत्पन्न होते हैं इन साधनों का अभ्यास करने वाले साधन की मुक्ति में कोई संशय नहीं रहता है।

इस प्रकार घेरण्ड संहिता एवं हठयोग प्रदीपिका में योग के स्वरूप को हठयोग के रूप में वर्णित किया गया।

योग तत्व

नारद भक्ति सूत्र में योग का विकास क्रम

नारद भक्ति सूत्र के अठत्तर सूत्र में बताया गया है -

अहिंसासत्यशौचदयास्तिक्यादिचारिन्याणि परिपालनीयानि।।।

अर्थात अहिंसा, सत्य, दया, तथा आसिक्तता आदि सदाचारियों का पालन करना चाहिए। यही योग का मार्ग भी है।

योग वशिष्ठ में योग का विकास क्रम

योग वशिष्ठ योग का एक महत्त्वपूर्ण ग्रन्थ है। अन्य योग ग्रन्थों की भाँति योग वशिष्ठ में भी योग के विभिन्न स्वरूप जैसे- चित्तवृत्ति, यम-स्वरूप, नियम-स्वरूप, आसन, प्राणायाम, प्रत्याहार, ध्यान, समाधि, मोक्ष आदि का वर्णन वृहद् रूप में किया गया है।

योग वशिष्ठ के निर्वाण-प्रकरण में वशिष्ठ मुनि श्री राम जी को योग के स्वरूप के बारे में वर्णन करते हुए कहते हैं कि संसार सागर से पार होने की युक्ति का नाम योग है और वह दो प्रकार का है। एक सांख्य बुद्धि ज्ञान योग और दूसरा प्राण से रोकने का नाम योग बताया है।

एको योगस्तथा ज्ञानं संसारोत्तरेणक्रमे।
समावुपामौ द्वावेव प्रोक्तावेक फलदौ॥ *निर्वाण प्रकरण सर्ग 18, 7*

इन दोनों प्रकार के योग के द्वारा दुखरूप संसार से तरा जा सकता है। शिव भगवान् ने दोनों का फल एक ही बताया है। ये योग के दोनों युक्तियाँ योग जिज्ञासु पर निर्भर है। किसी जिज्ञासु को योग सरल है और किसी को ज्ञान योग। परन्तु दोनों योग में अभ्यास की अत्यन्त आवश्यकता है।

योग वशिष्ठ में प्राणायाम का भी उल्लेख किया गया है। प्राण के सम्बन्ध में कहा गया है कि यह प्राण हृदय देश में स्थित रहता है। अपान वायु में भी निरन्तर स्पन्द शक्ति तथा सतगति करता है। यह अपान वायु नाभि-प्रदेश में स्थित रहता है।

"प्राणापानसमानाधैस्ततरू सहृदयानिलरू।" (नि0 प्र0 24, 25)

किसी भी प्रकार के यन्त्र के बिना प्राणों की हृदय कमल के कोश में होने वाली जो स्वाभाविक बहिर्मुखता है, विद्वान् लोग उसे 'रेचक' कहते हैं। बारह अंगुल पर्यन्त बाह्य प्रदेश की ओर नीचे गये प्राणों का लौटकर भीतर प्रवेश करते समय जो शरीर के अंगों के साथ स्पर्श होता है उसे 'पूरक' कहते हैं। अपान वायु के शान्त हो जाने पर तब वह हृदय में प्राण वायु का अभ्युदय नहीं होता, तब वह वायु की कुंभकावस्था रहती है, जिसका योगी लोग अनुभवन करते हैं इसी को 'आभ्यन्तर कुम्भक' कहते हैं। बाह्य नासिका के अग्रभाग से लेकर बराबर सामने बारह अंगुल पर्यन्त आकाश में जो अपान वायु की निरन्तर स्थिति है, उसे पण्डित लोग 'बाह्यकुंभक' कहते हैं।

अपानस्यबहिष्ठंतमपरं पूरकं विदुरू ।
बाह्यानाभ्यंतराश्रवैतान्कुंभकादीनारतम । नि0 प्र0 25, 29

प्राणायाम का फल के बारे में उल्लेख करते हुए योग वशिष्ठ के निर्वाण प्रकरण में कहा गया है कि प्राण और अपान के स्वभावभूत ये जो बाह्य और आभ्यन्तर कुम्भकादि प्राणायाम है, उनका भलीभाँति तत्त्व रहस्य जानकर निरन्तर उपासना करने वाला पुरुष पुनः इस संसार में उत्पन्न नहीं होता।

प्राणापानस्वभावांस्तान् बृद्धाभूयोन जायते ।
अष्टावेते महबुद्धेरालिंदिवमनुस्मृतारू ॥ नि0 प्र0 25, 20

अपान के रेचक और प्राण के पूरक के बाद जब अपान स्थित होता है तो प्राण का कुम्भक होता है। उस कुम्भक में स्थित होने पर प्राणी तीनों तापों से मुक्त हो जाता है। क्योंकि वह अवस्था आत्मतत्त्व की होती है। उस कुम्भक की अवस्था में जो साक्षी भूत सत्ता है वही वास्तव में आत्मतत्त्व है। उसमें स्थित होने से प्राण की स्थिरता वाली देश, काल आदि की अवस्था में स्थिर हुआ मन का मनत्त्व भाव नष्ट हो जाता है।

स्वच्छंकुंभकमभ्यनभूयरू परितप्युते ।
अपानेरेचकाधारं प्राणपूरांतस्थितम् । । नि0 प्र0 25, 53

इस प्रकार प्राणायाम का अभ्यास करने वाले पुरुष का मन विषयाकार वृत्तियों के होने पर भी बाह्यविषयों में रमण नहीं करता। जो शुद्ध और तीक्ष्ण बुद्धि वाले महात्मा इस प्राण विषयक दृष्टि का अवलम्बन करके स्थित हैं, उन्होंने प्रापणीय पूर्ण ब्रह्म परमात्मा को प्राप्त कर लिया है और वे ही समस्त खेदों से रहित हैं।

योगयाज्ञवल्क्य में योग का विकास क्रम

योगयाज्ञवल्क्य योग का प्राचीन ग्रन्थ है। यह याज्ञवल्क्य की रचना मानी जाती है। यह एक सार्वजनिक सभा में याज्ञवल्क्य और गार्गी के बीच हुए संवाद के रूप में है। इसमें योग के आठ अंग (यम, नियम, आसन, प्राणायाम, प्रत्याहार, धारणा, ध्यान और समाधि) बताये गये हैं। इसमें भी यम, 10 नियम, 8 आसन, 3 प्राणायाम, 5 प्रत्याहार, 5 धारणा, 6 ध्यान और एक समाधि गिनायी गयी है।

यमश्च नियमश्चैव आसनं च तथैव च।

प्राणायामस्तथा गार्गिप्रत्याहारश्च धारणा ॥ 46 ॥

ध्यानं समाधिरेतानि योगाङ्गानि वरानने।

यमश्च नियमश्चैव दशधा सम्प्रकीर्तितः ॥ 47 ॥

आसनान्युत्तमान्यष्टौ लयं तेषूत्तमोत्तमम्।

प्राणायामस्त्रिधा प्रोक्तः प्रत्याहारश्च पञ्चधा ॥ 48 ॥

धारणा पञ्चधा प्रोक्ता ध्यानं षोढा प्रकीर्तितम्।

लयं तेषूत्तमं प्रोक्तं समाधिस्त्वेकरूपकः ॥ 49 ॥

शिवसंहिता में योग का विकास क्रम

योग से सम्बन्धित संस्कृत ग्रन्थ है। यह योग साधना का एक व्यवहारिक ग्रंथ भी है। इस ग्रन्थ में शिव जी पार्वती को सम्बोधित करते हुए योग की व्याख्या कर रहे हैं। शिव संहिता में पाँच पटल है

प्रथम पटल में जगत आत्मा दुख बंधन सत्य असत्य की चर्चा हुई है।

द्वितीय पटल इस मेरुदंड, नाड़ियाँ, जीव-जगत आदि का वर्णन मिलता है

भगवान शिव दूसरे अध्याय में नाड़ी संस्थान का वर्णन करते हैं

तृतीय पटल सर्वप्रथम इसमें 10 प्राणों की व्याख्या की गयी है

संख्या	मुख्या	स्थान	संख्या	उपप्राण	कार्य
1	प्राण	हृदय	6	नग	डकार
2	अपान	गुदा	6	कूर्मा	पलक झपकना
3	व्यान	समस्त शरीर	8	देवदत्त	जमाई
4	उदान	कंठ	9	कृकल	हिचकी
5	समान	नाभि	10	धनन्जय	भूख प्यास

फिर कुम्भक सहित अनुलोम विलोम प्राणयाम के 4 प्रहर के अभ्यास के लिये कहा गया है

इसके अंतिम अध्याय में चार आसनों की चर्चा की गयी है।

1 सिद्धासन 2 पद्मासन 3 पश्चिमोत्तानासन 4 स्वस्तिकासन

चतुर्थ पटल इसमें 10 मुद्राओं के बारे में बताया गया है

1 महामुद्रा 2 महाबंध 3 महावेध 4 खेचरी 5 जालंधर बंध

6 मूलबंध 7 विपरीत करणी 8 उड़ियान 9 वज्रोली 10 शक्ति चालन।

पंचम पटल इसमें तीन प्रकार के विघ्न बताये गये हैं 1 भोग रूप 2 धर्म रूप 3 ज्ञान रूप। इसमें योग के चार प्रकार बताये गये हैं मंत्र योग, लय योग, हठयोग, राजयोग। पंचम पटल में योग साधक चार प्रकार के बताये गये हैं मृदु (रोगग्रस्त, मंद आचरण वाला पराधीन मनुष्य को मृदु श्रेणी का साधक समझना चाहिए), मध्य (जो निश्चित रूप से बुद्धि वाला हो क्षमाशील हो उसे मध्य प्रकार का साधक समझना चाहिए), अधिमात्रक (जो शूरवीर हो, अनुभवी हो, गुरु के प्रति अच्छी भावना रखता हो ऐसे साधक को अधिमात्र समझना चाहिए), अधिमात्रतम (जो बुद्धिमानी स्वाधीन क्षमाशील सुशील धर्म पर चलने वाला कर्म को करने वाला, गुरु की पूजा करने वाला ऐसी साधक को अधिमात्रतम साधक समझना चाहिए)। इन सब में सर्वश्रेष्ठ अधिमात्रतम हैं।

गोरक्षशतक में योग का विकास क्रम

गोरक्षशतक हठयोग का ग्रन्थ है। इसके रचयिता गुरु गोरखनाथ हैं। यह ग्रन्थ हठयोग का सम्भवतः सबसे प्राचीन उपलब्ध ग्रन्थ है।

गोरक्षशतक में 101 श्लोक हैं जिनमें आसन, प्राण-संरोध (प्राणायाम, मुद्रा तथा जपेदोंकार (ओंकार का जाप) का वर्णन है। इसके अलावा योग के शकार्यिकीश् के कुछ विषयों जैसे कण्ड, नाड़ी, चक्र, कुण्डलिनी आदि का वर्णन है।

जोग प्रदीपिका में योग का विकास क्रम

जोग प्रदीपिका हठयोग से सम्बन्धित एक ग्रन्थ है। इसकी रचना 1737 ई. में रामानन्दी जयतराम ने की थी। यह हिन्दी, ब्रजभाषा, खड़ी बोली की मिलीजुली भाषा में रचित है और शब्दावली संस्कृत के अत्यन्त निकट है। दोहा, चौपाई, सोरठा आदि छन्दों में योग के आठ अंगों का आठ खण्डों में वर्णन किया गया है। इसके खण्डों के नाम ये हैं-

1 जम वर्णन (यम वर्णन)

2 नेम कथन (नियम कथन)

3 आसन वर्णन (आसन वर्णन)

4 विविध विषयों का वर्णन

5 प्रत्याहार वर्णन

6 धारना

7 ध्यान वर्णन

8 समाधि वर्णन

इस ग्रन्थ में छः षट्कर्मों, 84 आसनों, 24 मुद्राओं और 8 कुम्भकों का वर्णन है।

तंत्र में योग का विकास क्रम - तंत्र एक प्रथा है जिसमें उनके अनुसरण करने वालो का संबंध साधारण, धार्मिक, सामाजिक और तार्किक वास्तविकता में परिवर्तन ले आते है। तांत्रिक अभ्यास में एक व्यक्ति वास्तविकता को माया, भ्रम के रूप में अनुभव करता है और यह व्यक्ति को मुक्ति प्राप्त होता है। हिन्दू धर्म द्वारा प्रस्तुत किया गया निर्वाण के कई मार्गों में से यह विशेष मार्ग तंत्र को भारतीय धर्मों

के प्रथाओं जैसे योग, ध्यान, और सामाजिक सन्यास से जोड़ता है, जो सामाजिक संबंधों और विधियों से अस्थायी या स्थायी वापसी पर आधारित हैं।

तांत्रिक प्रथाओं और अध्ययन के दौरान, छात्र को ध्यान तकनीक में, विशेष रूप से चक्र ध्यान, का निर्देश दिया जाता है। जिस तरह यह ध्यान जाना जाता है और तांत्रिक अनुयायियों एवं योगियों के तरीको के साथ तुलना में यह तांत्रिक प्रथाओं एक सीमित रूप में है, लेकिन सूत्रपात के पिछले ध्यान से ज्यादा विस्तृत है।

इसे एक प्रकार का कुंडलिनी योग माना जाता है जिसके माध्यम से ध्यान और पूजा के लिए हृदय में स्थित चक्र में देवी को स्थापित करते है

भक्ति योग

भक्ति संगीत की मूल शब्द धातु से बना है जिसका अर्थ है प्रेम हम सभी जीवित प्राणी में प्रेम और भक्ति है। नारद भक्ति सूत्र में नरगिस कहते हैं और किसी को नहीं छोड़ना चाहिए चाहे दिखावे के लिए करो

भक्ति का अर्थ है प्रेम और ईश्वर के प्रति निष्ठा - सृष्टि के प्रति प्रेम और निष्ठा, सभी प्राणियों के प्रति सम्मान और उनका संरक्षण। हर कोई भक्ति योग का अभ्यास कर सकता है, चाहे छोटा हो या बड़ा, धनी अथवा निर्धन, चाहे वह किसी भी राष्ट्र या धर्म से संबंध रखता हो। भक्ति योग का मार्ग हमें अपने उद्देश्य की ओर सीधा और सुरक्षित पहुंचा देता है।

भक्ति योग में ईश्वर के किसी रूप की आराधना भी सम्मिलित है। ईश्वर सब जगह है। ईश्वर हमारे भीतर और हमारे चारों ओर निवास करता है। यह ऐसा है जैसे हम ईश्वर से एक उत्तम धागे से जुड़े हों - प्रेम का धागा। ईश्वर विश्व प्रेम है। प्रेम और दैवी अनुकम्पा हमारे चारों ओर है और हमारे माध्यम से बहती है, किन्तु हम इसके प्रति सचेत नहीं हैं। जिस क्षण यह चेतनता, यह दैवीय प्रेम अनुभव कर लिया जाता है उसी क्षण से व्यक्ति किसी अन्य वस्तु की चाहना ही नहीं करता। तब हम ईश्वर प्रेम का सच्चा अर्थ समझ जाते हैं।

भक्ति योग की परिभाषा देते हुए नारद भक्ति सूत्र - 16 में कहा गया है - 'पूजा दृष्टिनुराग इति पराशर्यः।'

अर्थात् भगवान की पूजा अर्चना व उपासना में अनुराग होना ही भक्ति है।

नारद भक्तिसूत्र - 18 में महर्षि शाण्डिल्य के अनुसार -
'आत्म प्रेम के अविरोध साधनों में अनुराग का होना ही भक्ति है।'

स्वामी विवेकानन्द के अनुसार - 'सच्चे और निष्कपट भाव से ईश्वर की खोज करना भक्ति है।'

आचार्य गर्ग के अनुसार - 'ईश्वर के दिव्य गुण व कथा आदि के श्रवण में अनुराग का होना ही भक्ति है।'

सामान्य रूप से देखा जाए तो ईश्वर के प्रति अनन्य प्रेम ही भक्ति है। ईश्वर के प्रति पूर्ण समर्पण का भाव ही भक्ति है।

शाण्डिल्य सूत्र में भक्ति की परिभाषा देते हुए कहा है - 'सा प्रानुरक्ति ईश्वर।' अर्थात् ईश्वर के प्रति परम् अनुरक्ति रखना ही भक्ति है।

भक्त प्रहलाद भक्ति योग की परिभाषा देते हुए कहते हैं - कि हे ईश्वर जैसी प्रीति इन्द्रियों के नाशवान, क्षण भंगुर, भोग्य पदार्थों के प्रति अज्ञानी जनो की रहती है। वैसी ही प्रीति मेरी तुम में हो, और हे भगवान् तेरी सतत् कामना करते हुए मेरे हृदय से वह कभी कम ना हो।

भक्त प्रहलाद की इस परिभाषा में ईश्वर के प्रति उत्कट प्रेम उन्हें प्राप्त करने की उत्कट इच्छा दिखाई देती है। यह भक्ति योग की सर्वोच्च परिभाषा है।

नारद सूत्रों के अनुसार
सा त्वस्मिन परमप्रेमरूपा। ।2 ॥
अर्थात भक्ति ईश्वर के लिए परम प्रेम रूपा है।
आत्मरत्यविरोधेनेति शांडिल्यः। ।18 ॥
अर्थात महर्षि शांडिल्य के अनुसार आत्म रति के अविरोधी विषय में अनुराग का होना ही भक्ति है

गुणमा हात्म्यासक्ति रूपासक्ति पूजासक्ति स्मरणासक्ति दास्यासक्ति सख्यासक्ति कान्तासक्ति वात्सल्यासक्त्यात्मनि वेदनासक्ति

तन्मयतासक्ति परमविरहासक्तिरूपा,कधाप्येकादशधा भवति ॥82।

यह प्रेम रूपी भक्ति एक होकर भी ग्यारह प्रकार की हो जाती है

1- गुणमाहात्म्यासक्ति (भगवान को जानकर भगवान भगवान में आसक्त हो जाना)

2- रूपासक्ति (इन्द्रियातीत, चौतन्यस्वरूप, आनन्दप्रद, सत् रूप में आसक्ति)

3- पूजासक्ति (प्रभु की पूजा में आसक्ति रहना)

4- स्मरणासक्ति (हर पल हर समय हर घड़ी प्रभु का स्मरण कर आसक्ति रहना)

5- दास्यासक्ति (स्वयं को प्रभु का दास मान कर उनमें आसक्त हो जाना)

6- सख्यासक्ति (प्रभु सबके मित्र हैं ऐसा जानकर उसमें आसक्ति)

7- कान्तासक्ति (एक प्रभु ही पुरुष हैं, बाकि सब प्रियतमा हैं)

8- वात्सल्यासक्ति (प्रभु को संतान मानकर उस में आसक्ति हो जाना)

9- आत्मनिवेदनासक्ति (अपने आप को प्रभु को सर्वस्व समर्पण कर देना)

10- तन्मयतासक्ति (प्रभु में तन्मय, उनसे अभिन्नता का भाव)

11- परम विरहासक्ति (प्रभु से वियोग का अनुभव करके, उनसे पुनः मिलन के लिए तड़प के प्रति आसक्ति

इस प्रकार से ग्यारह प्रकार की होती है।

श्रीमद भगवत गीता कृष्ण भक्ति योग

श्री कृष्ण अर्जुन को कहते हैं हे अर्जुन-
मय्यावेश्य मनो ये मां नित्ययुक्ता उपासते।
श्रद्धया परयोपेतास्ते मे युक्ततमा मताः ॥2

भावार्थ -श्री भगवान बोले- मुझमें मन को एकाग्र करके निरंतर मेरे भजन-ध्यान में लगे हुए (अर्थात गीता अध्याय 11 श्लोक 55 में लिखे हुए प्रकार से निरन्तर मेरे में लगे हुए) जो भक्तजन अतिशय श्रेष्ठ श्रद्धा से युक्त होकर मुझ सगुणरूप परमेश्वर को भजते हैं, वे मुझको योगियों में अति उत्तम योगी मान्य हैं।

अद्वेष्टा सर्वभूतानां मैत्रः करुण एवं च।

निर्ममो निरहङ्कारः समदुःखसुखः क्षमी ॥13

संतुष्टः सततं योगी यतात्मा दृढनिश्चयः ।

मय्यर्पितमनोबुद्धिर्यो मद्भक्तः स मे प्रियः ॥14

भावार्थ जो पुरुष सब भूतों में द्वेष भाव से रहित, स्वार्थ रहित सबका प्रेमी और हेतु रहित दयालु है तथा ममता से रहित, अहंकार से रहित, सुख-दुःखों की प्राप्ति में सम और क्षमावान है अर्थात अपराध करने वाले को भी अभय देने वाला है तथा जो योगी निरन्तर संतुष्ट है, मन-इन्द्रियों सहित शरीर को वश में किए हुए है और मुझमें दृढ़ निश्चय वाला है- वह मुझमें अर्पण किए हुए मन-बुद्धिवाला मेरा भक्त मुझको प्रिय है

चतुर्विधा भजन्ते मां जनाः सुकृतिनोऽर्जुन ।

आर्तो जिज्ञासुरर्थार्थी ज्ञानी च भरतर्षभ ॥7.16

आर्त भक्त- जो लोकिक दुखों के लिए भगवान का ध्यान करते हैं वो आर्त भक्त कहलाते हैं जैसे द्रौपदी

जिज्ञासु भक्त - जिज्ञासु जैसा नाम से स्पष्ट है कि जिज्ञासा रखने वाले अर्थात किसी वस्तु को जानने की इच्छा रखने वाले। अब प्रश्न उठता है कि वह वस्तु क्या है - वह है आत्मा को जानने की इच्छा, ब्रह्म को जानने की इच्छा भक्त जिज्ञासु भक्त कहलाते है।

जैसे प्रहलाद, नचिकेता।

यर्थाथी भक्त- समस्त संसार के व्यक्ति इस श्रेणी में आते हैं भक्त- किसी सांसारिक वस्तु, मकान, जमीन, धन, वैभव, मान-सम्मान, में सफलता विवाह के लिए अपने आराध्य को भजते हैं। यर्थाथी भक्त कहलाते है। जैसे

ज्ञानी भक्त- ज्ञानी भक्त ऐसे भक्त हैं जो आत्म-कल्याण, ब्रह्म की प्राप्ति के लिए, अपने आराध्य को भजते हैं।

नवधा भक्ति

प्राचीन शास्त्रों में भक्ति के 9 प्रकार बताये गये हैं जिसे नवधा भक्ति कहते हैं।

श्रवणं कीर्तनं विष्णोः स्मरणं पादसेवनम् ।

अर्चनं वन्दनं दास्यं सख्यमात्मनिवेदनम् ॥

श्रवण (परीक्षित), कीर्तन (शुकदेव), स्मरण (प्रह्लाद), पादसेवन (लक्ष्मी), अर्चन (पृथुराजा), वंदन (अक्रूर), दास्य (हनुमान), सख्य (अर्जुन) और आत्मनिवेदन (बलि राजा) - इन्हें नवधा भक्ति कहते हैं।

1 श्रवण ईश्वर की लीला, कथा, महत्व, शक्ति, स्रोत इत्यादि को परम श्रद्धा सहित अतृप्त मन से निरंतर सुनना।

2 कीर्तन ईश्वर के गुण, चरित्र, नाम, पराक्रम आदि का आनंद एवं उत्साह के साथ कीर्तन करना।

3 स्मरण निरंतर अनन्य भाव से परमेश्वर का स्मरण करना, उनके महात्म्य और शक्ति का स्मरण कर उस पर मुग्ध होना।

4 पाद सेवन ईश्वर के चरणों का आश्रय लेना और उन्हीं को अपना सर्वस्व समझना।

5 अर्चन मन, वचन और कर्म द्वारा पवित्र सामग्री से ईश्वर के चरणों का पूजन करना।

6 वंदन भगवान की मूर्ति को अथवा भगवान के अंश रूप में व्याप्त भक्तजन, आचार्य, ब्राह्मण, गुरुजन, माता-पिता आदि को परम आदर सत्कार के साथ पवित्र भाव से नमस्कार करना या उनकी सेवा करना।

7 दास्य ईश्वर को स्वामी और अपने को दास समझकर परम श्रद्धा के साथ सेवा करना।

8 सख्य ईश्वर को ही अपना परम मित्र समझकर अपना सर्वस्व उसे समर्पण कर देना तथा सच्चे भाव से अपने पाप पुण्य का निवेदन करना।

9 आत्म-निवेदन अपने आपको भगवान के चरणों में सदा के लिए समर्पण कर देना और कुछ भी अपनी स्वतंत्र सत्ता न रखना। यह भक्ति की सबसे उत्तम अवस्था मानी गयी हैं।

आचार्य वल्लभ की भागवत पर सुबोधिनी टीका तथा नारायण भट्ट की भक्ति की परिभाषा इस प्रकार दी गयी है

सवै पुंसां परो धर्मो यतो भक्ति रधोक्षजे।

अहैतुक्य प्रतिहता ययात्मा सम्प्रसीदति ॥ ११.२.६

भगवान् में हेतु रहित, निष्काम एक निष्ठा युक्त, अनवरत प्रेम का नाम ही भक्ति है। यही पुरुषों का परम धर्म है। इसी से आत्मा प्रसन्न होती है।

भक्तिरसामृतसिन्धु, के अनुसार भक्ति के दो भेद हैं - गौणी तथा परा।

गौणी भक्ति साधनावस्था तथा परा भक्ति सिद्धावस्था की सूचक है। गौणी भक्ति भी दो प्रकार की है रू वैधी तथा रागानुगा। प्रथम में शास्त्रानुमोदित विधि निषेध अर्थात् मर्यादा मार्ग तथा द्वितीय में राग या प्रेम की प्रधानता है। आचार्य वल्लभ द्वारा प्रतिपादित विहिता एवं अविहिता नाम की द्विविधा भक्ति भी इसी प्रकार की है और मोक्ष की साधिका है॥

भक्ति का एक और वर्गीकरण

1) अपरा भक्ति- अध्यात्म में शुरुआत के लिए अपरा भक्ति है। शुरुआत फूलों और मालाओं के साथ एक छवि को सजाती है, घंटी बजाती है, भोजन, तरंगों की रोशनी प्रदान करती है। वह अनुष्ठानों और समारोहों को देखता है। यहाँ भक्त भगवान को सर्वोच्च व्यक्ति मानते हैं।

2) परा भक्ति- धीरे-धीरे अपरा भक्ति से भक्त उच्चतम भक्ति में चला जाता है। यह सर्वोच्च भक्ति है यह पूरी दुनिया ईश्वर की अभिव्यक्ति है। वह जो भी चीजें छूता है, वह अपनी पाँच इंद्रियों के साथ देखता है। उनके सभी कार्य भगवान- उनके चलने, उनकी बातों, उनके कार्यों, उनकी सेवा भगवान के लिए समर्पित हैं। इसलिए वह जो देखता है, जो करता है, जो बोलता है, वह सब भगवान है। ऐसी भक्ति से उसका अहंकार मिट जाता है और केवल भगवान रह जाते हैं। ईश्वर का प्रेम अहंकार को वश में करने का सबसे आसान तरीका है।

मंत्रयोग और क्रियायोग

शास्त्रों के अनुसार अनेक प्रकार के योग बताये गये हैं, इन सभी योग की साधना सबसे सरल और सुगम है। मंत्र योग की साधना कोई श्रद्धा पूर्वक व निर्भयता पूर्वक कर सकता है। श्रद्धा पूर्वक की गयी साधना से शीघ्र ही सिद्धि प्राप्त कर अभीष्ट की प्राप्ति की जा सकती है। अपने लक्ष्य को मंत्र योग द्वारा शीघ्रता से प्राप्त किया जा सकता है। वर्तमान समय में सम्पूर्ण संसार में लगभग 90 प्रतिशत साधक मंत्र योग के अनुयायी है अतः जिन साधकों को अन्य योग साधना कठिन प्रतीत हो उन साधकों को मंत्र योग की साधना से अभीष्ट सिद्धि मिल सकती हैं। सामान्य व्यक्ति साधना आरम्भ करना चाहते है उनके लिए साधनपाद में महर्षि पतंजलि ने सर्वप्रथम क्रिया योग को बतलाते हैं -

महर्षि पतंजलि की दृष्टि में क्रिया योग वह है कि जिन क्रियाओं से योग सधे, और यह क्रिया योग समाधि की सिद्धि देने वाले है।

मंत्र योग की अवधारणा उद्देश्य

वह शक्ति जो मन को बन्धन से मुक्त कर दे वही मंत्र योग है।" मंत्र को सामान्य अर्थ ध्वनि कम्पन से लिया जाता है। मंत्र विज्ञान ध्वनि के विद्युत रुपान्तर की साधना है, अनोखी विधि है।

'मंत्रजपान्मनोलयो मंत्रयोग।'

अर्थात् अभीष्ट मंत्र का जप करते-करते मन जब अपने आराध्य अपने इष्ट देव के ध्यान में तन्मयता को प्राप्त कर लय भाव को प्राप्त कर लेता है, तब उसी अस्था को मंत्र योग के नाम से कहा जाता है। शास्त्रों में वर्णन मिलता है-

'मननात् तारयेत् यस्तु स मंत्र परकीर्तित।'

अर्थात् यदि हम जिस इष्टदेव का मन से स्मरण कर श्रद्धापूर्वक, ध्यान कर मंत्र जप करते हैं और वह दर्शन देकर हमें इस भवसागर से तार दे तो वही मंत्र योग है। इष्टदेव के चिन्तन करने, ध्यान करने तथा उनके मंत्र जप करने से हमारा अन्तरूकरण शुद्ध हो जाता है। कल्मश-कशाय धुलकर मन इष्टदेव में रम जाता है अर्थात लय भाव को प्राप्त हो जाता है। तब उस मंत्र में दिव्य शक्ति का संचार होता है। जिसके जपने मात्र से मनुष्य संसार रूपी भवसागर से पार हो जाता है।

मंत्र जप एक विज्ञान है, अनूठा रहस्य है जिसे आध्यात्म विज्ञानी ही उजागर कर सकते हैं। जहाँ भौतिक विज्ञानी कहते हैंहैं कि ध्वनि, विद्युत रूपान्तरण के सिवाय कुछ नहीं हैं। आध्यात्म के विज्ञानी मानते हैं कि विद्युत और कुछ नहीं है सिवाय ध्वनि के रूपान्तरण के, इस प्रकार विद्युत और ध्वनि एक ही ऊर्जा के दो रूप है। मंत्र विज्ञान का सच यही है। यह मंत्र रूपी ध्वनि के विद्युत रूपान्तरण के अनोखी विधि है।

इस अनोखी विधि को अपनाकर आत्मसाक्षात्कार किया जा सकता है। मंत्रों का उपयोग जप द्वारा किया जाता है इस प्रक्रिया को जप योग कहा जाता है। जप मंत्र के शब्दों व जिस आराध्य का जप कर रहे हो उसके चरित्र का स्मरण की एकाग्रता है। श्रद्धापूर्वक भक्ति पूर्वक किया गया जप अवश्य सिद्धिदायक होता है। जप करते समय जो कुछ भी सोचा जाता है। साधक का जो संकल्प होता है, उसे यदि वह जप के समय सोचता रहे और श्रद्धा भक्तिपूर्वक अच्छी भावना के साथ जप करें तो मंत्र द्वारा प्राप्त ऊर्जा मंत्र द्वारा प्राप्त दिव्य शक्ति से साधक का संकल्प सिद्ध होता है। इसके लिए हमें दिव्य भावना श्रद्धा भक्ति व सभी

के मंगल की कामना करें तो मंत्र जप अवश्य ही जीवन को उत्कृष्ट बना देता है उत्कृष्ट जीवन आत्मसाक्षात्कार का पथ प्रशस्त कर मोक्ष की प्राप्ति कर सकता है। मंत्रयोग के उद्देश्य का अगर अवलोकन करें तो मन को तामसिक वृत्तियों से मुक्त करना तथा जप द्वारा व्यक्तित्व का रूपान्तरण ही जपयोग का उद्देश्य है। प्रत्येक मनुष्य स्वार्थपूर्ण इच्छाओं और आकांक्षाओं की पूर्ति में ही जीवन भर लगा रहता है। मनुष्य का मन सदैव एक से दूसरी वस्तु की इच्छा पूर्ति में ही रमा रहता है। सांसारिक भोग विलास की वस्तुओं की प्रवृति इच्छाओं तथा अहंकार की प्रवृति मनुष्य का स्वभाव है। उसकी इन्हीं प्राकृतिक गुणों से मुक्त कराकर यथार्थ का ज्ञान कराना ही जप योग का उद्देश्य है। मंत्रजप के द्वारा व्यक्तित्व का रूपान्तरण, मानसिक, शारीरिक व आध्यात्मिक परिवर्तन ही मंत्र योग का उद्देश्य है।

मंत्रयोग के प्रकार

साधारणत मंत्रजप चौदह प्रकार के होते हैं। शास्त्रों में चौदह प्रकार के मंत्रजप का वर्णन मिलता है। जो निम्न प्रकार है- नित्यजप - जो जप नियमित रूप से नित्यप्रति किया जाता हो उसे नित्यजप कहते हैं।

नैमित्तिक जप- नैमित्तिक जप उसे कहा जाता जो किसी के निमित्त किया जाता हो।

काम्य जप- जब जप का अनुष्ठान किसी कामना की सिद्धि के लिए किया जाता है उसे काम्य जप कहा जाता है।

निशिद्ध जप- किसी को हानि पहुँचाने की दृष्टि से किया गया जप तथा किसी के उपकार के लिए किया जाने वाला जप तथा अशुद्ध उच्चारण पूर्वक किया गया जप निशिद्ध जप है। जप एक लय में नहीं अधिक तीव्रता, अधिक मन्दता से किया गया जप भी निशिद्ध है। और ऐसे जप निश्फल होते है।

प्रायश्चित जप- जाने अनजाने में किसी से कोई दोष या अपराध हो जाने पर कर्म किया जाता है। उन दोशों से चित में जो संस्कार पड़ गये होते हैं, उनसे मुक्त होने उन पाप कर्मों से मुक्त होने हेतु जो मंत्र जप आदि किये जाते हैं, जप कहलाते हैं।

अचल जप- इस प्रकार का मंत्रजप आसनबद्ध होकर स्थिरतापूर्वक किया जाता है, अचल जप में अंग प्रत्यंग न हिलते हो और भीतर मंत्रजप चलता है, इस प्रकार का जप अचल जप है।

चल जप- इस प्रकार के मंत्र जप में स्थिरता नहीं होती उठते, बैठते, खाते, सोते सभी समय यह जप किया जा सकता है। इस प्रकार के जप में जीभ व होंठ हिलते हैं। और यदि हाथ में माला है वह भी हिलती हैं। इस प्रकार चल अवस्था में

होते रहने से ही यह चल जप है।

वाचिक जप- मंत्रोचार -पूर्वक जोर से बोलकर जो जप किये जाते है, वाचिक जप कहलाता है। वाचिक जप से साधक की वाणी में मंत्रोच्चारण से अमोघ शक्ति आ जाती है।

मानस जप- केवल मानसिक रूप से बिना कोई अंग-प्रत्यंग के हिले- डुले, सूक्ष्मतापूर्वक जो भी जप किया जाता है। उसे मानसिक जप कहते हैंहैं।

अखण्ड जप- ऐसा जप जिसमें देश काल का पवित्र-अपवित्र का भी विचार नहीं होता और मंत्र जप बिना खण्डित हुए लगातार चलते रहे, इस प्रकार का जप खण्डित जप कहा जाता है।

अजपा जप- बिना प्रयास किये श्वास-प्रश्वास के साथ चलते रहने वाले जप को अजपा जप कहा जाता है। जैसे श्वास-प्रश्वास में विराम नहीं होता है, उसी तरह यह जप भी बिना विराम चलता रहता है। जब तक श्वास देह में है।

उपांशु जप- इसमें मंत्रोच्चारण अस्पष्ट होता है। दोनों होंठ हिलतें है, पर शब्द सुनायें नहीं देते है, होंठों से अस्पष्ट ध्वनि पूर्वक जप करना ही उपांशु जप है।

भ्रमर जप- इस प्रकार का मंत्र जप भौंरे के गुंजन के समान गुंजन करते हुए किया जाता है। अर्थात् अपने इष्ट मंत्र का जाप गुनगुनातें हुए करना भ्रमर जप है।

प्रदक्षिणा जप- किसी भी देवस्थान, मन्दिर या देवता की प्रदक्षिणा करते समय मंत्र जप किया जाता है। इस प्रकार का जप प्रदक्षिणा जप कहा जाता है।

इन चौदह प्रकार के मंत्र जप में तीन प्रकार के जप श्रेष्ठ माने जाते है। वाचिक जप उपांशु जप तथा मानसिक जप। मनुस्मृति 2धृ85 में कहा गया है-

विधि यज्ञा ज्पयज्ञों विशिष्टोदृश्रभिर्गुणैरू।
उपांशु स्थाच्छतगुणारू साहस्त्रोमानसरू स्मृत।

अर्थात् विधि यज्ञों में वाचिक जप जो कि बोल कर किया जाने वाला यज्ञ है। अर्थात् जप को यज्ञ की संज्ञा दी गयी है, वाचिक जप दस गुना श्रेष्ठ हैं। उपांशु जप इससे सौ गुना श्रेष्ठ बताया गया है। और मानसिक जप हजार गुना श्रेष्ठ बताया गया है।

मंत्रयोग की उपयोगिता तथा महत्व

मंत्र जप के द्वारा मन बुद्धि अहंकार चित इन सभी का बिखराव रूकता है। मानसिक एकाग्रता की स्थिति प्राप्त होती है। मंत्रयोग अभ्यास से समस्त मानसिक

क्रियाएँ सन्तुलित हो जाती है। जप के समय साधक श्रेष्ठ विचारों का चिन्तन करता है। जिसको निरन्तर दुहराने से व्यक्ति अतार्किक विचारों से मुक्त हों, श्रेष्ठ विचारों या सकारात्मक विचारों वाला हो जाता है।

मंत्रजप के स्पन्दन, जो प्रत्येक शब्द के जपने से उत्पन्न होते है। तथा एक ध्वनि का रूप लेते है। जैसे-जैसे मंत्र की ध्वनि से उत्पन्न स्पन्दन बध जाते है। हमारे मन के साथ-साथ हमारी चेतना भी इससे प्रभावित होती है। हमारी चेतना के प्रभावित होने से हमारी भावनाओं व चिन्तन प्रक्रियाओं पर धनात्मक प्रभाव पड़ता है। जिस प्रकार हमारा तंत्रिका तंत्र ठीक ढंग से कार्य करता है। तथा साथ ही साथ हमारा अन्तरूस्रावी तंत्र भी तथा उससे निकलने वाले हार्मोन्स का सन्तुलन बना रहता है। जिस कारण हमें शारीरिक व मानसिक स्वास्थ्य की प्राप्ति होती है। तथा स्वस्थ्य शरीर द्वारा ही मानव जीवन के चारों पुरुषार्थ की प्राप्ति की जा सकती है। अपने अभीष्ट की प्राप्ति की जा सकती है।

क्रिया योग

अर्थ संस्कृत के शब्द क्रिया का मतलब करना है। इसलिये क्रिया योग का मतलब है कि वे प्रणालियां जिनके द्वारा सेहत, आध्यात्मिक विकास, या एकता-चेतना का अनुभव हो। पतांजली के २००० साल पुराने श्योग सूत्र में लिखा है कि क्रिया योग का मतलब है कि मन और इन्द्रियों को वश में रखना, स्वयं विल्क्षेषण, स्वाध्याय, ध्यान का अभ्यास, और अहंकार की भावना का ईश्वर प्राप्ति के लिये त्याग।

परिभाषा

बी.के.एस. आयंगर के अनुसार "साधक वह है जो अपने मन व बुद्धि को लगाकर क्षमतापूर्वक, समर्पण भाव से व एकचित्त होकर साधना करता है।" साधना एक सतत् अभ्यास है जिसमें साधक अपनी अशुद्धियों को दूर करता है।

परमहंस योगानन्द के अनुसार क्रियायोग एक सरल मनःकायिक प्रणाली है, जिसके द्वारा मानव-रक्त कार्बन से रहित तथा ऑक्सीजन से प्रपूरित हो जाता है। इसके अतिरिक्त ऑक्सीजन के अणु जीवन प्रवाह में रूपान्तरित होकर मस्तिष्क और मेरूदण्ड के चक्रों को नवशक्ति से पुनः पूरित कर देते है।

महर्षि पतंजलि ने मध्यम कोटि के साधकों की चित्तशुद्धि के लिए क्रियायोग

का उपदेश दिया है महर्षि पतंजलि ने अशुद्धियों को दूर करने के लिए कहा है- "तप स्वाध्यायेश्वरप्रणिधानानि क्रियायोग" अर्थात् तपस्या, स्वाध्याय तथा ईश्वरप्रणिधान-यह क्रियायोग है।

तप - तब का मूल अर्थ प्रकाश किसी उद्देश्य की प्राप्ति अथवा आत्मिक और शारीरिक अनुशासन के लिए उठाए जाने वाले कष्ट को तप कहते हैं। महाभारत के अनुशासन पर्व के दान धर्म पर्व के अंतर्गत अध्याय 57 में तप के फलो का वर्णन मिलता है निष्काम भाव इस तबके पालन करने से मनुष्य का अंतरण शुद्ध हो जाता है महर्षि पतंजलि ने कहा भी है तपो द्वंद्व सहनम अर्थात सही प्रकार के द्वंद्व को सह लेना वही ताप है। श्रीमद भगवत गीता में कहा गया है

मात्रास्पर्शास्तु कौन्तेय शीतोष्णसुखदुःखदाः ।
आगमापायिनोऽनित्यास्तांस्तितिक्षस्व भारत ॥2.14 ॥

इसका आशय इस प्रकार है - सर्दी - गर्मी, सुख-दुख, शारीरिक कष्टों को तो सहन कर एक कष्ट विनाशशील और अनित्य हैं। तू इनको सहन कर।

"कायेन्द्रियसिद्धिरशुद्धिक्षयात्तपस ।" (पा.यो.सू. 2.43)
तप करने से शरीर की सारी अशुद्धि का नाश होता है। प्राण, इन्द्रियों और मन को उचित रीति और अभ्यास से वशीकार करने को तप कहते हैं।

तत्त्वार्थसूत्र - तत्त्वार्थसूत्र के अनुसार तप दो प्रकार के होते हैं
बाह्य तप -बाह्य तप, बाह्य द्रव्य के आलम्बन से होता है और दूसरों के देखने में आता है, इसलिए इनको बाह्य तप कहते हैं। बाह्य तप छः होते हैं अनशनावमौदर्यवृत्तिपरिसंख्यानरसपरित्यागविविक्तशय्यासनकायक्लेशा बाह्य तपरूतत्त्वार्थसू।19।
अनशन, अवमौदर्य, वृत्तिपरिसंख्यान, रसपरित्याग, विविक्तशय्यासन और कायक्लेश यह छह प्रकार का बाह्य तप है।
अनशन तप - प्राणि संयम व इन्द्रिय संयम की सिद्धि के लिए एवं कर्मों की निर्जरा के लिए अनशन तप किया जाता है।
अवमौदर्य तप - संयम को जागृत रखने, दोषों को प्रशम करने, संतोष और स्वाध्याय आदि की सुख पूर्वक सिद्धि के लिए किया जाता है।

वृत्तिपरिसंख्यान तप - आशा की निवृत्ति के लिए, अपने पुण्य की परीक्षा के लिए एवं कर्मों की निर्जरा के लिए किया जाता है।

रस परित्याग तप - रसना इन्द्रिय को जीतने के लिए निद्रा वप्रमाद को जीतने के लिए, स्वाध्याय की सिद्धि के लिए एवं कर्मों की निर्जरा के लिए किया जाता है।

विविक्तशय्यासन तप - चित्त की शांति के लिए, निद्रा को जीतने के लिए एवं कर्मों की निर्जरा के लिए किया जाता है।

कायक्लेश तप - कायक्लेश तप से कष्टों को सहन करने की क्षमता आती है, जिनशासन की प्रभावना होती है एवं कर्मों की निर्जरा हो इसलिए किया जाता है।

आभ्यंतर तप - आभ्यंतर तप (अतरंग तप) तपों में बाह्य द्रव्य की अपेक्षा नहीं रहती है। अंतरंग परिणामों की मुख्यता रहती है तथा इनका स्वयं ही संवेदन होता है। ये देखने में नहीं आते तथा इसको अनाहत (अजैन) लोग धारण नहीं कर सकते। इसलिए प्रायश्चित्तादि को अतरंग तप माना है।

प्रायश्चित्तविनयवैयावृत्त्यस्वाध्यायव्युत्सर्गध्यानान्युत्तरम्। 20।

प्रायश्चित्त, विनय, वैयावृत्य, स्वाध्याय, व्युत्सर्ग और ध्यान यह छह प्रकार का आभ्यंतर तप है।

तप - प्रमाद जन्य दोष का परिहार करना प्रायश्चित तप है।

विनय तप - मोक्ष के साधन भूत सम्यक्ज्ञानादिक में तथा उनके साधक गुरुआदि में अपनी योग्य रीति से सत्कारआदि करना विनय तप है।

वैयावृत्य तप - अपने शरीर व अन्य प्रासुक वस्तुओं से मुनियों व त्यागियों की सेवा करना, उनके ऊपर आई हुई आपत्ति को दूर करना, वैयावृत्य तप है।

स्वाध्याय तप - आलस्य त्यागकर ज्ञान की आराधना करना, स्वाध्याय तप है।

व्युत्सर्ग तप-अहंकार ममकार रूप संकल्प का त्याग करना ही, व्युत्सर्ग तप है।

ध्यान तप - उत्तम संहनन वाले का एक विषय में चित्तवृत्ति का रोकना ध्यान है, जो अन्तर्मुहूर्त तक होता है।

स्वाध्याय - स्वाध्याय का सीधा मतलब है स्वयं का अध्ययन करना अर्थात सर्वश्रेष्ठ साहित्य का अध्ययन करनाजीवन-निर्माण और सुधार संबंधी पुस्तकों का पढ़ना, परमात्मा और मुक्ति की ओर ले जाने वाले ग्रंथों का अध्ययन, श्रवण, मनन, चिंतन आदि करना स्वाध्याय कहलाता है।

"स्वाध्यायाभ्यसनंचैव वाङ्मयं तप उच्यते।" गीता 1 7-15

अर्थात - स्वाध्याय करना वाणी का तप है

पं0 श्री राम शर्मा आचार्य जी के अनुसार- अच्छी पुस्तकें जीवन्त देव प्रतिमा, है जिनकी आराधना से तत्काल प्रकाश व उल्लास मिलता है।

आध्यात्म सागर के अनुसार-

मन एवं मनुष्याणां कारणं बन्धमोक्षयोः ।
बन्धाय विषयासक्तं मुक्त्यै निर्विषयं स्मृतम् ॥

मन ही मनुष्य के बंधन और मोक्ष का कारण है, जो मन विषयों में आसक्त हो तो बंधन का कारण बनता है और निर्विषय अर्थात वीतराग हो जाता है तो मुक्ति अर्थात मोक्ष का कारण बनता है। हमारे शास्त्रों में कहा गया है कि स्वाध्याय में कभी प्रमाद नहीं करना चाहिए। स्वाध्याय मन की मलिनता को साफ करके आत्मा को परमात्मा के निकट बिठाने का सर्वोत्तम मार्ग है। अतः प्रत्येक विचारवान व्यक्ति को प्रतिदिन संकल्पपूर्वक सद्ग्रंथो का स्वाध्याय अवश्य करना चाहिए।

केवल मात्र किसी धर्म पुस्तक के थोड़ी देर पन्ने पलट लेना स्वाध्याय नहीं है। ऐसे स्वाध्याय से कोई ऐसा ऊँचा लाभ नहीं मिल सकता, जिसका संकेत उपरोक्त शास्त्र वचनों में किया गया है। स्वाध्याय का भावार्थ अपनी विचारकता समस्या को सूक्ष्म दृष्टि से देखना और उसे निष्पक्ष और अपनी स्वतंत्र प्रतिभा द्वारा सुलझाना है। दूसरों के पथ-प्रदर्शन से मनुष्य सत्य तक नहीं पहुँच सकता, क्योंकि परस्पर विरोधी विचार वाले शास्त्र और महापुरुष विभिन्न बातों को कहते हैं, एक दूसरे के मत का खण्डन करते हैं। ऐसी दशा में यदि मनुष्य के अन्दर विचारना न हो, उचित-अनुचित का निर्णय करने योग्य बुद्धि बल न हो तो केवल अंधश्रद्धा के कारण मनुष्य अंधकार में गिर सकता है। उचित पथ-प्रदर्शन करने की क्षमता अन्तःकरण में बैठे हुए सच्चे गुरु में ही है। इस गुरु की वाणी स्पष्ट सुन सकें, उसके संकेतों को ठीक तरह समझ सकें, इसके लिए अपनी विचारकता को जागृत करने की आवश्यकता है।

"स्वाध्यायाद्योगमासीत योगात्स्वाध्यायमामनेत् ।"
स्वाध्याय योग सम्पत्या परमात्मा प्रकाशते ॥" योग 1 । 28 व्यास भाष्य ॥

अर्थात - स्वाध्याय से योग करना चाहिए और योग से स्वाध्याय का अभ्यास करना चाहिए। और स्वाध्याय की संपत्ति से परमात्मा का दर्शन होता है

योग तत्व

ईश्वरप्राणिधान - अर्थात ऐश्वर्य सत्ता को स्वीकार करना ऐश्वर्य वाणी वेद पर विश्वास करना तथा अपने शुभ कर्मों को निष्काम भाव से परमपिता परमात्मा को अर्पण कर देना अर्थात् उनके फल की इच्छा ना करना ईश्वर प्राणी धान है। योग के अंतिम अंग समाधि की प्राप्ति के लिए ईश्वर प्राणी धान सर्वोत्तम साधन है।

ईश्वरप्राणिधान ॥

अर्थात -महर्षि पतंजलि कहते हैं- ईश्वर प्राणिधान से भी शीघ्र समाधि की प्राप्ति होती है।

अपने को सब प्रकार से ईश्वर के अधीन समझकर, स्वयं को ईश्वर-समर्पित करके,निमित्त बनकर फलाकांक्षा से पूर्ण रूप से मुक्त होकर, मन वचन और कर्म से सब कुछ ईश्वर की ही पूजा, अर्चना और उपासना कर रहा हूँ ऐसा उदात्त भाव ईश्वर प्राणिधान कहलाता है और यह शीघ्र समाधि लाभ देने वाला है। ईश्वर प्राणिधान सर्वोच्च भक्ति है। यह सर्वोच्च समर्पण है अपने इष्ट के प्रति घईश्वर प्राणिधान अकेला ऐसा भाव है जो जो मनुष्य के सारे अभाव दूर कर सकता है। जीवन की उलझने हों या मन की मलिनता, चिंता, तनाव, भय, अपराध बोध, ग्लानि, सब कुछ एक भाव से ही समाप्त हो जाता है लेकिन इस भाव में प्रतिष्ठित होने के लिए सबसे बड़े साहस अर्थात ईश्वर पर पूर्णरूपेण आश्रित होना पड़ता है और यही सर्वोच्च साहस फिर साधक की रक्षा करता है।

ईश्वर प्राणिधान, एक शुद्धतम साधना पद्धति है, जिसमें कुछ भी लाग लपेट नहीं, जो हमारा स्वभाव मात्र है घ यदि सहजता का कोई उद्गम स्थान माना जाय तो वह ईश्वर प्राणिधान ही होगी क्योंकि इसी भाव से सारी सहजता, सरलता, निर्भयता और स्वतंत्रता आती है घ साधना के मार्ग पर ईश्वर प्राणिधान का यह पड़ाव अवश्य आता है।

योगसूत्र के साधन पाद में कहा गया है - समाधिसिद्धिरीस्वरप्राणीधानात।

ईश्वर की शरणागति से योग साधन में आने वाले विघ्नों का नाश होकर शीघ्र समाधि निष्पन हो जाती है क्योंकि ईश्वर पर निर्भर रहने वाला साधक तो केवल तत्परता से साधन करता रहता है उसे साधन के परिणाम की चिंता नहीं रहती उसके साधन में आने वाले विघ्नों को दूर करने का भार ईश्वर पर पड़ जाता है,अतः साधन का अनायास और शीघ्र पूर्ण होना स्वाभाविक है। ईश्वर प्राणिधान आश्रय में जीने की कला है जो व्यक्ति को सारी चिंताओं से, अज्ञात के भय से, घबराहट और उलझाव से बचाती है। धन्य हो जाता है जीवन जो ईश्वर प्राणिधान साधना के

आधार पर जीना आरंभ कर देता है।

क्रिया योग के लाभ

ऋषि पतंजलि ने साधनपाद के दूसरे सूत्र में क्रिया योग का उद्देश्य बताया है- योग सूत्र 2/2 'समाधिभावनाथ क्लेशतनुकरणार्थश्च।

अर्थात् यह क्रियायोग साधक को समाधि की सिद्धि प्रदान करने वाला तथा पंचक्लेशों को क्षीण करने वाला है।

पतंजलि मानना है कि मनुष्य के पूर्व जन्म के संस्कार, आने वाले समस्त जन्म में अपना प्रभाव दिखाते है। इसका परिणाम मनुष्य को हर जन्म में भोगना पड़ता है। इन परेशानियों पूरी तरह से दूर किए बिना क्रिया योग की साधना नहीं किया जा सकता है। यदि साधक यह करने में कामयाब होते हैं तो मोक्ष प्राप्ति के मार्ग पर साधक बढ़ सकता है। क्रिया योग की साधना से समाधि की योग्यता आ जाती है।

क्रिया योग का अभ्यास

क्रिया योग पारंपरिक रूप से गुरु-शिष्य परंपरा के माध्यम से ही सीखा जाता है। साधक इसे आस योग की तरह नहीं ले सकता है। क्रिया योग (झतपलं ल्वहं) में साधक की दीक्षा के बाद उन प्राचीन कठोर नियमों में निर्देशित किया जाता है जो गुरु से शिष्य संचारित योग कला को नियंत्रित करते हैं। योगानंद के जरिए इस क्रिया योग को विस्तार से वर्णित किया गया है। क्रिया योगी के माध्यम से आप अपनी जीवन ऊर्जा को मानसिक रूप से नियंत्रित कर सकते हैं। मनुष्य के संवेदनशील रीढ़ की हड्डी के इर्द-गिर्द ऊर्जा के डेढ़ मिनट का चक्कर उसके विकास में तीव्र प्रगति ला सकता है। है योगानंद ऐसा मानना है कि आधे मिनट का क्रिया योग प्रभाव वर्ष के प्राकृतिक आध्यात्मिक विकास के बराबर होता है। स्वामी सत्यानन्द के क्रिया उद्धरण में वर्णन है कि क्रिया साधना को ऐसा माना जा सकता है कि जैसे यह आत्मा में रहने की पद्धति है।

क्रिया योग के अभ्यास से साधक अपने आत्मा को साध लेता है। इसके साथ ही वह अपने ज्ञानेद्रियों को साधने में कामयाब होगा। इससे आपको मानसिक राहत मिलती है। अवसाद से आपको छुटकारा मिलता है। क्रिया योग के अभ्यास से साधक के रोग प्रतिरोधक क्षमता में बुद्धि होती है। इससे शरीर कई तरह के रोग से लड़ने में सक्षम बनता है। साधक परम सत्य को जानने में सक्षम होता है। मोह माया से परे हो जाता है। ऐसे जातक अपने परमात्मा में ध्यान लगाने में सामर्थवान बनाता है। उसे सिद्धि मिलती है। जातक शारीरिक बंधन से मुक्त होकर आत्मा व परमात्मा में भेद कर पाता है। व्यक्तित्व का समग्र विकास होता है। ज्ञानी से साथ

ही व तार्किक भी बनता है। क्रिया योग साधक को उसके जीवन का उद्देश्य प्राप्त करने में सहयोग करता है।

कर्म योग

कर्म शब्द कृ धातु से बनता है। कृ धातु में मन प्रत्यय लगाने से कर्म शब्द की उत्पत्ति हुई है

कर्मों में कुशलता ही कर्म योग है वास्तव में कर्मयोग ही वह योग है जिसके माध्यम से हम अपनी जीवात्मा से जुड़ पाते हैं। कर्मयोग हमारे आत्मज्ञान को जागृत करता है। इसके बाद हम न केवल अपने वर्तमान जीवन के उद्देश्यों को बल्कि जीवन के बाद की अपनी गति का पूर्वाभास प्राप्त कर सकते हैं। व्यक्ति द्वारा अर्थात् उसके शरीर, मन, वाणी द्वारा की गयी कोई भी क्रिया-चलना, खाना-पीना, सोना, उठना, बैठना, लिखना, खेत जोतना, बोझा ढोना, सोचना, विचारना व इच्छा करना, बोलना, पढ़ना इत्यादि कर्म है, किन्तु धर्म-गंथों में कर्म शब्द का प्रयोग व्यक्ति के मन, वाणी और शरीर द्वारा लौकिक व पारलौकिक दायित्वों के निर्वाह हेतु किये गये कार्यों से है।

गीता में कहा गया हैं -योगरू कर्मसु कौशलम् "॥ 2/50 अर्थात् कर्मों में कुशलता ही योग है। शुभ कर्मों में कुशलता ही योग है अर्थात् शुभ कर्मों को कुशलतापूर्वक ही योग है। इस अर्थ में श्योगश् शब्द से मानसिक, बौद्धिक और शारीरिक समन्वयन और तादात्म्य अभिप्रेत है। यानि मन, बुद्धि और शरीर इन तीनों को एक साथ जोड़कर जब हम कोई कार्य करते हैं तो निश्चित ही उस कार्य में कौशल या संपूर्ण दक्षता प्राप्त होती है, जिसे योग कहते हैं।

न कर्मणामनारंभान्नैष्कर्म्यं पुरुषोऽश्रुते।
न च सन्न्यसनादेव सिद्धिं समधिगच्छति ॥

अर्थात् -मनुष्य न तो कर्मों का आरंभ किए बिना निष्कर्मता (जिस अवस्था को प्राप्त हुए पुरुष के कर्म अकर्म हो जाते हैं अर्थात फल उत्पन्न नहीं कर सकते, उस अवस्था का नाम निष्कर्मता है।) को यानी योगनिष्ठा को प्राप्त होता है और न कर्मों के केवल त्याग मात्र से सिद्धि यानी सांख्यनिष्ठा को ही प्राप्त होता है ॥4 ॥

न कर्मणामनारंभान्नैष्कर्म्यं पुरुषोऽश्रुते ।
न च सन्न्यसनादेव सिद्धिं समधिगच्छति ॥ 3.4

अर्थात् -मनुष्य न तो कर्मों का आरंभ किए बिना निष्कर्मता (जिस अवस्था को प्राप्त हुए पुरुष के कर्म अकर्म हो जाते हैं अर्थात फल उत्पन्न नहीं कर सकते, उस अवस्था का नाम श्रिष्कर्मताश् है ।) को यानी योगनिष्ठा को प्राप्त होता है और न कर्मों के केवल त्याग मात्र से सिद्धि यानी सांख्यनिष्ठा को ही प्राप्त होता है ॥4॥

कर्म के भेद

कर्म मुख्य रूप से दो प्रकार के होते हैं -

विहित कर्म

निषिद्ध कर्म

1. विहित कर्म -

विहित कर्म अर्थात अच्छे कर्म।

2. निषिद्ध कर्म -

निषिद्ध कर्म अर्थात जो कर्म शास्त्र के अनुकूल नहीं है, चोरी, हिंसा, झूठ, व्याभिचार इत्यादि कर्म निषिद्धकर्म है। जो इन पाँचो का त्याग कर देते हैं उन्हें सदाचारी व्यक्ति कहा जाता है। इन पाँच पापों के त्याग को ही भगवान बुद्ध ने पंचशील का पालन कहा। निषिद्ध-कर्म व्यक्ति के जिस भी कर्म से, अगले किसी भी जीव को क्लेष की प्राप्ति होती है, वह तामसिक-निषिद्ध कर्म है। शास्त्र उपदेश, निषिद्ध कर्मों को, नहीं करने के, आदेश करते हैं। निषिद्ध पाप-कर्मों के करने से व्यक्ति के संचित-पुण्य क्षीण होते है। व्यक्ति पतन को उन्मुख होता है।

विहित कर्म के भी चार भेद है -

विहित कर्म

|

| | | |

नित्यकर्म   नैमित्तिक कर्म   काम्य कर्म   प्रायश्चित कर्म

नित्यकर्म - प्रतिदिन किया जानेवाला कर्म नित्यकर्म कहलाता है। इसके

अनुसार एक प्रातःकाल से दूसरे प्रातःकाल तक शास्त्रोक्त रीति से, दिन-रात के अष्टयामों के आठ यामार्ध कृत्यों यथा- ब्राह्म मुहूर्त में निद्रात्याग को करना चाहिए।

नैमित्तिक कर्म - जो कर्म किसी प्रयोजन के लिए किये जाते हैं उदाहरणार्थ, किसी त्योहार या पर्व आ जाने पर अनुष्ठान किसी की मृत्यु हो जाने पर श्राद्ध, तर्पण इत्यादि।

काम्य कर्म - ऐसे कर्म जो किसी कामना या किसी प्रयोजन के लिए किये जाते है। जैसे नौकरी प्राप्ति के लिए, पूत्र की प्राप्ति के लिए, स्वर्ग की प्राप्ति के लिए यज्ञ, वर्षा को रोकने के लिए, अकाल पड़ने पर वर्षा करने के लिए हवन या अनुष्ठान, पुण्य्ाफल की प्राप्ति की इच्छा के लिए दान इत्यादि ये काम्य कर्म है।

प्रायश्चित कर्म - प्रायश्चित कर्म जैसा कि नाम से स्पष्ट होता है कि अगर व्यरक्ति से कोई अनैतिक काम या पाप हो जाये तो उसके प्रायश्चित के लिए वो जो कर्म करता है उसके प्रायश्चित कर्म कहते है तथा जन्म -जन्मान्तरों के पापों का क्षय करने के लिए तपचर्यादि इत्यादि प्रायश्चित कर्म कहलाते है।

योग सूत्र के अनुसार कर्म
महर्षि पतंजलि द्वारा कैवल्यपाद के सातवें सूत्र में कर्म के भेद बताएं हैं
कर्माशुक्लाकृष्ण योगिनस्त्रिवधमितरेषाम् योग सूत्र 4/7
अर्थात कर्म को चार भागों में विभक्त किया गया है
शुक्ल कर्म,कृष्ण कर्म,शुक्ल कृष्ण कर्म, अशुक्ल कृष्ण कर्म।
शुक्ल कर्म (पुण्य) - यह कर्म सुखद और शुभ होता है इसको सर्वश्रेष्ठ बताया गया है
कृष्ण कर्म (पाप)- अर्थात अशुभ कर्म इन कर्मों के फलों को जन्म जन्मांतर तक भोगना पड़ता है
शुक्ला कृष्ण कर्म (पाप पुण्य) -यह कर्म पाप पुण्य दोनों से युक्त होता है।
शुक्लकृष्ण कर्म(शुभा शुभ)- इस कर्म से अंतःकरण की शुद्धि होती है

श्रीमद्भागवत गीता के अनुसार कर्म
न हि कश्चित्क्षणमपि जातु तिष्ठत्यकर्मकृ।

कार्यते ह्यवशः कर्म सर्वः प्रकृतिजैर्गुणैः ॥3.5

अर्थात्- निःसंदेह कोई भी मनुष्य किसी भी काल में क्षणमात्र भी बिना कर्म किए नहीं रहता क्योंकि सारा मनुष्य समुदाय प्रकृति जनित गुणों द्वारा परवश हुआ कर्म करने के लिए बाध्य किया जाता है॥

सकाम कर्म

स्वयं के लाभ के लिए किया गया कर्म सकाम कर्म कहलाता है। इसमें स्वार्थ पूर्ण भाव होता है। कर्म श्मेरेश् और श्तेरेश् के बीच द्वन्द्वता (दो अलग-अलग होने की भावना) को और अधिक गहरा करते हैं। सकाम कर्म हमें जन्म और मृत्यु के चक्र से बांधता है।

निष्काम कर्म

स्वार्थहीनता वाले कर्म को निष्काम कर्म कहते हैं। स्वार्थहीन होने की भावना हमें हमारे अहंकार से बहुत दूर ले जाता है। यह सभी को साथ लेकर एकता की और बढ़ाता है। निष्काम कर्म हमे अहंकार की भावना से स्वतंत्र कर देता है। हमारे भारत में निःस्वार्थ भाव के प्रतीक वर्षा, वृक्ष, नदी और संत को माना जाता है।

बौद्ध धर्म के अनुसार कर्म -

बौद्ध दर्शन में कर्म के तीन भेद किए गये हैं -

कायिक कर्म - प्राणी की हत्या न करना चोरी ना करना

वाचिक कर्म - अर्थात असत्य वाणी ना बोलना कठोर वचन ना बोलना

मानसिक कर्म - लोभ और घृणा नहीं करना

ज्ञान योग (संख्या योग)

ज्ञान योग ज्ञान और स्वयं का जानकारी प्राप्त करने को कहते हैं। ज्ञान योग वह मार्ग है जहाँ

अन्तर्दृष्टि, अभ्यास और परिचय के माध्यम से वास्तविकता की खोज की जाती है।

उपनिषद में कहा गया है - "ऋते ज्ञानन्न मुक्तिः" अर्थात् ज्ञान के बिना मुक्ति सम्भव नहीं हैं।

ज्ञानियों के अनुसार - ब्रह्म ही सत्य है ब्रह्मा के अतिरिक्त अन्य संसार में किसी का महत्व नहीं है ज्ञानियों के अनुसार ब्रह्मा की आत्मा है ज्ञान योग में कहा गया है

जीवता ब्रह्म की एकता का ज्ञान होना ही मोक्ष है

ज्ञान को दो भागों में विभक्त किया गया है -

बहिरंग साधन

अंतरंग साधन

बहिरंग साधन- ज्ञान की साधना के लिए हमें कुछ बातों का पालन करना पड़ता है उसे बहिरंग साधन कहते हैं। इन बहिरंग साधना को साधन चतुष्टय का नाम दिया गया है। जो चार प्रकार के है

1 विवेक -प्रत्येक मनुष्य में विवेक जन्मजात से रहता है। जिसने विवेक से अपने सारे कार्य किए हैं उस मनुष्य का कभी पतन नहीं हो सकता है। मानव होने के नाते हमारा यह कर्तव्य बनता है कि हम अपने विवेक को जागृत करें

तत्व बोध में वर्णन मिलता है

नित्यवस्त्वेकं ब्रह्म तद्व्यतिरिक्तं सर्वमनित्यम्।

अयमेव नित्यानित्यवस्तु विवेकः ॥"

2 वैराग्य - वैराग्य का अर्थ है, खिंचाव का अभाव। वैराग्य के सम्बन्ध में महर्षि पतंजलि ने कहा है-

दृष्टानु श्रविक विषय वितृष्णस्य वशीकारसंज्ञा वैराग्यम्। ।

अर्थात - देखे और सुने हुए विषयों में सर्वथा तृष्णा रहित वशीकार नामक अवस्था है वही वैराग्य है।

3 षट्सम्पत्ति - ज्ञानयो के साधक को छः बातों का पालन करना आवश्यक होता है।

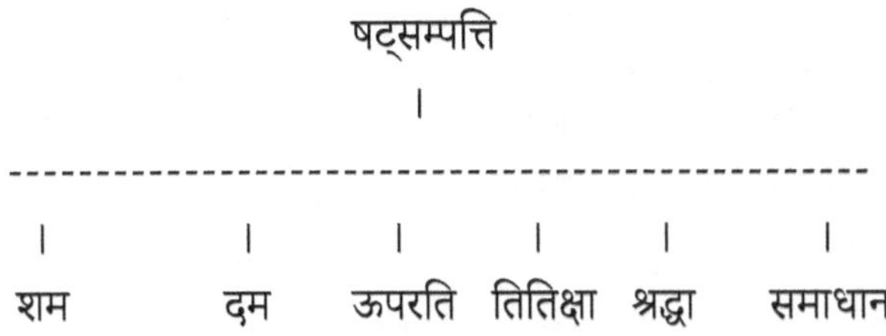

1.1 शम - सम का अर्थ है शांत करना मन का पूर्ण रूप से निगृहीत, निश्चल और शांत हो जाना ही "शम" हैं

1.2 दम - इन्द्रियों का पूर्णरूप से निगृहीत और विषयों के रसास्वाद से रहित

हो जाना ही "दम" हैं

1.3 ऊपरति - अपने धर्म का पालन कर अपने चित्त को निर्मल बनाकर अंतरात्मा में लगाए रखना ही ऊपरति है।

1.4 तितिक्षा - जीवन की हर परिस्थितियों का धैर्य पूर्वक सामना करना

1.5 श्रद्धा - गुरु और गुरु के वाक्यों पर श्रद्धा और विश्वास रखना

1.6 समाधान- कर्म करते हुए फल की चिंता ना करते हुए संतोष रहना

4 मुमुक्षत्व-ईश्वर प्राप्ति के लिए निरन्तर प्रयास

अन्तरंग साधन- बहिरंग साधनों के समान अन्तरंग साधनों की संख्याय भी चार ही है, जो निम्न है-

1. श्रवण- शास्त्रों में आत्मा-ब्रह्मा के बारे में भिन्न-भिन्न प्रकार से वर्णन होने के कारण हो सकता है कि साधक को अनेक प्रकार के संशय उत्पन्न हो जाये कि ठीक या यथार्थ क्या है ये मार्ग अथवा कथन सत्य है या दूसरा। अतः इस संशय को दूर करने हेतु एक उपाय बताया गया, जिसका नाम है श्रवण। श्रवण का अर्थ है संशय को दूर करने के लिए साधक का सर्वप्रथम गुरु के मुख से ब्रह्मा के विषय में सुनना।

2. मनन - श्रवण के बाद दूसरा अन्तरंग साधन है 'मनन'। मनन का अर्थ है ईश्वर के विषय में गुरुमुख से जो कुछ सुना है, उसको अपने अन्तरूकरण में स्थापित कर लेना। सम्यक प्रकार से बिठा लेना।

3. निदिध्यासन- निदिध्यासन का आशय है अनुभव करना अथवा बोध होना या आत्म साक्षात्कार करना। देह से लेकर बुद्धि तक जितने भी जड़ पदार्थ है, उनमें पृथकत्व की भावना को हटाकर सभी में एकमात्र ब्रह्मा को ही अनुभव करना निदिध्यासन है। निदिध्यासन के 15 अंग माने गये है। जो निम्न है- 1. यम 2.नियम 3. त्याग 4.मौन 5.देश 6.काल 7.आसन 8.मूलबन्ध 9. देहस्थिति 10.हकस्थिति 11. प्राणायाम 12.प्रत्याहार 13.धारणा 14. ध्यान 15. समाधि।

4. समाधि- ध्यान की उच्च अवस्था को समाधि कहते हैं। हिन्दू, जैन, बौद्ध तथा योगी आदि सभी धर्मों में इसका महत्व बताया गया है। जब साधक ध्येय वस्तु के ध्यान मे पूरी तरह से डूब जाता है और उसे अपने अस्तित्व का ज्ञान नहीं रहता है तो उसे समाधि कहा जाता है। पतंजलि के योगसूत्र में समाधि को आठवाँ (अन्तिम) अवस्था बताया गया है। ध्याता, ध्येय एवं ध्यान का भेद मिटकर एकमात्र ध्येय की प्रतीति होना तथा आत्म स्वरूप में प्रतिष्ठित होने का नाम ही समाधि है।

ज्ञानयोग की साधना एक अत्यन्त महत्वपूर्ण उच्चकोटि की साधना है। जिसमें अज्ञान की निवृत्ति तथा ज्ञान के माध्यम से परमात्मा का साक्षात्कार किया जाता है। एकमात्र ब्रह्मा ही सत्य है, शेष अन्य सभी असत्य एवं मिथ्या है यही ज्ञानयोग की आधारभूत अवधारणा है।ज्ञानयोग द्वारा ब्रह्म से साक्षात्कार हो जाता है। यह ज्ञान की अन्तिम व उच्चतम अवस्था है। जिससे साधक में 'अहं ब्रहमास्मि' का भाव जाग्रत होने लगता है।

ज्ञानयोग के अनुसार ब्रह्म ही सत्य है। ब्रह्म के अतिरिक्त अन्य किसी की महत्ता इस संसार में नहीं है। ज्ञानयोग के अनुसार आत्मा का वास्तविक स्वरूप ब्रह्म है। और एक ब्रह्म ही सत्य स्वरूप है। ज्ञानयोग के सिद्धान्तो के अनुसार आत्मा शुद्ध, बुद्ध, सत्य, नित्य, आनन्दस्वरूप तथा ज्ञानस्वरूप है।

राज योग-अष्टांग योग

राज का अर्थ है सम्राट। सम्राट स्व-अधीन होकर, आत्म विश्वास और आश्वासन के साथ कार्य करता है। इसी प्रकार एक राजयोगी भी स्वायत्त, स्वतंत्र और निर्भय है। राज-योग आत्मानुशासन और अभ्यास का मार्ग है।

योग के अलग-अलग सन्दर्भों में अलग-अलग अर्थ हैं - आध्यात्मिक पद्धति, आध्यात्मिक प्रकिया। ऐतिहासिक रूप में, कर्म योग की अन्तिम अवस्था समाधि को ही राजयोग कहते थे।राजयोग सभी योगों का राजा कहलाता है क्योंकि इसमें प्रत्येक प्रकार के योग की कुछ न कुछ समामिग्री अवष्य मिल जाती है। राजयोग महर्षि पतंजलि द्वारा रचित अष्टांग योग का वर्णन आता है। राजयोग का विषय चित्तवृत्तियों का निरोध करना है। महर्षि पतंजलि ने समाहित चित्त वालो के लिए अभ्यास और वैराग्य तथा विक्षिप्त चित्त वालो के लिए क्रियायोग का सहारा लेकर आगे बढ़ने का रास्ता सुझाया है। इन साधनों का उपयोग करके साधक के क्लेषों का नाश होता है, चित्तप्रसन्न होकर ज्ञान का प्रकाश फैलता है और विवेकख्याति प्राप्त होती है।

स्वामी विवेकानंद कृत पुस्तक राजयोग में योग विद्या को लेकर उनके मत की विस्तृत जानकारी प्राप्त होती है। उनकी यह किताब योग-शास्त्र के आधुनिक ग्रंथों में बहुत महत्वपूर्ण स्थान रखती है। वे महर्षि पतंजलि के योग-सूत्र नामक ग्रंथ को इस विद्या का आधारभूत ग्रंथ मानते थे। राजयोग की भूमिका में वे लिखते हैं, पतंजलि-सूत्र राजयोग का शास्त्र है और उस पर सर्वोच्च प्रामाणिक ग्रन्थ है।

अन्यान्य दार्शनिकों का किसी-किसी दार्शनिक विषय में पतञ्जलि से मतभेद होने पर भी, वे सभी, निश्चित रूप से, उनकी साधना-प्रणाली का अनुमोदन करते हैं।

स्वामी विवेकानंद जी का मानना है कि अष्टांग योग एक प्रणाली है, जिसके अभ्यास से निश्चित फल अपने आप प्राप्त होता है। इसके लिए किसी तरह के बाह्यविश्वास की आवश्यकता नहीं है। इस विषय में वे कहते हैं, अब तक हमने देखा, इस राजयोग की साधना में किसी प्रकार के विश्वास की आवश्यकता नहीं। जब तक कोई बात स्वयं प्रत्यक्ष न कर सको, तब तक उस पर विश्वास न करो राजयोग यही शिक्षा देता है। सत्य को प्रतिष्ठित करने के लिए अन्य किसी सहायता की आवश्यकता नहीं।स्वामी विवेकानंद का मत है कि योग का अनुशीलन भी ज्ञान की भाँति व्यवस्थित तरीके से होना चाहिए और इसमें तर्कशीलता का अवलम्बन करना चाहिए। इस विषय पर वे एक व्याख्यान में प्रकाश डालते हुए कहते हैं, रहस्य-स्पृहा मानव-मस्तिष्क को दुर्बल कर देती है। इसके कारण ही आज योगशास्त्र नष्ट-सा हो गया है। किन्तु वास्तव में यह एक महाज्ञान है। चार हजार वर्ष से भी पहले यह आविष्कृत हुआ था। तब से भारतवर्ष में यह प्रणालीबद्ध होकर वर्णित और प्रचारित होता रहा है।

विवेकानंद के मतानुसार समाधि ही अष्टांग योग का फल है, जो मानव-जीवन का लक्ष्य है। वे कहते हैं, इस समाधि में प्रत्येक मनुष्य का, यही नहीं, प्रत्येक प्राणी का अधिकार है। इसे निम्नतर प्राणी से लेकर अत्यंत उन्नत देवता तक सभी, कभी-न-कभी, इस अवस्था को अवश्य प्राप्त करेंगे, और जब किसी को यह अवस्था प्राप्त हो जायगी, तभी हम कहेंगे कि उसने यथार्थ धर्म की प्राप्ति की है।

महर्षि पतंजलि ने अष्टांग योग का उद्देश्य बताते हुए कहा है-

योगांगानुष्ठानाद् अशुद्धिक्षये ज्ञानदीप्तिरा विवेकख्यातेः। (1 28)

प्रत्येक व्यक्ति में अनंत ज्ञान और शक्ति का आवास है। राजयोग उन्हें जाग्रत करने का मार्ग प्रदर्शित करता है-मनुष्य के मन को एकाग्र कर उसे समाधि नाम वाली पूर्ण एकाग्रता की अवस्था में पंहुचा देना। स्वभाव से ही मानव मन चंचल है। वह एक क्षण भी किसी वास्तु पर ठहर नहीं सकता। इस मन चंचलता को नष्ट कर उसे किसी प्रकार अपने काबू में लाना,किस प्रकार उसकी बिखरी हुई शक्तियो को समेटकर सर्वोच्च ध्येय में एकाग्र कर देना-यही राजयोग का विषय है।

महर्षि पतंजलि ने समाधि पाद के अगले सूत्र में अष्टांग योग का वर्णन इस प्रकार किया हैं -

यम नियम आसन प्राणायाम प्रत्याहारधारणा ध्यान समाधयोऽष्टावंगानि। यो0सू02/29 अर्थात् यम, नियम, आसन, प्राणायाम, प्रत्याहार, धारणा, ध्यान

व समाधि ये योग के आठ अंग हैं। जिसे अष्टांग योग कहते हैं।महर्षि पतंजलि ने अष्टांग योग को दो भागों में बाँटा है -

बहिरंग योग एवं अन्तरंग योग।

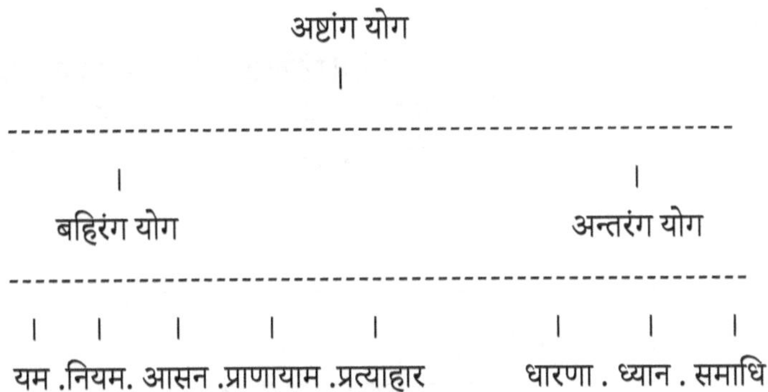

यमयन्ति निवतयन्ति (निवर्त्यन्ति) इतियमा।

अर्थात् जो अवांछनीय कार्यों से मुक्ति दिलाता हैं। निवृत्ति दिलाता है। वह यम कहलाता है।यम की उत्पत्ति संस्कृत के दो धातु से माना गया है।

1 यम उप्रमे -ब्रह्म में रमण करना।

2 यम बंधने-सामाजिक बंधन।

त्रिशिख ब्रह्मणोपनिषद् के अनुसार-देह इन्द्रियसु वैराग्य की स्थिति है ऐसा बुद्धिमान लोग मानते हैं।

यमयते नियमयते चित्ति अनेन इति यमः।

अर्थात चित्त को नियमपूर्वक चलाना यम कहलाता है।

महर्षि पतंजलि ने पतंजलि योगसूत्र में पाँच प्रकार के यमो का वर्णन किया है।

अहिंसा सत्यास्तेय ब्रह्मचर्यपरिग्रहा यमाः।- यो0 सू0 2/30

अर्थात् अहिंसा, सत्य, अस्तेय, ब्रह्मचर्य और अपरिग्रह ये पाँच यम है।

1. 1 अहिंसा का अर्थ है-सदा और सर्वदा किसी प्राणी का अपकार न करना, कष्ट न देना।

याज्ञवल्क्य संहिता में कहा गया है-

मनसा वाचा कर्मणा सर्वभूतेषू सर्वदा।

अक्लेश जननं प्रोक्तमहिंसात्वेन योगिभिः ॥

अर्थात मन, वचन एवं कर्म द्वारा सभी जनों को क्लेश न पहुंचाने को ही महर्षि जनों ने अहिंसा कहा है।

व्यासभाव्य में व्यासजी ने कहा है-अहिंसा सर्वदा सर्वभूतानामनभिद्रोहः।

अर्थात सभी प्राणियों के प्रति हर प्रकार से विद्रोह भाव का परित्याग करना अहिंसा है।

पतंजलि योग सूत्र में अहिंसा के बारे में लिखा है- अहिंसा प्रतिष्ठायां तत्सनिधौ वैरत्यागः। 2/35 अर्थात अहिंसा की पूर्णता और स्थिरता होने पर साधक के सम्पर्क में आने वाले सभी प्राणीयों की हिंसा बुद्धि दूर हो जाती है। यह अहिंसा का मापदण्ड है।

1.2 सत्य - सत्य का अर्थ है। मन वचन कर्म में एक रूपता अर्थात् मन और वाणी का व्यवहार अर्थानुकूल होना।

पतंजलि योग सूत्र- में सत्य के फल के बारे में कहा हैः

सत्यप्रतिष्ठायां क्रियाफलाश्रयत्वम। 2/36

अर्थात - सत्य की प्रतिष्ठा होने पर वाणी और विचारों में क्रिया फल दान की शक्ति उत्पन्न- हो जाती है। ऐसा व्यक्ति जो कुछ भी बोलता है, वह फलित होने लगता है अर्थात वह वाक् सिद्ध हो जाता है।

महाभारत शांति पर्व -

सत्यस्य वचनं साधु न्याद विद्यते परम

सत्येन विधृतं सर्वं सर्व सत्यते परतिष्ठितम

अपि पापकृत अप रौद्ररू सत्यं कृत्वा पृथक

पृथक अर्द्हम अविसंवादं परवर्तन्ते तपश्रयाः

ते चेन मिथृतिधर्म कुतुर विनश्येयुर असंशय।

सच बोलना मेधावी है। सत्य से बढ़कर कुछ नहीं है। सब कुछ सच्चाई से बढ़ा है, और सब कुछ सत्य पर टिका हुआ है। यहाँ तक कि पापी और क्रूर, सत्य को अपने बीच रखने की कसम खाते हैं, झगड़े के सभी आधारों को खारिज करते हैं और एक दूसरे के साथ एकजुट होकर अपने (पापी) कार्यों के लिए खुद को, सत्य पर निर्भर करते हैं। यदि वे एक दूसरे के प्रति गलत व्यवहार करते हैं, तो वे बिना किसी संदेह के नष्ट हो जायेंगे।

विभिन्न ग्रंथों में कहा गया है -

सत्येन रक्ष्यते धर्मो विद्याऽभ्यासेन रक्ष्यते ।
मृज्यया रक्ष्यते रुपं कुलं वृत्तेन रक्ष्यते ॥

धर्म का रक्षण सत्य से, विद्या का अभ्यास से, रुप का सफाई से, और कुल का रक्षण आचरण करने से होता है।

सत्येन धार्यते पृथ्वी सत्येन तपते रविः ।
सत्येन वायवो वान्ति सर्वं सत्ये प्रतिष्ठिततम् ॥

सत्य से पृथ्वी का धारण होता है, सत्य से सूर्य तपता है, सत्य से पवन चलता है। सब सत्य पर आधारित है।

नास्ति सत्यसमो धर्मो न सत्याद्विद्यते परम् ।
न हि तीव्रतरं किञ्चिदनृतादिह विद्यते ॥

सत्य जैसा अन्य धर्म नहीं। सत्य से पर कुछ नहीं। असत्य से ज्यादा तीव्रतर कुछ नहीं।

सत्यमेव व्रतं यस्य दया दीनेषु सर्वदा ।
कामक्रोधौ वशे यस्य स साधुः ह कथ्यते बुधैः ॥

केवल सत्य ऐसा जिसका व्रत है, जो सदा दीन की सेवा करता है, काम-क्रोध जिसके वश में है, उसी को ज्ञानी लोग साधु कहते हैं।

सत्यमेव जयते नानृतम् सत्येन पन्था विततो देवयानः ।
येनाक्रमत् मनुष्यो ह्यात्मकामो यत्र तत् सत्यस्य परं निधानं ॥

जय सत्य का होता है, असत्य का नहीं। दैवी मार्ग सत्य से फैला हुआ है। जिस

मार्ग पे जाने से मनुष्य आत्मकाम बनता है, वही सत्य का परम् धाम है।

सत्यं ब्रूयात् प्रियं ब्रूयात् न ब्रूयात् सत्यमप्रियम्।
नासत्यं च प्रियं ब्रूयात् एष धर्मः सनातनः ॥

सत्य और प्रिय बोलना चाहिए पर अप्रिय सत्य नहीं बोलना और प्रिय असत्य भी नहीं बोलना यह सनातन धर्म है।

1.3 अस्तेय-स्तेय का अर्थ है- अधिकृत पदार्थ को अपना लेना। इसे भी बुद्धि वचन और कर्म से त्याग देना अस्तेय है।

योगसूत्र में महर्षि पतंजलि ने वर्णन किया है -

'अस्तेय प्रतिष्ठायां सर्वरत्नोपस्थानम्।'यो0 सू0 2/37

अर्थात् अस्तेय की प्रतिष्ठा होने पर सभी प्रकार के द्रव्य पदार्थ, रतन आदि बिना इच्छा के प्राप्त होने लगते हैं। उस मनुष्य को किसी भी प्रकार के धन, रत्न का प्रभाव नहीं रहता है।

शाडिल्योपनिषद में कहा गया है -'अस्तेयं नाम मनोवाक् कायकर्मभिः परद्रव्येषु निस्पृहता।'

अर्थात् मन, शरीर और वाणी से दूसरों के द्रव्य (वस्तु) की इच्छा न करना अस्तेय है।

याज्ञवल्क्य संहिता में कहा गया है -

मनसा वाचा कर्मणा परद्रव्येषु निस्पृह।
अस्तेवयनिति सम्प्रोयक्तं ऋषिभ्झि तत्व दर्शिभि॥

अर्थात - मन, वचन और कर्म से दूसरे के द्रव्य की इच्छा न करना अस्तेय है। तत्वदर्शी ऋषियों ने ऐसा ही कहा है।

1.4 ब्रह्मचर्य - मन को ब्रह्म या ईश्वर परायण बनाये रखना ही ब्रह्मचर्य है। वीर्य शक्ति की अविचल रूप में रक्षा करना या धारण करना ब्रह्मचर्य है।

ब्रह्मचर्य प्रतिष्ठायां, वीर्य लाभो भवत्यपि, सुरत्वं मानवो याति, चान्ते याति परां गतिम। यो0 सू0 2/38

योग तत्व

अर्थात - ब्रह्मचर्य का पालन करने से वीर्य का लाभ होता है, ब्रह्मचर्य की रक्षा करने वाले मनुष्य को दिव्यता प्राप्त होती है और साधना पूरी होने पर परमगति (मोक्ष) भी उसे मिलती है। ब्रह्मचर्य के प्रभाव से करोड़ों ऋषि ब्रह्मलोक में वास करते हैं।

हेमचन्द सूरि जी का कथन है किः-

जो लोग विधिवत ब्रह्मचर्य का पालन करते हैं वे दीर्घायु, सुन्दर शरीर, दृढ़ कर्तव्य, तेजस्वितापूर्ण और बड़े पराक्रमी होते हैं। ब्रह्मचर्य सच्चरित्रता का प्राण-स्वरूप है, इसका पालन करता हुआ मनुष्य, सुपूजित लोगों में भी पूजा जाता है।

धन्वन्तरि जी का कथन है किः-

मैं इस बात को तुम लोगों से सत्य-सत्य कहता हूँ कि मरण रोग तथा वृद्धता का नाश करने वाला अमृत रूप और बहुत बड़ा उपचार मेरे विचार से ब्रह्मचर्य है

जो शान्ति, सुन्दरता, स्मृति, ज्ञान, स्वास्थ्य और उत्तम सन्तति चाहता है, वह संसार में सर्वोत्तम धर्म ब्रह्मचर्य का पालन करें (अर्थात् जैसे कि श्री कृष्ण जी ने उत्तम सन्तान की उत्पत्ति हेतु 12 वर्ष तक ब्रह्मचर्य धारण किया था, यानी कि केवल सन्तान उत्पत्ति हेतु ब्रह्मचर्य का खंडन भी ब्रह्मचर्य का खंडन नहीं है)। ब्रह्मचर्य से सब प्रकार का अशुभ नष्ट हो जाता है।

तद्य एवैतं ब्रह्मलोकं, ब्रह्मचर्येणानुविन्दते, तेषामेवेष।
ब्रह्मलोकस्तेषाः सर्वेषु लोकेषु कामचारो भवति।।- छान्दोग्यापनिषद

अर्थात - ब्रह्मचर्य से ही 'ब्रह्मलोक मिलता है। ब्रह्मचारियों का ही ब्रह्मलोक पर अधिकार है अन्य का नहीं। जो ब्रह्मचर्य युक्त पुरुष हैं वे सभी लोको में विचरण कर सकते हैं। जैसा कि उपनिषद में कहा गया है कि जो कुछ ब्रह्माण्ड में वहीं इस पिण्ड अर्थात शरीर में भी है। अतः ब्रह्मलोक सब लोको मे श्रेष्ठ है वह इस पिण्ड में सबसे ऊपर मस्तिष्क में है, प्राणों के वहाँ पहुँचने से जीव का मोक्ष होता है। उसे फिर दुखों से मुक्ति मिल जाती है, इसलिये ब्रह्मलोक का आशय है, परमानन्द। ब्रह्मचर्य से ही आत्मज्ञान प्राप्त होता है, आत्म ज्ञान के पश्चात् ही परमानन्द की प्राप्ति हो सकती है।

ब्रह्मचर्येण तपसा देवा मृत्युमपाघ्नत - अथर्ववेद
ब्रह्मचर्य तप से देवों को अमरता प्राप्त हुई।

अथर्ववेद में कहा गया है कि - आचार्या ब्रह्मचर्येण, ब्रह्मचारिणमिच्छते। अर्थात् जो ब्रह्मचर्य का पालन करता है ऐसा गुरु ब्रह्मचर्य का पालन करने वाले शिष्यों का हित कर सकता है

जैसा कि रामकृष्ण परमहंस जी ने कहा है जहाँ काम है वहाँ राम नहीं। अर्थात् ब्रह्चर्य का पालन करने अथवा पालन करने का अभ्यास करने वाले शिष्यों को ही मंजिल प्राप्त हो सकती है अन्यों को नहीं।

प्रश्नोपनिषद में एक कथा है कि कबन्धी और कात्यायन ब्रह्मज्ञान की शिक्षा के लिये ऋषिवर पिप्पलाद के आश्रम में गये और उनसे ब्रह्मज्ञान देने के लिये निवेदन किया। पिप्पलाद ने कहा कि आप दोनों एक वर्ष तक नियमानुसार ब्रह्मचर्य का पालन करते हुए हमारे पास रहें, उसके पश्चात् जो प्रश्न चाहोगे पूछ लेना हम भी यथाशक्ति तुम लोगों को समझायेंगे। अर्थात गुरु से आत्मध्ब्रह्म ज्ञान की प्राप्ति के लिये ब्रह्मचर्य आवश्यक है।

भगवान शंकर का वचन -

न तपस्तप इन्याहुर्बह्मचर्य तपोत्तमम।
उर्ध्वरेता भवेद्यस्तु से देवो न तु मानुषः॥

तप कुछ भी नहीं है, ब्रह्मचर्य ही उत्तम तप है, जिसने अपने वीर्य को वश में कर लिया है वह देव स्वरूप है, मनुष्य नहीं।

1.5 अपरिग्रह - संचय वृत्ति का त्याग 'अपरिग्रह' है।

अवशयाणामर्जनरक्षणक्षयसंगड़ हिंसादोषदर्शनादस्वीकरणमपरिग्रहः।' यो0 व्या0 भा0 2/30

अर्थात् विषयों को संग्रह करने में, उनकी रक्षा व नाश से सर्वत्र हिंसा रूप दोष को देखकर स्वीकार ना करना अपरिग्रह कहलाता है।

इन्द्रियाणां पसंगेन दोषमृच्छत्य संशयम।
सन्नियम्यण तु तान्येछव ततरू सिद्धिं नियच्छित॥ मनुस्मृति 2/13

अर्थात - इन्द्रियों के विषयों में आशक्त होने से व्यक्ति निःसंदेह दोषी बनता है परन्तु इन्द्रियों को वश में रखने से विषयों के भोग से पूर्ण विरक्त हो जाता है। ऐसे आचरण से अपरिग्रह की सिद्धि होती है।

योगसूत्र में महर्षि पतंजलि ने वर्णन किया है -

अपरिग्रहस्थैर्य जन्मकथन्ता सम्बोधः। यो0 सू0 2/39

अर्थात् अपरिग्रह के दृढ़ प्रतिष्ठित हो जाने पर योगी को पूर्व जन्म में क्या थे, कैसे थे, की स्मृति हो जाती है। पूर्ण अपरिग्रह प्राप्त होने पर जन्म वृतान्त का ज्ञान प्राप्त हो जाता है। अर्थात् पूर्व जन्म का ज्ञान प्राप्त हो जाता है, तथा अगला जन्म में क्या होने वाला है, इसका ज्ञान भी प्राप्त हो जाता है।

नियम - नियम का तात्पर्य आन्तरिक अनुशासन से है। यम व्यक्ति के जीवन को सामाजिक एवं वाह्य क्रियाओं के सामंजस्य पूर्ण बनाते है और नियम उसके आन्तरिक जीवन को अनुशासित करते हैं।

महर्षि पतंजलि ने योगसूत्र में इस प्रकार किया है -

'शौच सन्तोषतपः स्वाध्यायेश्वरप्रणिधानानि नियमाः।' पा0 यो0 सू0 2/32

अर्थात् शौच, सन्तोष, तप, स्वाध्याय, ईश्वर प्रणिधान ये पाँच नियम है।

2. 1 शौच - शौच शब्द की निष्पत्ति शुचि शब्द में अण् प्रत्यय लगाकर होती है। जिसका अर्थ है, पवित्रता, परिशुद्धि, सफाई। शौच से तात्पर्य शारीरिक, मानसिक व वाचिक शुद्धि से है। जिसमें निन्दितो का संग ना करना आदि है। शौच या शुद्धि को दो भागो में विभक्त किया जा सकता है -

बाह्य शुद्धि - (1) - शारीरिक शुद्धि -

(2) - वाचिक शुद्धि -

आन्तरिक शुद्धि - मानसिक शुद्धि

बाह्य शुद्धि - जल व मिट्टी आदि से शरीर की शुद्धि, स्वार्थ त्याग, सत्याचरण से मानव व्यवहार की शुद्धि, विद्या व तप से पंचभूतों की शुद्धि, ज्ञान से बुद्धि की शुद्धि ये सब बाह्य शुद्धि कहलाती है।

आन्तरिक शुद्धि - अंहकार, राग, द्वेष, ईर्ष्या, काम, क्रोध आदि मलों को दूर करना आन्तरिक पवित्रता कहलाती है।

योग सूत्र - में इसके फल के विषय में कहा है कि

शौचात्स्वागजुप्सा परैरसंसर्गः। 2/40

अर्थात - शौच की स्थिरता होने पर निजी अंग समूह के प्रति घृणा और परदेह संसर्ग की अनिच्छा होती है।

2.2 सन्तोष - सन्तोष नाम सन्तुष्टि का है। अन्तःकरण में सन्तुष्टि व भाव उदय हो जाना ही सन्तोष है।

अर्थात - अत्यधिक पाने की इच्छा का अभाव ही सन्तोष है।

मनुस्मृति कहती हैं सन्तोष ही सुख का मूल है। इसके विपरित असंतोष या तृष्णा ही दुख का मूल है।

योग सूत्र - में सन्तोष का फल बताते हैं

सन्तोषादनुत्तैमसुखलाभ। 2/42

अर्थात - चित्तम में सन्तोष भाव दृढ़ प्रतिष्ठित हो जाने पर योगी को निश्चय सुख यानी आनन्दत प्राप्त होता है।

2.3 तप - तप का तात्पर्य है। उचित रीति से ओर उचित अभ्यास से शरीर, प्राण, इन्द्रिय और मन को वश में करना। जिससे योग साधना काल में सर्दी - गर्मी, भूख - प्यास, हर्ष - शोक, मान -अपमान आदि द्वंद्वों को सहन करते हुए साधना में डटा रहा जा सके, यही तप है।

योग मार्ग में अपने वर्ण, आश्रम, परिस्थिति और योग्यता के अनुसार स्वधर्म का पालन करना और उसके पालन में जो भी शारीरिक, मानसिक अधिक से अधिक कष्ट प्राप्त हो उसे सहर्ष सहन करना, इसका नाम तप है। परन्तु योग मार्ग में शरीर को कष्ट देकर, पीड़ा देकर इन्द्रियों में विकार उत्पन्न होने या चित्त में अप्रसन्नता हो तो ऐसे तप को तामसी तप कहा गया है, और उसका निषेध किया गया है। वैदिक संहिताओं के अनुसार तप को तीन भागो में विभक्त किया जा सकता है - मानसिक तप, वाचिक तप तथा शारीरिक तप।

(1) - मानसिक तप - मानसिक तप वह है। जब काम, क्रोध, मोह, ईर्ष्या आदि आन्तरिक अन्तर्द्वंद्व से प्रभावित होने पर उनसे उत्पन्न दुर्भावों को दैवीय गुणों से युक्त भावों या सुविचारों से नष्ट करते रहना ही मानसिक तप है। इसे इस प्रकार समझा जा सकता है कुविचार (आसुरी प्रवृत्तियो) को सुविचारों द्वारा नष्ट कर देना ही मानसिक तप है।

(2) - वाचिक तप - सत्य बोलना, प्रिय बोलना, शास्त्रों के अनुसार शुद्ध विचारो से युक्त वाणी, व्याकरण युक्त शुद्ध भाषा का प्रयोग करना तथा हास्यास्पद या छल युक्त वचन का प्रयोग ना करना वाणी के तप कहलाते है। श्रीमद् भगवद् गीता में वाणी के तप या वाचिक तप के विषय में इस प्रकार कहा गया है -

"अनुद्वेगकरं वाक्यं सत्यं प्रियं हितं च यत्।

स्वाध्यायाभ्यसनं चैव वाङ्.मयं तप उच्यते॥"

- गीता 17/15

अर्थात् उद्वेग व आक्रोश ना करने वाला वाक्य तथा जो प्रिय एवं हितकारी हो सत्य हो और स्वाध्याय का अभ्यास ये सभी वाणी के तप है। इस प्रकार वाणी के तप द्वारा साधक को अमोघ शक्ति प्राप्त होती है।

(3) - शारीरिक तप - शारीरिक द्वंद्वों को सहन करना शरीर से शीत तथा उष्ण, भूख - प्यास सहन करना, ब्रह्मचर्य का पालन करना तथा योगानुष्ठान आसन, प्राणायाम, ध्यान आदि करना शारीरिक तप है। शारीरिक तप से मानसिक पापों का क्षय होता है। अतः शारीरिक, मानसिक तथा वाचिक तीनों तपो का साधक के जीवन में अत्यधिक महत्व है। तीनों पालनीय है। श्रीमद् भगवद् गीता में शारीरिक तप का वर्णन करते हुए कहा गया है

देवद्विजगुरुप्राज्ञपूजनं शौचमार्जवम्।

ब्रह्मचर्यमहिंसा च शारीरं तप उच्यते॥- गीता 17/14

अर्थात् देव तुल्य आत्मदर्शियो, द्विजातियो, गुरुजनों तथा प्रज्ञा विवेक वाले साधकों का सत्कार करना व पवित्र आचरण सरलता का व्यवहार तथा अहिंसा का पालन करना आदि शारीरिक तप कहे जाते हैं। महर्षि पतंजलि ने वर्णन किया है कि तप के सिद्ध हो जाने पर या तप प्रतिष्ठित हो जाने पर शरीर में अशुद्धियों का नाश हो जाता है -

कायेन्द्रियसिद्धिरशुद्धिक्षयात्तपसः। यो0 सू0 2/43

अर्थात् तप से अशुद्धि का नाश हो जाने पर शरीर और इन्द्रियों की सिद्धि हो जाती है। तप के द्वारा क्लेशो तथा पापों का क्षय होने पर शरीर में अणिमा, महिमा, आदि सिद्धियाँ आ जाती है। और इन्द्रियों में दूर दर्शन, दूर श्रवण, दिव्य गंध, दिव्य रस आदि सूक्ष्म विषयों को ग्रहण करने की शक्ति आ जाती है।

2.4 स्वायध्याय - स्वाध्याय का तात्पर्य है आचार्य विद्वान तथा गुरुजनों से वेद उपनिषद् दर्शन आदि मोक्ष शास्त्रों का अध्ययन करना।स्वाध्याय परमं तप' वीतराग सर्वज्ञ हितोपदेशी अर्थात - भगवान् के द्वारा कहे हुए आगम को पढ़ना स्वाध्याय कहलाता है। ज्ञानाभावनाऽलस्यत्याग स्वाध्याय अर्थात - ज्ञान भावना से आलस्य का त्याग करना स्वाध्याय है। 'स्व' अर्थात् अपने स्वरूप का अध्ययन करना चिन्तन करना स्वाध्याय कहलाता है।

व्यास जी ने लिखा है -

स्वाध्यायो मोक्षशास्त्राणामध्यनं प्रणव जपो वा। व्यास भाष्य 2/32

अर्थात् जिन शास्त्रों में मोक्ष प्राप्ति का उपाय बताया गया है। उनका पुनः - पुनः अध्ययन करना स्वाध्याय है।

महर्षि पतंजलि ने इस प्रकार लिखा है -

स्वाध्यायादिष्टदेवता सम्प्रयोगः । यो0 सू0 2/44

अर्थात् स्वाध्याय या प्रणव आदि मन्त्रों के उच्चारण से व साधना व जप करने से इच्छित देवता या इष्ट देवता का दर्शन साक्षात्कार हो जाता है।

2.5 ईश्वर प्रणिधान - नियम का अन्तिम अंग है, ईश्वर प्रणिधान। ईश्वर की उपासना या विशेष भक्ति भाव को ईश्वर प्रणिधान कहते हैं। महर्षि पतंजलि ने सामान्य श्रेणि (कोटि) के साधकों के लिए अष्टांग योग का वर्णन किया है। यम और नियम प्रथम व दूसरे अंगों के रूप में है। नियम का अन्तिम अंग है, ईश्वर प्रणिधान। इससे यह भाव परिलक्षित होता हैं। कि जब सामान्य कोटि का साधक यम, नियम का पूर्ण रूप से पालन करता है, तभी ईश्वर के प्रति पूर्ण समर्पित हो पाता है। तब उसे ईश्वरीय कृपा प्राप्त होती है। ईश्वर प्रणिधान को व्यास भाष्य में इस प्रकार परिभाषित किया गया है -

'ईश्वर प्रणिधानं तस्मिन्यरमगुरौ सर्वकर्मार्पणम्।' व्यास भाष्य 2/32

अर्थात् उस परम गुरु परमेश्वर सभी कर्मों को अर्पण करना ईश्वर प्रणिधान है। अतः मन, वचन से, बुद्धि से ईश्वर के प्रति समर्पण ही ईश्वर प्रणिधान है। अथर्ववेद में वर्णन है - हे वरणीय परमेश्वर हम जिस शुभ संकल्प इच्छा के साथ आप की उपासना में लगे हुए है, आप उसमें पूर्णता प्रदान करें। सिद्धि दे और हमारे समस्त कर्म तथा कर्म फल आप के निमित्त अर्पित हैं। इसी का नाम ईश्वर प्रणिधान है। महर्षि पतंजलि ने ईश्वर प्रणिधान के फल बताते हुए कहा है -

'ईश्वरप्रणिधानाद्वा।' पा0 यो0 सू0 1/23

अर्थात् ईश्वर प्रणिधान से समाधि की सिद्धि शीघ्र ही हो जाती है।

श्रीमद्भगवद् गीता में भी स्वयं श्री कृष्ण द्वारा कही गयी है -

"अनन्यश्चिन्तयन्तो मां ये जनाः प्युपासते।

तेषां नित्याभियुक्तानां योगक्षेमं वहाम्यहम् ॥"गीता 9/22

अर्थात् जो अनन्य प्रेमी भक्त जन मुझ परमेश्वर को निरन्तर चिन्तन करते हुए निष्काम भाव से भजते है। उस नित्य निरन्तर मेरा चिन्तन करने वाले पुरुषों का योग क्षेम मैं स्वयं करता हूँ। अर्थात् उसकी रक्षा के साथ - साथ भगवद् प्राप्ति के निमित्त साधन की रक्षा स्वयं करता हूँ।

3. आसन - योगाङ्गों में आसनों में तृतीय स्थान है। आसन शब्द संस्कृत के अस् उपवेशने धातु से ल्युट् प्रत्ययः लगकर बना है। जिससे उसका अर्थ है, स्थिरता से बैठना।

शरीर मन और आत्मा जब एक संग और स्थिर हो जाता है, उससे जो सुख की अनुभूति होती है वह स्थिति आसन कहलाती है।

योगसूत्र के अनुसार -

स्थिर सुखमासनम् ।यो0 सू0 2/46

अर्थात् स्थिर और सुखपूर्वक बैठना आसन कहलाता है। आसन के लाभ का वर्णन करने हुए योगसूत्र में कहा गया है -

ततो द्वन्दाभिघातः ।पा0 यो0 सू0 2/48

अर्थात् आसन की सिद्धि से किसी भी प्रकार के द्वंद्व अर्थात् सर्दी, गर्मी, भूख, प्यास, हर्ष, विषाद आदि का आघात नहीं लगता है, और साधना में बाधा उत्पन्न नहीं होती हैं।

गीता के अनुसार -

तत्रैकाग्रं मनरू कृत्वा यतचित्तेन्द्रियक्रियरू।

उपविश्यासने युञ्ज्याद्योगमात्मविशुद्धये। ।गीता 6/ 12

अर्थात् उस आसन पर बैठकर चित्त और इन्द्रियों की क्रियाओं को वश में रखते हुए मन को एकाग्र करके अन्तरूकरण की शुद्धि के लिये योग का अभ्यास करे।

4.प्राणायाम- प्राणायाम दो शब्दों से मिलकर बना है। प्राण $ आयाम।

प्राण का अर्थ होता है, जीवनी शक्ति, आयाम के दो अर्थ है। पहला- नियन्त्रण करना या रोकना तथा दूसरा लम्बा या विस्तार करना। प्राणवायु का निरोध करना 'प्राणायाम' कहलाता है।

तस्मिन् सति श्वास प्रश्वास योर्गतिविच्छेदः प्राणायामः। यो0 सू0 2/49

अर्थात् आसन के सिद्ध हो जाने पर श्वास - प्रश्वास की गति का नियम करना प्राणायाम है।

5.प्रत्याहार - पतंजलि योग में प्राणायाम के पश्चात प्रत्याहार का कथन एवं विवेचन उसकी उपयोगिता की दृष्टि से किया गया है। प्रत्याहार का सामान्य अर्थ होता है, पीछे हटना उल्टा होना, विषयों से विमुख होना। इसमें इन्द्रिया अपने बहिर्मुख विषयों से अलग होकर अन्तर्मुख हो जाती है, इसलिए इसे प्रत्याहार कहा गया है। इन्द्रियों के संयम को भी प्राणायाम कहते हैं।

त्रिशिखिब्राह्मणोपनिषद के अनुसार - चित्तिस्थ्योन्तुमुखी भाव प्रत्याहारस्तु सत्तयम।

अर्थात - चित्त का अन्तर्मुखी भाव होना ही प्रत्याहार है।

योग सूत्र के अनुसार -

'स्व विषया सम्प्रयोगे चित्त स्वरूपानुकार इवेन्द्रियाणां प्रत्याहारः'-पा0 यो0 सू0 2/54

अर्थात् जब इन्द्रियों का अपने विषयों से सम्बन्ध नहीं रहता है। तब उनका चित्त के स्वरूप में तदाकार हो जाना प्रत्याहार है। साधना के लिए प्रत्याहार की अत्यन्त आवश्यकता है। क्योंकि यह चंचल, चपल चित्त जब तक स्थिर नहीं होता है। तब तक मनुष्य साधना में प्रवृत्त नहीं हो सकता है। साधना में प्रवृत्त होने के लिए इन्द्रिय संयम जरूरी है। अतः प्रत्याहार अत्यन्त आवश्यक है। प्रत्याहार के सिद्ध होने पर ही धारणा, ध्यान, समाधि की अवस्था क्रमशः प्राप्त होती है।

योग सूत्र के अनुसार -

'ततः परमावश्यतेन्द्रियाणाम्।'- यो0 सू0 2/55

अर्थात् इस प्रत्याहार के सिद्ध होने पर इन्द्रियाँ पूर्ण तथा मनुष्य के वश में हो जाती है।

अन्तरंग साधन - महर्षि पतंजलि ने निम्न तीन अन्तरंग साधन बताये है।

6. धारणा - योगाङ्गों में षष्ठाङ्ग व अन्तरंग साधना में धारणा प्रथम अंग है। चित्त को बाह्य या आभ्यान्तर किसी एक स्थान में बाँधना 'धारणा' है। प्राणायाम के सतत् अभ्यास से जब धारणा की सामर्थ्य आ जाती है। तब चित्त को अपने शरीर के अन्दर या बाहर किसी एक स्थान पर केन्द्रित कर देना ही धारणा है। महर्षि पतंजलि के अनुसार -

'देशबन्धश्चित्तस्य धारणा।' - पा0 यो0 सू0 3/1 अर्थात - (बाहर या शरीर के भीतर कही भी) किसी एक स्थान विशेष (देश) में चित्त को बाँधना धारणा कहलाता है।शास्त्रो में व वेदों में उपलब्ध प्रमाणों के अनुसार धारणा को दो भागो में विभक्त किया जा सकता है -

(1) आन्तरिक धारणा (2) - बाह्य धारणा

(1) आन्तरिक धारणा - धारणा में जब चित्त का बिखराव भटकाव समाप्त हो जाता है। तो वह साधक के पूर्ण नियन्त्रण में आ जाता है। इस स्थिति में चित्त को अपने शरीर के भीतर भाग में किसी एक स्थान पर केन्द्रित किया जा सकता है। वह स्थान शरीर के भीतर के स्थान नाभि, कंठ, हृदय, भुकृटि, नासिकाग्र भाग आदि हो सकते हैं। इस प्रकार शरीर के आभ्यान्तर किसी एक स्थान में ठहराना आन्तरिक धारणा है।

(2) बाह्य धारणा - चित्त को बाह्य देश में किसी एक स्थान पर ठहराना बाह्य धारणा कहलाता है। बाह्य विषय में धारणा करने के लिए पुराणों में प्रमाणित किया

योग तत्व

गया है, कि मूर्तरूप, शंख, चक्र, गदा, पद्म तथा ईश्वर के दिव्य अलौकिक स्वरूप की धारणा तब तक करनी चाहिए जब कि साधक उसमें दृढ़ता ना प्राप्त कर लें। इस प्रकार भिन्न - भिन्न स्थानों पर चित्त के ठहराने, एकाग्र करने को 'धारणा' कहते हैं। धारणा से मन की शुद्धि होती है।

7. ध्यान-महर्षि पतंजलि ने योग सूत्र में ध्यान को इस प्रकार प्रतिपादित किया है।

"तत्र प्रत्ययैकतानता ध्यानम" 3/2 यो0 सू0

अर्थात्- इस देश में ध्येय विषयक ज्ञान या वृत्ति का लगातार एक जैसा बना रहना ध्यान है। इसका तात्पर्य यह हुआ कि जिसमें धारणा की गयी उसमें चित्त जिस वृत्ति मात्र से ध्येय में लगता है, वह वृत्ति जब इस प्रकार समान प्रवाह से लगातार उदित होता रहे कि कोई दूसरी वृत्ति बीच में न आये उसे 'ध्यान' कहते हैं।

स्वामी शिवानन्द ने कहा है- "ध्यान मोक्ष का द्वार खोलता है"। ध्यान एक ऐसी प्रक्रिया है जिसकी आवश्यकता हमें लौकिक जीवन में भी है और अलौकिक जीवन में भी इसका उपयोग किया जाता है। ध्यान को सभी दर्शनों, धर्मों व संप्रदायों में श्रेष्ठ माना गया है। सभी योगी ध्यान की तैयारी स्वरूप अलग-अलग विधियाँ अपनाते हैं और ध्यान तक पहुँचकर लगभग एक हो जाते हैं। अनेक महापुरुषों ने ध्यान के ही माध्यम से अनेक महान कार्य संपन्न किए। जैसे- स्वामी विवेकानंद एवं भगवान बुद्ध आदि। भगवान कृष्ण ने भी गीता में एक अध्याय ही ध्यान के ऊपर बताया है। आत्मा के ध्यान से माया का तिरोधान हो जाता है।

महर्षि व्यास के अनुसार- उन देशों में ध्येय जो आत्मा उस आलम्बन की और चित्त की एकतानता अर्थात आत्मा चित्त से भिन्न न रहे और चित्त आत्मा से पृथक न रहे उसका नाम है सदृश प्रवाह। जब चित्त चेतन से ही युक्त रहे, कोई पदार्थान्तर न रहे तब समझना कि ध्यान ठीक हुआ।

सांख्य सूत्र के अनुसार- ध्यानं निर्विषयं मनरू॥ 6/25 अर्थात मन का विषय रहित हो जाना ही ध्यान है।

आदिशंकराचार्य के अनुसार - अचिन्तैव परं ध्यानम। अर्थात किसी भी वस्तु पर विचार न करना ध्यान है।

महर्षि घेरण्ड के अनुसार- ध्यानात्प्रयत्क्षमात्मन। अर्थात ध्यान वह है जिससे आत्मसाक्षात्कार हो जाए।

तत्वार्थसूत्र के अनुसार- उत्तमसंघनस्येकाग्रचिन्तानिरोधो ध्यानगन्तमुहुर्वाति। -त.सू. 9/27अर्थात एकाग्रचित्त और शरीर, वाणी और मन के निरोध को ध्यान कहा गया है।

गरूड़ पुराण के अनुसार- ब्रह्मात्म चिन्ता ध्यानम् स्यात।अर्थात केवल ब्रह्म और आत्मा के चिन्तन को ध्यान कहते हैं।

लिशिखिब्राह्मणोपनिषद् के अनुसार- सो हम् चिंता मात्रमेवेति चिन्तनं ध्यानमुच्यते ॥अर्थात स्वयं को चिंता मात्र ब्रह्म तत्व समझने लगना ही ध्यान कहलाता है।

मण्डलब्राह्मणोपनिषद् के अनुसार- सर्वशरीरेषु चौतन्येकतानता ध्यानम। अर्थात सभी जीव जगत को चौतन्य में एकाकार होने को ध्यान की संज्ञा दी गयी है।

8. समाधि -महर्षि पतंजलि ने समाधि का स्वरूप निम्न प्रकार से बताया है-

"तदेवार्थमात्रनिर्भासंस्वरूपशून्यनमिव समाधि।" 3/3 यो0सू0

अर्थात् - जब (ध्यान में) केवल ध्येय मात्र की ही प्रतीती होती है और चित्त का निज स्वथप शून्य सा हो जाता है, तब वह (ध्यान ही) समाधि हो जाता है

समाधि शब्द मूलरूप से 'धा' शब्द से लिया गया है, जिसके अर्थ होते हैं - रखना, स्थापित करना, प्रस्तुत करना, छोड़ देना या स्थित। इसी प्रकार समाधि शब्द के अर्थ हैं - एक साथ जोड़ना, संजोना, संघ, समापन, एकाग्रता, ध्यान, या समझौता। वैसे, आध्यात्मिक जीवन में श्समाधिश् ध्यान की उस स्थिति को कहा जाता है जब ध्यान लगाने वाला व्यक्ति और ध्यान की जाने वाली चीज दोनों का आपस में विलय हो जाते हैं, एकाकार हो जाते हैं, उनमें कोई भेद नहीं रह जाता। फिर इस चरण में कोई विचार प्रक्रिया नहीं रह जाती।

इसे ध्यान की उच्चतम अवस्था माना जाता है। समाधि, शांत मन की सबसे अच्छी स्थिति है। इसके अतिरिक्त इसे एकाग्रता की भी सर्वोच्च अवस्था माना जाता है। इसके अंतर्गत किसी वस्तु पर ध्यान एकाग्र करने वाला व्यक्ति और वस्तु आखिरकार दोनों एक हो जाते हैं। अर्थात् ध्यान की इस स्थिति में, ध्यान लगाने वाले व्यक्ति के आत्म और उस वस्तु के बीच का अंतर पूरी तरह से मिट जाता है। वे एकाकार हो जाते हैं।

उपनिषदों में कहा गया है कि किसी व्यक्ति को समाधि की अवस्था प्राप्त करने से पहले अनावश्यक गतिविधियों से बचना चाहिए। उसे संयमित वाणी, संयमित शरीर और संयमित मस्तिष्क की आवश्यकता होती है। उसे आध्यात्मिक जीवन की सभी कठिनाइयों के प्रति न केवल सहनशील होना चाहिए अपितु उसका त्यागी और धैर्यवान होना भी आवश्यक है। एक व्यक्ति वास्तव में अपनी सच्ची प्रकृति और आत्ममान केवल समाधि के द्वारा ही प्राप्त कर सकता है।

वैसे, स्वामी विवेकानंद जी द्वारा बताये गये निम्नलिखित चार योगों - राजयोग,

कर्मयोग, भक्ति योग और जनन योग में से किसी एक के द्वारा समाधि की अवस्था प्राप्त की जा सकती है।

राज योग अर्थात् मानसिक नियंत्रण के अभ्यास के अलग - अलग चरणों का पालन करके व्यक्ति समाधि की अवस्था प्राप्त कर सकता है। कर्म योग में स्वामी जी ने बताया है कि निःस्वार्थ कर्म यानी बिना फल की चिंता किए किया जाने वाला काम करके भी समाधि की अवस्था को प्राप्त किया जा सकता है। इसी प्रकार भक्ति और जनन योग के द्वारा भी समाधि प्राप्त की जा सकती है।

समाधि की अवस्था में मन अन्य सभी वस्तुओं का संज्ञान खो देता है। यहाँ तक कि उस वस्तु तक का जिसपर ध्यान लगाया गया था। इस स्थिति में मन, ध्यान लगाई जाने वाली वस्तु में इतना तल्लीन हो जाता है कि किसी और का कोई भान ही नहीं रहता। समाधि का एक अर्थ यह भी है कि इस स्थिति में व्यक्ति तीनों सामान्य चेतनाओं - सोने, जागने और सपने देखने की अवस्थाओं से परे किसी चौथी अवस्था में चला जाता है।

समाधि की स्थिति में व्यक्ति का अहंकार पूरी तरह से नष्ट हो जाता है। फिर मन एक ऐसे अस्तित्व में रहता है, एक ऐसी अवस्था में विलीन हो जाता है, जो ज्ञान और अहं से कहीं ऊपर है। इनसे कहीं परे है। जहाँ व्यक्ति स्वयं अपनी चेतना खो देता है।

समाधि, व्यक्ति को सामान्य से विशेष बना देती है। यह एक ऐसा परिवर्तन है जिसमें व्यक्ति प्रबुद्ध हो जाता है, उसे आत्मज्ञान हो जाता है। और फिर वो सदा - सदा के लिए जन्म-मृत्यु (आवागमन) की बेड़ियों के बंधन से मुक्त हो जाता है।

इसके अतिरिक्त समाधि में कारण, प्रभाव और तर्क के संकीर्ण क्षेत्रों का कोई स्थान नहीं रह जाता। समाधि में कुछ भी तार्किक नहीं है। इस स्थिति के अंतर्गत शरीर लगभग पूरी तरह से अपनी सभी सचेतन शारीरिक गतिविधियों को बंद कर देता है, फिर भी व्यक्ति मरता नहीं है। यह एक विचारशून्य अवस्था है, जिससे लौटने के बाद व्यक्ति के विचार अपने आप में पूर्ण और निर्बाध होते हैं और उसके विचारों में स्पष्ट वैश्विक दृष्टि झलकती है। इस प्रकार से समाधि को ऐसी अवस्था के रूप में समझा जा सकता है जो तर्क, चेतना और विचारों से कहीं परे है।

कुण्डली योग

संस्कृत में कुंडल का अर्थ होता है घेरा बनाना कुंडली शब्द कुंड से बना है जिसका अर्थ है कोई गहरा स्थान क्षेत्र का गड्ढा। दीक्षा के लिए जहाँ आग जलाते

हैं उसे कुंड कहते हैं इसी प्रकार जहाँ शिव शव का दाह संस्कार किया जाता है उसे भी कुंड कहते हैं यहाँ कुंड का अर्थ है वह खोखला गड्ढा जिसमें मस्तिष्क की स्थित कुंडली मारकर सोए हुए सांप की भांति है कुंडली शब्द का तात्पर्य उस शक्ति से है जो गुप्त एवं निष्क्रिय अवस्था में है। कुंडलिनी शक्ति समस्त ब्रह्मांड में परिव्याप्त सार्वभौमिक शक्ति है जो प्रसुप्तावस्था में प्रत्येक जीव में विद्यमान रहती है। इसको प्रतीक रूप से साढ़े तीन कुंडल लगाए सर्प जो मूलाधार चक्र में सो रहा है के माध्यम से अभिव्यक्त किया जाता है।

तीन कुंडल प्रकृति के तीन गुणों के परिचायक हैं। ये हैं सत्व (परिशुद्धता), रजस (क्रियाशीतता और वासना) तथा तमस (जड़ता और अंधकार)। अर्द्ध कुंडल इन गुणों के प्रभाव (विकृति) का परिचायक है।

कुंडलिनी योग के अभ्यास से सुप्त कुंडलिनी को जाग्रत कर इसे सुषुम्ना में स्थित चक्रों का भेदन कराते हुए सहस्रार तक ले जाया जाता है।

नाड़ी नाड़ियाँ चेतना के विस्तार का माध्यम हैं।

नाड़ी का अर्थ है प्रवाह तांत्रिक के अनुसार हमारे शरीर में 72 हजार नाड़ीया होती है यह नाड़ियाँ ही प्राण और चेतना की प्रवाह को नियंत्रित करती है

इनमें से तीन नाड़ियाँ निम्न है

इडा, पिंगला, सुषुम्ना।

इडा नाड़ी सभी मानसिक प्रकियाओ और पिंगला सभी प्राणीक प्रकियाओ को नियंत्रित करती है। इडा चंद्र स्वर और पिंगला को सूर्य स्वर कहते हैं। इनके अलावा तीसरी नाड़ी सूचना आध्यात्मिक चेतना के गमन का मार्ग है। प्राणशक्ति- पिंगला, मनस शक्ति -इड़ा और आत्मशक्ति- सुष्मना। सुष्मना रीढ़ की हड्डी के बीच में प्रवाहित होती है इसके साथ ही इडा ओर पिंगला भी मेरुदंड की बाहरी सतह पर प्रवाहित होती है किंतु वह हड्डियों के नीचे हैं। सुष्मना नाड़ी मूलाधार चक्र से प्रारंभ होती है यहाँ से सुष्मना सीधे ऊपर की ओर बहती है जबकि एडा बाई और पिंगला दाएं और ऊपर बढ़ती है। स्वाधिष्ठान में तीनों नाड़ियों का पुनर्मिलन होता है। इडा पिंगला और सुष्मना तीनों आज्ञा चक्र

में एक साथ मिल जाती है। इड़ा नाड़ी ओर पिंगला नाड़ी एक साथ क्रियाशील नहीं होती है।

जब कुंडलिनी शक्ति का जागरण होता है तो यह शक्ति सुष्मना नाड़ी के माध्यम से आगे बढ़ती है

सभी नाड़ियों में श्रेष्ठ सुषुम्ना नाड़ी है। मूलाधार से आरंभ होकर यह सिर के सर्वोच्च स्थान पर अवस्थित सहस्रार तक आती है। सभी चक्र सुषुम्ना में ही विद्यमान

योग तत्व

हैं। इड़ा को गंगा, पिंगला को यमुना और सुषुम्ना को सरस्वती कहा गया है।

इन तीन नाड़ियों का पहला मिलन केंद्र मूलाधार कहलाता है। इसलिए मूलाधार को मुक्त त्रिवेणी (जहाँ से तीनों अलग-अलग होती हैं) और आज्ञा चक्र को युक्त त्रिवेणी (जहाँ तीनों आपस में मिल जाती हैं) कहते हैं।

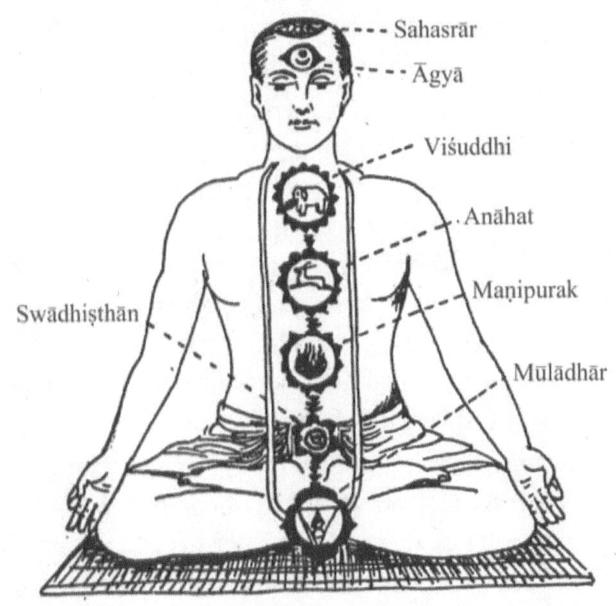

चक्र का शाब्दिक अर्थ है पहिया प्रत्येक मानव में हजारों चक्र होते हैं इनमें से कुछ मुख्य चक्र होते हैं मनुष्य शरीर में सात चक्र होते हैं जिनका वर्णन निम्न प्रकार से है

मूलाधार चक्र पुरुषों में मूलाधार चक्र पिनियाल ग्रंथि के थोड़ा अंदर अंडकोष गुदा के मध्य में स्थित है। महिलाओं में यह गर्भाशय ग्रीवा के पिछले हिस्से में स्थित है। मूलाधार चक्र का प्रतीक एक गहरे लाल रंग का चार पंखुड़ी वाला कमल है। प्रत्येक पंखुड़ी पर श, ष, स, व अंकित है। बीच में एक पीले रंग का वर्ग है जो पृथ्वी तत्व का प्रतीक है। त्रिकोण के सबसे ऊपर में ल बीज मंत्र अंकित है। मंत्र के ऊपर के बिंदु के अंदर देवता गणेश एवं देवी डाकिनी हैं। मूलाधार में कुंडली पर ध्यान करने से मनुष्य वक्ताओं में श्रेष्ठ, मनुष्य में राजा था ज्ञान अर्जन में प्रवीण हो जाता है। जब योगाभ्यास और अन्य आध्यात्मिक उपाय द्वारा मूलाधार का जागरण होता

है तो वह बड़ी तेजी से संस्कारवान ओर ज्ञान वान हो जाता हैं।

स्वाधिष्ठान चक्र- अर्थात अपने रहने का स्थान स्वाधिष्ठान चक्र मूलाधार के ऊपर स्थित है। यह प्रोस्टेट ग्रंथि से संबंधित है जो गुदाद्वार के ठीक ऊपर है। स्वाधिष्ठान चक्र का रंग काला है क्योंकि वह अज्ञान का प्रतीक है। इसमें 6पंखुड़ियों के रूप में सिंदूरी कमल के रूप में हैं। हर पंखुड़ी पर ब, भ,, य,ल चमकीले रंगों में हैं। इस चक्र का तत्व पानी है। इसका बीज मंत्र व अंकित है बीज मंत्र के अंदर देव विष्णु और देवी राकिनी का स्थान हैं। स्वाधिष्ठान चक्र के द्वारा आध्यात्मिक जागृति होती है। कुंडलिनी का अधिष्ठान चक्र में रहने पर सभी अवशेष कर्म तथा नकारात्मक संस्कार अभिव्यक्ति के माध्यम से बाहर निकल जाते हैं।

मणिपुर चक्र- अर्थात मणियों का नगर। मणिपुर चक्र नाभि के ठीक पीछे रीढ़ की हड्डी में स्थित है जो 10 पंखुड़ियों वाला एक चमकदार पीला कमल मणिपुर रंग का प्रतीक है पंखुड़ियों का रंग भूरे बादल जैसा है।प्रत्येक पंखुड़ी पर नीलकमल के रंग में ड, त, थ, द, ध, न, प, फ अंकित है।कमल के मध्य में अग्नि क्षेत्र जो एक गहरे लाल रंग का उल्टा त्रिकोण है जो देव सूर्य की तरह चमकदार है इस त्रिकोण के नीचे भेड़ स्थित है जो मणिपुर का वाहक तथा क्रियाशीलता का प्रतीक है। मणिपुर का बीज मंत्र जो है उसके बिंद में देव रुद्र और देवी लाकनी का निवास है। मणिपुर में कुंडली काजल एक विस्फोटक की तरह होता है मणिपुर के जागरण से जो शक्ति मिलती है उस से सारे व्याधियों का नाश होता है।

अनाहत चक्र -कुंडलिनी योग में अनाहत चक्र का बहुत महत्व है कुंडली को अन हाथ में काफी लंबे समय तक रुकना पड़ता है। अनाहत का शाब्दिक अर्थ है जो आहत ना हुआ हो। यह मेरुदंड की आंतरिक दीवारों के केंद्र के पीछे अनाहत चक्र में स्थित है। इसकी 12 पंखुड़ियां है हर पंखुड़ी पर सिंदूरी रंग से क,ख, ग, घ, ट, ठ अंकित है इसका अंतरिक छेत्र षटकोण यह है जो वायु तत्व का प्रतीक है। इसका बहुत एक काला हिरण है। इसका बीज मंत्र य है इसका रंग गहरा भूरा है इसका देवी ईशा है और देवी काकनी है। अनाहत चक्र तक पहुँचने पर व्यक्ति की सभी कामनाएं पूर्ण हो जाती है इच्छा करके जागरण से साधक एक कवि, चित्रकार या गायक बन सकता।

विशुद्धि चक्र- अर्थात शुद्धीकरण का केंद्र यह गले के ठीक पीछे स्थित हैं। यह 16 पंखुड़ियो के बैंगनी रंगों के कमल की तरह है ये 16पंखुड़िया इस केंद्र से जुड़ी नाड़ियों से संबंधित है। इनकी अक्षर सुंदरी रंग से लिखा गया है उ, आ, अ, अं,आदि अंकित है इसका तत्व आकाश है जो मोक्ष का द्वार है इसका वाहन हाथी है। इसका बीज मंत्र ह हैं इसके देवता सदाशिव है और देवी साकनी है आज्ञा चक्र के साथ मिलकर विशुद्ध विज्ञानमय कोष के आधार का निर्माण करता है। विशुद्धि

वह केंद्र हैं जहाँ हम दूसरे व्यक्तियों के विचारों के स्पंदन का अनुभव कर सकते हैं विशुद्ध के चेहरे से जो शक्ति प्राप्त होती है वह नष्ट नहीं होती तथा ज्ञान से पूर्ण होती है।

आज्ञा चक्र - हिन्दू परम्परा के अनुसार आज्ञा चक्र छठा मूल चक्र है। ध्यान करने से आज्ञा चक्र होने का आभाष होता है आग्या का अर्थ है आदेश।आज्ञाचक्र भौंहों के बीच माथे के केंद्र में स्थित होता है। यह भौतिक शरीर का हिस्सा नहीं है लेकिन इसे प्राणिक प्रणाली का हिस्सा माना जाता है। स्थान इसे एक पवित्र स्थान बनाता है जहाँ हिंदू इसके लिए श्रद्धा दिखाने के लिए सिंदूर लगाते हैं। अजना चक्र पीनियल ग्रंथि के अनुरूप् है। इसका मंत्र है ॐ। आज्ञा चक्र का रंग सफेद है। इसका तत्व मन का तत्व, अनुपद तत्त्व है। इसका चिह्न एक श्वेत शिवलिंगम सृजनात्मक चेतना का प्रतीक है। इसमें और बाद के सभी चक्रों में कोई पशु चिह्न नहीं है। इस स्तर पर केवल शुद्ध मानव और दैवी गुण होते हैं। आज्ञा चक्र के प्रतीक चित्र में दो पंखुडियों वाला एक कमल है जो इस बात का द्योतक है कि चेतना के इस स्तर पर शकेवल दोष, आत्मा और परमात्मा (स्व और ईश्वर) ही हैं। आज्ञा चक्र की देव मूर्तियों में शिव और शक्ति एक ही रूप में संयुक्त हैं। इसका अर्थ है कि आज्ञा चक्र में चेतना और प्रकृति पहले ही संयुक्त है, किन्तु अभी भी वे पूर्ण ऐक्य में समाए नहीं हैं। इस चक्र के गुण हैं - एकता, शून्य, सत, चित्त और आनंद। ज्ञान नेत्र भीतर खुलता है और हम आत्मा की वास्तविकता देखते हैं - इसलिए तीसरा नेत्र का प्रयोग किया गया है जो भगवान शिव का द्योतक है। आज्ञा चक्र आंतरिक गुरु की पीठ (स्थान) है। यह द्योतक है बुद्धि और ज्ञान का, जो सभी कार्यों में अनुभव किया जा सकता है। उच्चतर, नैतिक विवेक के तर्क युक्त शक्ति के समक्ष अहंकार आधारित प्रतिभा समर्पण कर चुकी है। तथापि, इस चक्र में एक रुकावट का उल्टा प्रभाव है जो व्यक्ति की परिकल्पना और विवेक की शक्ति को कम करता है, जिसका परिणाम भ्रम होता है।

योगियों का परिचय

महर्षि पतंजलि

प्रायः भारत के प्राचीन लेखकों ने अपने जीवन परिचय का उल्लेख बहुत ही कम किया है। कहीं-कहीं ढूँढने से इन प्राचीन लेखकों की जीवनी की झलक एक आध सूत्र में मिलती है, उनकी जीवनी का पूरा लेखा जोखा असंभव है। महर्षि पतंजलि की जीवनी का ब्यौरा भी हमें परिष्कृत रूप में इस प्रकार मिलता है पतंजलि या पतञ्जलि 'व्याकरण महाभाष्य' के रचयिता हैं। इनकी गणना भारत के अग्रगण्य विद्वानों में की जाती है। इनका निवास स्थान गोनार्द नामक ग्राम (कश्मीर) अथवा गोंडा (उत्तर प्रदेश) माना जाता है। इनकी माता का नाम गोणिका बताया गया है तथा इनके पिता का नाम ज्ञात नहीं है।

जीवन परिचय -

महर्षि पाणिनि के लगभग दो सौ साल बाद कात्यायन महर्षि ने लगभग बारह सौ सूत्रों पर वार्तिक लिखे। पाणिनि पर यही सबसे पुरानी टीका आज उपलब्ध है। इन वार्तिकों में सूत्रार्थ की चर्चा, कहीं मंडन और कभी-कभी खंडन भी किया गया है। फिर छः सौ साल के बाद पतंजलि ने पाणिनि के सूत्रों का विवेचन करने वाली एक विस्तृत टीका लिखी। यही टीका श्व्याकरण महाभाष्यश् के नाम से प्रसिद्ध है। जिन सूत्रों पर कात्यायन के वार्तिक हैं, उन सबका और जिन पर वार्तिक नहीं हैं, ऐसे लगभग 400 सूत्रों का इसमें विवेचन है। इससे यह स्पष्ट होता है कि सामान्यतरू अष्टाध्यायी के 40 प्रतिशत सूत्रों का इस टीका में विवेचन है। सम्भव है कि अवशिष्ट 2400 सूत्रों का अर्थात् अष्टाध्यायी के 60 प्रतिशत सूत्रों का विवेचन करने की आवश्यकता पतंजलि को प्राप्त नहीं हुई। अंतरंग और बहिरंग साक्ष्य से ई. पू. 150 पतंजलि का काल अध्येताओं ने निश्चित किया है।

पतंजलि का समय -

बहुसंख्य भारतीय व पाश्चात्य विद्वानों के अनुसार पतंजलि का समय 150 ई. पू. है, पर युधिष्ठिर मीमाँसकजी ने जोर देकर बताया है कि पतंजलि विक्रम संवत से दो हजार वर्ष पूर्व हुए थे। इस सम्बन्धं में अभी तक कोई निश्चित प्रमाण प्राप्त नहीं हो सका है, पर अंतरूसाक्ष्य के आधार पर इनका समय निरूपण कोई कठिन कार्य

नहीं है। महाभाष्य के वर्णन से पता चलता है कि पुष्यमित्र ने किसी ऐसे विशाल यज्ञ का आयोजन किया था, जिसमें अनेक पुरोहित थे और जिनमें पतंजलि भी शामिल थे। वे स्वयं ब्राह्मण याजक थे और इसी कारण से उन्होंने क्षत्रिय याजक पर कटाक्ष किया है- यदि भवद्विधरू क्षत्रियं याजय पुष्यमित्रों यजते, याजकारू याजयति।

तत्र भवितव्यम् पुष्यमित्रो याजयते, याजकारू याजयंतीति यज्ञादिषु चाविपर्यासो वक्तव्य।

इससे पता चलता है कि पतंजलि का आभिर्भाव कालिदास के पूर्व व पुष्यमित्र के राज्य काल में हुआ था। 'मत्स्य पुराण' के अनुसार पुष्यमित्र ने 36 वर्षों तक राज्य किया था। पुष्यमित्र के सिंहासन पर बैठने का समय 185 ई. पू. है और 36 वर्ष कम कर देने पर उसके शासन की सीमा 149 ई. पू. निश्चित होती है। गोल्डस्टुकर ने महाभाष्य का काल 140 से 120 ई. पू. माना है। डॉक्टर भांडारकर के अनुसार पतंजलि का समय 158ई. पू. के लगभग है, पर प्रोफेसर वेबर के अनुसार इनका समय कनिष्क के बाद, अर्थात् ई. पू. 25 वर्ष होना चाहिए। डॉक्टर भांडारकर ने प्रोफेसर वेबर के इस कथन का खंडन कर दिया है। बोथलिंक के मतानुसार पंतजलि का समय 2000 ई. पू. है। इस मत का समर्थन मेक्समूलर ने भी किया है। कीथ के अनुसार पतंजलि का समय 140 150 ई. पू. है।

जन्म कथा-

पतंजलि के अन्य नाम भी हैं, जैसे-गोनर्दीय, गोणिकापुत्र, नागनाथ, अहिपति, चूर्णिकार, फणिभुत, शेषाहि, शेषराज और पदकार। रामचन्द्र दीक्षित ने श्पंतजलिचरितश् नामक उनका चरित लिखा है, जिसमें पतंजलि को शेष का अवतार मानकर, तत्सम्बन्धी निम्न आख्यायिका दी गयी है-

एक बार जब श्री विष्णु शेष शय्या पर निंद्रित थे, भगवान शंकर ने अपना तांडव नृत्य प्रारम्भ किया। उस समय श्री विष्णु गहरी निद्रा में नहीं थे। अतः स्वाभाविकतरू उनका ध्यान उस शिव नृत्य की ओर आकर्षित हुआ। उस नृत्य को देखते हुए श्री विष्णु को इतना आनन्द प्राप्त हुआ कि, वह उनके शरीर में समाता नहीं था। अतः उन्होंने अपने शरीर को बढ़ाना प्रारम्भ कर दिया। श्री विष्णु का शरीर वृद्धिगत होते ही शेष को उनका भार असहनीय हो उठा। वे अपने सहस्र मुखों से फुंकार करने लगे। उसके कारण लक्ष्मी जी घबराई और उन्होंने श्री विष्णु को नींद से जगाया। उनके जागने पर ही उनका शरीर संकुचित हुआ। तब छुटकारे की श्वांस लेते हुए शेष ने पूछा, श्क्या आज मेरी परीक्षा लेना चाहते थे। इस पर श्री विष्णु ने शेष को शिवजी के तांडव नृत्य का कलात्मक श्रेष्ठत्व विशद करके बताया। तब शेष बोले-श्वह नृत्य एक बार मैं देखना चाहता हूँ। इस पर श्री विष्णु ने कहा-श्तुम

एक बार पुनः पृथ्वी पर अवतार लो, उसी अवतार में तुम शिवजी का तांडव नृत्य देख सकोगे।

जन्म स्थान पर मतभेद-

पतंजलि के जन्म स्थान के बारे में भी विद्वानों का एक मत नहीं है। पतंजलि ने कात्यायन को दाक्षिणात्य कहा है। इससे अनुमान होता है, कि वे उत्तर भारत के निवासी रहे होंगे। उनके जन्म-ग्राम के रूप में गोनर्द ग्राम का नामोल्लेख हो चुका है। किन्तु गोनर्द का सम्बन्ध गोंड प्रदेश से भी मानते हैं। कतिपय पंडितों के मतानुसार गोनर्द ग्राम अवध प्रदेश का गोंडा होगा। वेबर इस गाँव को मगध के पूर्व में स्थित मानते हैं। कनिंघम के अनुसार, गोनर्द गौड़ हैं, किन्तु पतंजलि आर्यावर्त का अभिमान रखने वाले थे। अतः उनका जन्म-ग्राम, आर्यावर्त ही में कहीं न कहीं होना चाहिए, इसमें संदेह नहीं। उस दृष्टि से वह गोनर्द, विदिशा और उज्जैन के बीच किसी स्थान पर होना चाहिए। प्रोफेसर सिल्व्हां लेव्ही भी गोनर्द को विदिशा व उज्जैन के मार्ग पर ही मानते हैं। उन्होंने यह भी बताया है कि विदिशा के समीप स्थित सांची के बौद्ध स्तूप को, आसपास के प्रायःरू सभी गांवों के लोगों द्वारा दान दिए जाने के उल्लेख मिलते हैं, किन्तु उसमें गोनर्द के लोगों के नाम दिखाई नहीं देते।

इस बात पर उन्होंने आश्चर्य भी व्यक्त किया है। तथापि इस पर से अनुमान निकलता है कि गोनर्द के लोग कट्टर बौद्ध विरोधक होंगे। ऐसे बौद्ध विरोधकों के केन्द्र में पतंजलि पले यह घटना उनके चरित्र की दृष्टि से महत्त्वपूर्ण है। व्याकरण-महाभाष्य से यह सूचित होता है, कि पतंजलि की मौर्य सम्राट बृहद्रथ का वध कराने वाले पुष्यमित्र शुंग से मिलता थी। पतंजलि ने व्याकरण की परीक्षा पाटलिपुत्र (पटना) में दी। वहीं पर उन दोनों की मिलता हुई होगी। बौद्ध बनकर वैदिक धर्म का विरोध करने वाले मौर्य वंश का उच्छेद कर भारत में वैदिक धर्मी राज्य की प्रस्थापना करने की योजना उन दोनों ने वहीं पर बनाई होगी।

नामकरण-

तदनुसार अवतार लेने हेतु उचित स्थान की खोज में शेष जी चल पड़े। चलते-चलते गोनर्द नामक स्थान पर उन्हें गोणिका नामक एक महिला, पुत्र प्राप्ति की इच्छा से तपस्या करती हुई दीख पड़ी। शेष जी ने उसे मातृ रूप में स्वीकार करने का मन ही मन निश्चय किया। अतः जब गोणिका सूर्य को अर्घ्य देने हेतु सिद्ध हुई, तब शेष जी सूक्ष्म रूप धारण उसकी अंजलि में जा बैठे और उसकी अंजलि के जल के

साथ नीचे आते ही, उसके सम्मुख बालक के रूप में खड़े हो गये। गोणिका ने उन्हें अपना पुत्र मानकर गोदी में उठा लिया और बोली-'मेरी अंजलि से पतन पाने के कारण, मैं तुम्हारा नाम पतंजलि रखती हूँ।

अध्यापन -

पतंजलि ने बाल्यावस्था से ही विद्याभ्यास प्रारम्भ किया। फिर तपस्या के द्वारा उन्होंने शिव जी को प्रसन्न कर लिया। शिव जी ने उन्हें चिदम्बर क्षेत्र में अपना तांडव नृत्य दिखलाया और पदशास्त्र पर भाष्य लिखने का आदेश दिया। तदनुसार चिदम्बरम् में ही रहकर पतंजलि ने पाणिनि के सूत्रों तथा कात्यायन के वार्तिकों पर विस्तृत भाष्य की रचना की। यह ग्रन्थ 'पतंजलि महाभाष्य' के नाम से प्रसिद्ध हुआ। इस महाभाष्य की कीर्ति सुनकर, उसके अध्ययनार्थ हजारों पंडित पतंजलि के यहाँ पर आने लगे। पतंजलि एक यवनिका (पर्दे) की ओट में बैठकर, शेषनाग के रूप में उन सहस्रों शिष्यों को एक साथ पढ़ाने लगे। अध्यापन के समय पंतजलि ने शिष्यों को कड़ी चेतावनी दे रखी थी, कि कोई भी यवनिका के अन्दर झांककर न देखे, किन्तु शिष्यों के हृदय में इस बारे से भारी कौतुहल जागृत हो चुका था, कि एक ही व्यक्ति एक ही समय में इतने शिष्यों को ग्रन्थ के अन्यान्य भाग किस प्रकार पढ़ा सकता है। अतः एक दिन उन्होंने जब यवनिका दूर की, तो उन्हें दिखाई दिया, कि पतंजलि सहस्र मुख वाले शेषनाग के रूप में अध्यापन कार्य कर रहे हैं, किन्तु शेष जी का तेज इतना प्रखर था कि सभी शिष्य जलकर भस्म हो गये। केवल एक शिष्य जो कि उस समय जल लाने के लिए बाहर गया था, बच गया। पतंजलि ने उसे आदेश दिया, कि वह सुयोग्य शिष्यों को महाभाष्य पढ़ाये। फिर पतंजलि चिदम्बर क्षेत्र से गोनर्द ग्राम लौटे।

पतंजलि योग सूत्र पर लिखी गयी टीका एवं भाष्य -

योगभाष्य -

परम्परानुसार वेद व्यास इसके रचयिता माने जाते हैं। इसका रचना-काल 200-400 ईसा पूर्व का माना जाता है। यह योगसूत्र का सबसे पुराना भाष्य है। यह कहना कठिन है कि योगभाष्य अलग रचना है या योगसूत्र का पतञ्जलि द्वारा ही रचित अभिन्न अंग।

तत्त्ववैशारदी -

पतंजलि योगसूत्र के व्यास भाष्य के प्रामाणिक व्याख्याकार के रूप में

वाचस्पति मिश्र का श्तत्त्ववैशारदीश् प्रमुख ग्रंथ माना जाता है। वाचस्पति मिश्र ने योगसूत्र एवं व्यास भाष्य दोनों पर ही अपनी व्याख्या दी है। तत्त्ववैशारदी का रचना काल 841 ईसा पश्चात माना जाता है।

योगवार्तिक -

योगसूत्र पर महत्वपूर्ण व्याख्या विज्ञानभिक्षु की प्राप्त होती है जिसका नाम 'योगवार्तिक' है। विज्ञानभिक्षु का समय विद्वानों के द्वारा 16 वीं शताब्दी के मध्य में माना जाता है।

भोजवृत्ति -

धारेश्वर भोज के नाम से प्रसिद्ध व्यक्ति ने योगसूत्र पर जो श्भोजवृत्तिश् नामक ग्रंथ लिखा है वह योग विद्वजनों के बीच समादरणीय एवं प्रसिद्ध माना जाता है। भोज के राज्य का समय 1075-1110 विक्रम संवत माना जाता है। कुछ इतिहासकार इसे 16 वीं सदी का ग्रंथ मानते हैं।

ग्रन्थ -

यह चार पादों या भागों में विभक्त है-

समाधि पाद (51 सूत्र)

साधना पाद (55 सूत्र)

विभूति पाद (55 सूत्र)

कैवल्य पाद (34 सूत्र)

कुल सूत्र = 195

समाधि पाद-

यह योगसूत्र का प्रथम अध्याय है जिस में 51 सूत्रों का समावेश है। इसमें योग की परिभाषा को कुछ इस प्रकार बताया गया है जैसे- योग के द्वारा ही चित्त की वृत्तियों का निरोध किया जा सकता है। मन में जिन भावों और विचारों की उत्पत्ति होती है उसे विचार सकती कहा जाता है और अभ्यास करके इनको रोकना ही योग होता है। समाधिपाद में चित्त, समाधि के भेद और रूप तथा वृत्तियों का विवरण मिलता महर्षि पतन्जलि ने सारा समाधिपाद एक प्रकार से निम्न तीन सूत्रों की विस्तृत व्याख्या के रूप में समझाया है।

योगश्चित्तवृत्तिनिरोधः। ।2॥

अर्थ - योग चित्त की वृत्तियों को रोकना है।

तदा द्रष्टुः स्वरूपेऽवस्थानम्। ।3॥

अर्थ - तब (वृत्तियों के निरोध होने पर) द्रष्टा की स्वरूप में अवस्थिति होती है।

वृत्तिसारूप्यमितरत्र। ।4॥

अर्थ - दूसरी अवस्था में द्रष्टा वृत्ति के समान रूप वाला प्रतीत होता है। मन की चंचलता प्रसिद्ध है। इसको योग के अंतर्गत दो प्रकार से रोकना होता है- एक तो केवल एक विषय में लगातार लगाये रखना कि दूसरा विचार न आने पाये- इसको एकाग्रता या सम्प्रज्ञात समाधि कहते हैं। इसके चार भेद हैं-

वितर्कविचारानन्दास्मितारूपानुगमात् सम्प्रज्ञातः। ।17॥

अर्थ - वितर्क, विचार, आनन्द और अस्मिता इन चारों के संबंध से युक्त सम्प्रज्ञात समाधि है।

इसकी सबसे ऊँची अवस्था विवेक ख्याति है, जो चित्त की ही एक उच्चतम सात्विक वृत्ति है। इसको परावैराग्य द्वारा हटाना, मन को दूसरी प्रकार से रोकना है। इसके भी हट जाने पर चित्त में कोई भी वृत्ति न रहना, सर्ववृत्ति-निरोध 'असम्प्रज्ञात समाधि' है। इसी को निर्बीज समाधि तथा धर्ममेघ समाधि भी कहते हैं।

निर्बीज समाधि ही योग का अन्तिम लक्ष्य है, इसी से कैवल्य स्थिति प्राप्त होती है।

साधनापाद -

साधनापाद योगसूत्र का दूसरा अध्याय है जिस में 55 सूत्रों का समावेश है। इसमें योग के व्यावहारिक रूप का वर्णन मिलता है। इस अध्याय में योग के आठ अंगों को बताया गया है साथ ही साधना विधि का अनुशासन भी इसमें निहित है। साधनापाद में पाँच क्लेशों को सम्पूर्ण दुखों का कारण बताया गया है और दुख का नाश करने के लिए भी कई उपाय बताये गये हैं। इस पाद में अविद्या आदि पंच-क्लेशों को दुःखों का मूल कारण बताया है-

अविद्यास्मितारागद्वेषाभिनिवेशाः क्लेशाः। ।3॥

क्योंकि इनके रहते किये गये कर्म, संस्कार रूप से अन्तःकरण में इकट्ठे होते

है, जो 'कर्माशय' नाम से जाने जाते हैं। इस कर्माशय के कारणभूत क्लेश जब तक रहते हैं, तब तक जीव को उनका फल भोगने के लिये बार-बार जन्म-मरण के चक्र में फसा रहना पड़ता है। पुण्य कर्मों का फल भी विवेक की दृष्टि से दुःख ही है। अतः समस्त दुःखों का सर्वथा अत्यन्त अभाव करने के लिये क्लेशों का मूलोच्छेद करना परम आवश्यक है। इस पाद में उनके नाश का उपाय निश्चल और निर्मल विवेक ज्ञान को तथा उस विवेक ज्ञान की प्राप्ति का उपाय योग संबंधी आठ अंगों के अनुष्ठान को बताया है।

विभूतिपाद-

योग सूत्र का तीसरा अध्याय है विभूतिपाद, इसमें भी 55 सूत्रों का समावेश है।जिस में ध्यान, समाधि के संयम, धारणा और सिद्धियों का वर्णन किया गया है और बताया गया है कि एक साधक को इनका प्रलोभन नहीं करना चाहिए। विभूतिपाद में धारणा, ध्यान, समाधि, संयम, समाधि परिणाम, बाह्य दृश्य जगत् की उन्नति और सिद्धियाँ, इन विषयों पर प्रकाश डाला गया है।

लयमेकल संयमः। ।4 ॥

धारणा, ध्यान और समाधि- इन तीनों का एकलित नाम 'संयम' बतलाकर भिन्न-भिन्न ध्येय पदार्थों में

संयम का भिन्न-भिन्न फल बतलाया है, उनको योग का महत्व, सिद्धि और विभूति भी कहते हैं। इनका वर्णन यहाँ समस्त ऐश्वर्य में वैराग्य उत्पन्न करने के लिये किया गया है। इसी कारण इस पाद के 37, 50, 51 एवं चौथे पाद के 29 वें सूत्र में उनको समाधि में विघ्नरूप बताया है।

ते समाधावुपसर्गा व्युत्थाने सिद्धयः। ।37 ॥

ऊपर बतलायी हुई प्रतिभ आदि सिद्धियाँ व्युत्थान में सिद्धियाँ है, किंतु समाधि में विघ्न हैं। अतः साधक को भूलकर भी सिद्धियों के प्रलोभन में नहीं पड़ना चाहिये।

कैवल्यपाद-

योगसूत्र का चतुर्थ अध्याय कैवल्यपाद है। जिस में समाधि के प्रकार और उसका वर्णन किया गया है। इसमें 34 सूत्रों का समावेश है।इस अध्याय में कैवल्य की प्राप्ति के लिए योग्य चित्त स्वरूप का विवरण किया गया है। कैवल्यपाद में कैवल्य अवस्था के बारे में बताया गया है कि यह अवस्था कैसी होती है। यह योगसूत्र का अंतिम अध्याय है। इस पाद में कैवल्य के उपयोगी चित्त तथा चित्त के संबंध में जो-जो शंकाएँ हो सकती हैं, उनका युक्तिपूर्वक निवारण किया है।

"चितेरप्रतिसंक्रमायास्तदाकारापत्तौ स्वबुद्धिसंवेदनम्"। ।22॥

- यद्यपि चेतन-शक्ति क्रिया से रहित और असंग है, तो भी तदाकार होकर उसे अपनी बुद्धि का ज्ञान होता है। अन्त में धर्ममेघ समाधि का वर्णन करके उसका फल क्लेश और कर्मों का सर्वथा अभाव

"ततः क्लेशकर्मनिवृत्तिः"। ।30॥

तथा गुणों के परिणाम-क्रम की समाप्ति अर्थात् पुनर्जन्म का अभाव बताया गया है, एवं पुरुष को मुक्ति प्रदान कर अपना कर्तव्य पूरा कर चुकने के कारण गुणों के कार्य का अपने कारण में विलीन हो जाना अर्थात् प्रकृति से सर्वथा अलग हो जाना गुणों की कैवल्य-स्थिति है और उन गुणों से सर्वथा अलग होकर अपने रूप में प्रतिष्ठित हो जाना पुरुष की कैवल्य-स्थिति बतलाकर ग्रंथ की समाप्ति की गयी है।

"पुरुषार्थशून्यानां गुणानां प्रतिप्रसवः कैवल्यं
स्वरूपप्रतिष्ठा वा चितिशक्तिरिति" ॥34॥

पतंजलि महान चिकित्सक थे और इन्हें ही चरक संहिता का प्रणेता माना जाता है। श्योगसूत्रश् पतंजलि का महान अवदान है। पतंजलि रसायन विद्या के विशिष्ट आचार्य थे अभ्रक बिंदास, अनेक धातुयोग और लौहशास्त्र इनकी देन है। पतंजलि संभवत पुष्यमित्र शुंग (194-142 ई.पू.) के शासनकाल में थे। राजा भोज ने इन्हें तन के साथ मन का भी चिकित्सक कहा है।

योगेन चित्तस्य पदेन वाचां मलं शरीरस्य च वैद्यकेन।
योऽपाकरोत्तं प्रवरं मुनीनां पतञ्जलिं प्राञ्जलिरानतोऽस्मि॥

अर्थात् चित्त-शुद्धि के लिए योग (योगसूत्र), वाणी-शुद्धि के लिए व्याकरण (महाभाष्य) और शरीर-शुद्धि के लिए वैद्यकशास्त्र (चरकसंहिता) देनेवाले मुनिश्रेष्ठ पतञ्जलि को प्रणाम।

महर्षि पतंजलि ने महाभाष्य की रचना काशी में की, काशी में श्रागकुआंश् नामक स्थान पर इस ग्रंथ की रचना हुई थी. नाग पंचमी के दिन इस कुएं के पास अब भी अनेक विद्वान एवं विद्यार्थी एकत्र होकर संस्कृत व्याकरण के संबंध में शास्त्रार्थ करते हैं. महाभाष्य व्याकरण का ग्रंथ है, किंतु इसमें साहित्य, धर्म, भूगोल, समाज, रहन-सहन आदि से संबंधित तथ्य मिलते हैं।

महर्षि पतंजलि की मृत्यु के 300 साल बाद इनकी पुस्तक लुप्त हो गयी, क्योंकि उस युग में पुस्तक छापने की मशीन नहीं थी तथा हाथ से लिखी पुस्तकों की

एकाध प्रतियां होती थी. आज से लगभग 11 वर्ष पहले कश्मीर के राजा जयादित्य ने बड़े परिश्रम से इस पुस्तक की खोज की. उन्होंने पूरी पुस्तक दोबारा कई प्रतियों में लिखवाकर अपने राज्य में उसका प्रचार करवाया.

गोरक्षनाथ

भारत की भूमि ऋषि-मुनियों और तपस्वियों की भूमि रही है। जिसने अपनी बौद्धिक क्षमता के दम पर भारत ही नहीं वरन सम्पूर्ण सृष्टि के भलाई के लिए बहुत योगदान दिया है। ऋषि-मुनियों के शिक्षा से हमें जीवन में सही राह चुनने का ज्ञान होता है। ऐसा माना जाता है कि हठयोग का ज्ञान परमशिव ने माँ पार्वती को दिया था वही ज्ञान मत्स्येन्द्रनाथ से गोरक्षनाथ को प्राप्त हुआ और उन्होंने इस विद्या का प्रचार-प्रसार किया।

जीवन परिचय-

एक दन्त कथा के अनुसार,नाथ सम्प्रदाय के प्रवर्तक मत्स्येन्द्रनाथ सन्यास परम्परा के अनुसार भिक्षा के लिये निकले थे। मत्स्येन्द्रनाथ जी ने वहाँ एक ब्राह्मणी के घर जाकर भिक्षा मांगी और उसने बड़े आदर सम्मान के साथ दीक्षा दी। मत्स्येंद्रनाथ उस ब्राह्मणी का भक्ति भाव देखकर बड़े प्रसन्न हुए। ब्राह्मणी के मुख पर सत्व का तेज था। ब्राह्मणी कुछ अनाज लेकर सन्यासी के सम्मुख आई। परंतु उस ब्राह्मणों के उदासी की कुछ रेखाएं योगी मत्स्येंद्रनाथ की तीव्र आंखों से छुप ना सके। उन्होंने उनकी उदासी का कारण पूछा तो ब्राह्मणी ने बताया कि उसकी कोई संतान नहीं है इसी से वह उदासीन रहती है यह सुन योगीराज ने अपनी झोली से बहुत निकाली और उसे देकर कहा कि इसको खा लेना मैं पुत्र हो जाएगा। परंतु उस ब्राह्मणी के नसीब में पुत्र सुख मिलना लिखा ही नहीं होगा। यह पूरी घटना और उसकी पड़ोस की स्त्री भी देखती रही और योगी के जाने के पश्चात ब्राह्मणी के पास आकर उसे भभूत को ना खाने की सलाह देने लगी। इसे खाने से तुम्हारा नुकसान होगा डर के मारे ब्राह्मणी ने उस भभूत को एक गोबर के गड्ढे में उसे फेंक दिया।12 वर्ष बीत जाने पर एक दिन फिर से मत्स्येंद्रनाथ उस गाँव आये और फेरी लगाते हुए उस ब्राह्मण के घर जा पहुँचे और उसके द्वार पर अलख जगायी। जब ब्राह्मण बाहर भिक्षा देने आई तो उन्होंने उनसे पूछा अब तो तेरा पुत्र 12 वर्ष का हो गया होगा देखो तो वह कहां है? यह सुनकर ब्राह्मण घबरा गयी और उसने समस्त घटना बतायी और दुखी हुई मत्स्येंद्रनाथ जी ने भभूत को फेंकने की जगह पूछी और वहाँ जाकर अलख की ध्वनि की तो क्या चमत्कार हुआ उस ध्वनि को सुनता है एक 12

वर्ष का तेज पुंज बालक बाहर निकल आया और योगीराज के चरणों में मस्तक नवाया यही वह बालक है जो फिर आगे जाकर गोरखनाथ नाम से प्रसिद्ध हुआ।

गुरु गोरखनाथ की योग शिक्षा -

मत्स्येंद्रनाथ बालक को शिष्य बना कर अपने साथ ले गयी और उन्हें योग की पूरी शिक्षा दी। योगी सिद्धि से उन्होंने अमरतत्व की स्थिति को प्राप्त किया अनेक विद्वानों का मत है कि गोरखनाथ ने भारतीय संस्कृति के संरक्षण हेतु बहुत अधिक सहयोग दिया इस विषय में गोरक्ष विजय नामक ग्रंथ उपलब्ध है। गोरखनाथ ने अपनी रचनाओं तथा साधना में योग के अंग क्रिया-योग अर्थात तप, स्वाध्याय और ईश्वर प्रणीधान को अधिक महत्व दिया है। इनके माध्यम से ही उन्होंने हठयोग का उपदेश दिया। गोरखनाथ शरीर और मन के साथ नए-नए प्रयोग करते थे।

योग विभूतियां-

अपनी योग के बल पर महायोगी गोरखनाथ ने माया के आवरण को खंडित किया था इसका एक उदाहरण इस प्रकार है- एक राजा की प्रिय रानी का स्वर्गवास हो गया। शोक के मारे राजा का बुरा हाल था। जीने की उसकी इच्छा ही समाप्त हो गयी। वह भी रानी की चिता में जलने की तैयारी करने लगा। लोग समझा-बुझाकर थक गये पर वह किसी की बात सुनने को तैयार नहीं था। इतने में वहाँ गुरु गोरखनाथ आये। आते ही उन्होंने अपनी हांडी नीचे पटक दी और जोर-जोर से रोने लग गये। राजा को बहुत आश्चर्य हुआ। उसने सोचा कि वह तो अपनी रानी के लिए रो रहा है, पर गोरखनाथ जी क्यों रो रहे हैं। उसने गोरखनाथ के पास आकर पूछा, महाराज, आप क्यों रो रहे हैं? गोरखनाथ ने उसी तरह रोते हुए कहा, क्या करूं? मेरा सर्वनाश हो गया। मेरी हांडी टूट गयी है। मैं इसी में भिक्षा मांगकर खाता था। हांडी रे हांडी। इस पर राजा ने कहा, हांडी टूट गयी तो इसमें रोने की क्या बात है? ये तो मिट्टी के बर्तन हैं। साधु होकर आप इसकी इतनी चिंता करते हैं। गोरखनाथ बोले, तुम मुझे समझा रहे हो। मैं तो रोकर काम चला रहा हूँ। तुम तो एक मृत स्त्री के कारण स्वयं मरने के लिए तैयार बैठे हो। गोरखनाथ की बात का आशय समझकर राजा ने जान देने का विचार त्याग दिया।

गुरु गोरख नाथ का साहित्य -

1. सबदी 2. पद 3.शिष्यादर्शन 4. प्राण सांकली 5. नरवै बोध 6. आत्मबोध 7. अभय माला जोग 8. पंद्रह तिथि 9. सप्तवार 10. मंछिद्र गोरख बोध 11.

रोमावली 12. ग्यान तिलक 13. ग्यान चौंतीसा 14. पंचमाला 15. गोरखगणेश गोष्ठ 16.गोरखदत्त गोष्ठी (ग्यान दीपबोध) 17.महादेव गोरखगुष्टिउ 18. शिष्ट पुराण 19. दया बोध 20.जाति भैंरावली (छंद गोरख) 21. नवग्रह 22. नवराल 23 अष्टपारछ्या 24. रह रास 25.ग्यान माला 26.आत्मबोध (2) 27. व्रत 28. निरंजन पुराण 29. गोरख वचन 30. इंद्र देवता 31.मूलगर्भावली 32. खाणीवाणी 33.गोरखसत 34. अष्टमुद्रा 35. चौबीस सिध 36. गोरख संहिता 37. सिद्ध सिद्धांत पद्धती 38. गोरख पद्धति 39. गोरख सिद्धांत ग्रह 40. हठयोग प्रदीपिका 41. अवधूत गीता.

गोरखनाथ के मुख्य साहित्य -

सिद्ध सिद्धांत पद्धति -

सिद्ध सिद्धांत पद्धति ग्रंथ के रचयिता महायोगी गुरु गोरखनाथ जी हैं यह ग्रंथ प्रधानतरू 6 मुख्य विषयों पर विचार करता है हम कह सकते हैं कि सिद्ध सिद्धांत पद्धति ग्रंथ में कुल 6 अध्याय हैं जिसे गुरु गोरखनाथ जी ने उपदेश कहा है। छह उपदेश निम्नलिखित हैं

1 पिंड की उत्पत्ति

2. पिंड विचार

3 पिंड ज्ञान

4 पिंड के आधार

5 पिंड पद का समरस भाव एवं

6 अवधूत योगी के लक्षण अधिकारी एवं अन्य अधिकारी शिष्य आदि

गोरक्ष शतक -

इसमें योग के छ अंग की विवेचना करते हुए सिद्धासन एवं कमलासन, षठ चक्र विवेचन, पिंगला, इड़ा, सुष्मना, गांधारी, हस्ती जीह्विका, पूषा, यशश्विनी, अलम्बुसा, कुहू आदि नाड़ियों का वर्णन किया गया है।

योग बीज -

योग बीज नामक ग्रन्थ में गोरखनाथ ने योगमार्ग को मुक्ति का मार्ग बताते हुए सिद्ध प्रतिपादित योगमार्ग से ही मुक्ति प्राप्त की जा सकती है। इस तथ्य को स्पष्ट किया गया है-

सर्व सिद्धिकारो मार्गो मायाजालनिकृन्तम् ।

बद्धा येन विमुच्यते नाथ मार्ग मतः परम ॥------- योगबीज 6/7

योग तत्व

महायोगी गोरखनाथ ने इन्द्रिय निग्रह के योग साधना के आदर्शों को सामने लाकर संयम पूर्ण जीवन की उच्चता, आडम्बर रहित जीवन की महिमा तथा चरित्र की परमोच्चता के महत्व की ओर प्रत्येक का ध्यान आकृष्ट किया जड़ तत्व में अनेकता में एकता, क्रिया में स्थिरता, प्रेममयी सेवा में त्याग, दया, श्रद्धा, भक्ति के भावों को स्थान देना, भारत माता के हृदय का यह पवित्र और गरिमापूर्ण संदेश संसार के कोने-कोने में पहुँचाने का कार्य जिन धर्मगुरुओं, सत्यन्वेषकों एवं प्रचारकों द्वारा किया गया, उन्हीं सर्वाधिक शक्तिशाली प्रचारकों में गोरखनाथ एक थे, जिन्हें जन्म देकर भारत माता धन्य हुई। जिन्होंने सभी वर्गों एवं जातियों के लोगों को गले लगाया। उन्होंने आध्यात्मिकता, मानवता एवं एकता का मार्ग दिखाने का सराहनीय कार्य किया।

जगद्गुरू शंकराचार्य

जीवन परिचय -

जगद्गुरू शंकराचार्य का जन्म सन् 788 के लगभग आज से 1220 वर्ष पूर्व केरल प्रांत के एक छोटे-से ग्राम कालड़ी में हुआ। इनके पिता शिवगुरु ग्राम मंदिर के राज नियुक्त पुरोहित थे, साथ ही भगवान के प्रति उनकी श्रद्धा और विश्वास अविचलित था। वे नम्बूदरी ब्राह्मण थे। इनके माता का नाम कहीं कामाक्षी तो कहीसुभद्रा तो कही आर्यम्बा माना जाता है। उनका नाम कुछ भी हो पर वे भी अपने पति के समान सरल और धर्म परायण थी। असंभव, संभव हो सकता था, किन्तु शिवगुरु की ईश्वर निष्ठा इतनी प्रगाढ़ थी कि उसे कोई हिला न पाया था। वे नियमपूर्वक ईश्वर-उपासना करते थे।

मूलतः शंकर के माता-पिता संतानहीन थे। इस बात से माता दुःखी रहने लगी पर शिवगुरु को अपने भगवान पर विश्वास था। वे भगवान के सामने जाते और तब उनके मन में निःसंतान होने की बात आती तो वह यही कहते- "भगवान! यदि देना ही हो तो कोई ऐसी संतान देना, जो संस्कारवान् हो, लोक मंगल के लिये जो आत्म सुखों का बलिदान दे सके, जिसके अन्तःकरण में धर्म और मानवता के प्रति सच्ची आस्था हो, जो निःस्वार्थ भाव से लोकसेवा कर सके। यदि ऐसा संभव न हो तो मुझे निःसंतान ही रखना।"सच्ची और निःस्वार्थ आकांक्षाएँ कभी अधूरी नहीं रहती। बालक शंकर का जन्म इस बात का प्रत्यक्ष प्रमाण हैं, और इसी शिव आस्था के कारण इनका नाम भी शंकर ही रखा था। शिवगुरु की जैसी आकांक्षा थी वैसा ही उनका शुद्ध और पवित्र व्यक्तित्व जीवन भी था। संस्कार युक्त वातावरण में ही

संस्कारवान् एवं प्रतिभाशाली आत्माएँ जन्म लेती हैं, फिर यदि शिवगुरु का मनोरथ भी इसी तरह पूर्ण हुआ तो उसमें आश्चर्य की कोई बात नहीं।

शंकर 5 वर्ष के रहे होंगे जब उनके पिता ने उन्हें 'देवी राज राजेश्वरी' के सम्मुख दूध का पात्र अर्पित करने का आदेश दिया एवं उसके पश्चात् प्रसाद रूप में माता को व स्वयं लेने को कहा। पिता के जाने के बाद बालक शंकर ने माता राजराजेश्वरी को दूध का कटोरा अर्पित किया व दूध गृहण करने की प्रार्थना करने लगे। बालक ने जब आँखें खोली तो देखा कि कटोरा दूध से पूर्व की भांति भरा है। बालक को बड़ी निराशा हुई और सोचने लगा कि माँ राजराजेश्वरी यदि गृहण नहीं करेंगी तो पिता द्वारा मुझे दिया गया कार्य अधूरा रह जायेगा एवं वह किस प्रकार प्रसाद बाँट पायेगा। बालक पूरे मनोयोग से माँ राजराजेश्वरी से दूध गृहण करने का आग्रह करने लगा। बहुत प्रार्थना करने के बाद भी जब दूध का कटोरा पहले जैसा ही भरा हुआ देखा तो बालक का कोमल मन बड़ा आहत हुआ, उसने प्रण किया कि यदि माँ राजराजेश्वरी दूध गृहण नहीं करेंगी तो वह जीवित नहीं रहेगा। बालक माँ से प्रार्थना करते-करते आँखें बन्द किये बैठा रहा। बालक की यह करुण प्रार्थना व दृढ़ निश्चय देखकर माँ राजराजेश्वरी प्रकट हुई और उन्होंने पूरा दूध पी लिया। बालक ने जब देखा कि माँ ने दूध पी लिया तो वह बड़ा प्रसन्न हुआ और प्रसाद बाँटने के लिये जैसे ही कटोरा उठाया तो वह पूरा कटोरा खाली देखकर हतप्रभ रह गया। उसने माँ राजराजेश्वरी से प्रार्थना की, कि उसके पिता उन्हें दूध अर्पित करने के बाद प्रसाद वितरित करते हैं लेकिन अब तो इसमें बाँटने के लिये कुछ बचा ही नहीं है, 'आप इसे थोड़ा दूध से पुनः भर दें'। भगवती राजराजेश्वरी ने अपना दूध ही उस कटोरे में भर दिया व बालक के शुद्ध चित्त व दृढ़ निश्चय की प्रशंसा करते हुए अन्तर्धान हो गयी।

शिक्षा -

शंकर असामान्य विद्या बुद्धि से संपन्न थे। बाल्यावस्था से ही शिवगुरु ने अपने बच्चे में श्रेष्ठ संस्कार डालना प्रारम्भ किया। वे उन्हें तत्कालीन समाज में छाई हुई दुर्व्यवस्था की रोमांचकारी घटनाएँ सुनाया करते और बच्चे के धार्मिक संस्कार परिपुष्ट हो - इसके लिये ईश्वर उपासना, आत्मा, धर्म, दर्शन की जानकारी भी दिया करते थे। सदाचार और सद्गुणों की ओर प्रेरित करने के लिये रामायण, महाभारत की कथायें और महापुरूषों के जीवन चरित्र को सुनाया करते। पिता की दीक्षा पुत्र को बलवान आध्यात्मिक संस्कारों के रूप में मिलने लगी। ईश्वर की देन के कारण ही संभावतः वे उतने मेधावी छात्र रहे की केवल एक वर्ष की उम्र से ही मातृभाषा मल्यायी में अपने भाव प्रकट करने में सक्षम रहे। शंकर ने सात वर्ष की आयु में ही अनेक शास्त्रों का अध्ययन कर लिया था। पुराण कथाओं को कंठस्थ कर अपनी

प्रतिभा का परिचय दिया था । कम आयु में इतना ज्ञान प्राप्त कर लेने के इस दैवी चमत्कार को देखने दूर-दूर से बड़े-बड़े विद्वान और विद्यानुरागी राजा आते और सत्य को जान कर, देख कर उन्हें नमस्कार कर चले जाते । इसी बीच उनके पिता का देहान्त हो गया । माँ ही उसकी देखरेख करने लगी । माँ ने अनुभव किया कि बच्चे को गुण संपन्न और प्रतिभाशाली बनाने के लिये गुरुकुल ही उचित स्थान है और बालक की भी गुरुकुल जाने की इच्छा थी । परिणामस्वरूप उनको विद्याग्रहण हेतु गुरुकुल में भेजा । जो उन दिनों की सामान्य पद्धति थी । वहाँ भी आपने असाधारण बुद्धि का परिचय दे दिया और इतनी कम आयु में ही उन्होंने वेद-वेदान्त, वेदांग (उपनिषद) पठन पूरा कर घर लौटे । उनकी इस असाधारण प्रतिभा देखकर उनके गुरुजन भी आश्चर्यचकित हुए ही साथ-साथ ही उनका काफी सम्मानादि भी हुआ ।

सन्यास-

बाल्यकाल से ही शंकर का मन अन्तर्मुखी था एवं सन्यास के लिये तीव्र जिज्ञासा उन्हें थी । एक दिन शंकर अपनी माता के साथ नदी में स्नान करने गये, जैसे ही शंकर नदी में थोड़ा भीतर गये तो उनका पैर मगरमच्छ ने पकड़ लिया । माता यह दृश्य देखकर घबरा गई व मदद के लिये पुकारने लगीं । कोई सहायता के लिये नहीं आया । उचित अवसर जानकर शंकर ने माता से सन्यासी के रूप में मरने की इच्छा व्यक्त की और कहा कि, इस काल में यदि वे सन्यास की अनुमति दे देंगी तो वह जीवन रहते तो सन्यासी न बन सका कम से कम मरते हुए सन्यासी मरना चाहता है । माता ने तुरन्त आज्ञा दे दी । उसी समय शंकर ने 'आतुर-सन्यास' ग्रहण कर लिया । जैसे ही बालक शंकर ने सन्यास लिया मगरमच्छ स्वतः ही पानी में चला गया व बालक शंकर सकुशल लौट आये ।

गुरु मिलन-

तरूण शंकर 'केरल' को छोड़कर गुरु की खोज में उत्तर भारत की ओर निकल पड़े । नर्मदा के तट पर शंकर एक सन्यासी से मिले । सन्यासी को साष्टांग प्रणाम करने के बाद शंकर ने उनसे सन्यास दीक्षा के लिये कहा । सन्यासी ने उनसे प्रश्न किया- तुम कौन हो? शंकर ने भक्ति पूर्वक उत्तर दिया न मैं आकाश हूँ, न अग्नि हूँ, न जल हूँ, न पृथ्वी । गुरु उनके ये वचन सुनकर प्रसन्न हुए व उन्हें सन्यास देने के लिये राजी हो गये । गुरु के पूछने पर उन्होंने अपने आतुर-सन्यास की कथा कह सुनाई व गुरु से विधिवत सन्यास के लिये प्रार्थना की । ये सन्यासी स्वामी गोविन्दभगवद्‌पाद थे एवं इनके गुरु गौणपादाचार्य अद्वैत वेदान्त के महान भाष्यकार थे । स्वामी गोविन्द ने शंकर को विधिवत् सन्यास दीक्षा दी एवं उन्हें वेद,

ब्रह्मसूत्र, उपनिषद, गीता आदि का उन्नत ज्ञान दिया। अपने गुरु गोविन्दपाद से उन्होंने शीघ्र ही आध्यात्मिक विद्या ग्रहण कर ली और गुरु आज्ञा से ये काशी चले गये। काशी में ही उन्होंने ब्रह्मसूत्र, गीता व उपनिषदों पर भाष्य लिखे।

वचन पालन-

समाज-सेवा के लिये गृह-त्याग करते समय शंकराचार्य ने अपनी माँ को वचन दिया था कि, वह उनका अंतिम दाह-संस्कार अपने ही हाथों से करेंगे। इन दिनों वे दक्षिण में ही थे उनको पता चला कि माँ बीमार हैं, तो वे कालड़ी आ गये। माँ बेटे की प्रतीक्षा में ही थी। पुत्र को आशीर्वाद देकर माँ ने नश्वर संसार से संबंध तोड़ दिया। अपनी माता के दाह-संस्कार के समय शंकर को गम्भीर विघ्न-बाधाओं का सामना करना पड़ा। गृहस्थों के लिये विहित आचार-संहिता का पालन सन्यासियों के लिये वर्जित हैं। सभी नम्बूदरी ब्राह्मण शंकर के विरोधी थे। उन्हें अपने संबंधियों का भी सहयोग प्राप्त नहीं हो सका। यहाँ तक कि चिता को अग्नि समर्पित करने के लिये उन्होंने उन्हें अग्नि भी नहीं दी। अन्ततः उन्होंने अकेले ही दाह-संस्कार करने का निश्चय किया, किन्तु वे अकेले ही शव को उठा पाने में असमर्थ थे। अतः उन्होंने घर के दरवाजे पर ही माँ की चिता का निर्माण कर उसे अपने योग-शक्ति से प्रज्वलित कर दिया और पाँच तत्वों से बने शरीर को उसमें रखकर वहीं जला दिया। उनकी निष्ठा का ही प्रभाव और प्रतिफल बाद में परम्परा बनी और आज तक केरल के नम्बूदरीपाद ब्राह्मण अपने मृतकों की चिताएँ दरवाजे पर ही जलाते हैं। महापुरुष जिस कार्य को हाथ में लेते हैं, वे ही कालांतर में परम्परा बन जाती हैं। युग निर्माता शंकराचार्य ने सत्य, अहिंसा, उच्च विचारों और मानवीय मूल्यों को उच्च स्थान पर प्रतिष्ठित कर विरोधियों पर विजय प्राप्त की। शांति, एकता तथा सच्चे ज्ञान का साम्राज्य स्थापित किया, विघटनकारी प्रवृत्तियों से सतत् संघर्ष करने की उन्होंने प्रेरणा दी। समाज सेवा का आदर्श स्थापित किया। कठोर से कठोर कष्ट सहन कर के भी उन्होंने हिन्दू धर्म को नवजीवन दिया।

महायात्रा-

अपनी दिग्विजय यात्राओं के दौरान आचार्य शंकर ने अनेक मतों के विद्वानों को अपनी तीव्र मेधा एवं प्रज्ञा से अद्वैत वेदान्त को मानने पर विवश किया। उन्हीं में एक अभिनव गुप्त थे जो कि शाक्त भाष्यकार रहे एवं प्रकाण्ड विद्वान थे। 'गोहाटी' में अभिनव गुप्त ने अपने अभिचार कौशल से शंकराचार्य पर मारण आदि तान्त्रिक प्रयोग किये। इससे शंकराचार्य अर्श रोग से पीड़ित हो गये। परन्तु पद्मपाद, जो कि आचार्य शंकर के श्रेष्ठ शिष्यों में एक थे, इस विद्या का उन्मूलन करना जानते

थे। उन्होंने अपने गुरु को इस रोग से मुक्त कर दिया। इसके पश्चात् शंकराचार्य हिमालय यात्रा पर चले गये। हिमालय क्षेत्र में उन्होंने जोशी मठ तथा बदरी में एक मंदिर की स्थापना की। यहाँ से वे उच्च पर्वतीय मालाओं की ओर चले गये और इसी क्रम में वे केदारनाथ पहुँच गये। 32 वर्षीय जगदगुरु शंकराचार्य यहीं पर 820 ई0 में ब्रह्म में विलीन हो गये।

चार पीठों की स्थापना-

शंकराचार्य और उनके सच्चे शिष्य और अनुयायी मंडन मिश्र में एक दिन मंत्रणा हुई कि- सारे देश को उत्तर से दक्षिण तक एक सांस्कृतिक सूत्र में कैसे बाँधा जा सकता हैं? इस पर मंडन मिश्र ने अभिमत प्रकट करते हुए कहा कि, "गुरुदेव! उत्तर, दक्षिण, पूर्व, पश्चिम को एक धागे में बाँधने के लिये चार धर्म-पीठों की स्थापना करनी चाहिये। समस्त भारतीयों को प्रेरित किया जाये कि वे धर्म और आत्म कल्याण की भावना से इनका तीर्थाटन किया करें। जिससे साधना, ज्ञान और धर्मनिष्ठा की प्रेरणाएँ उनके व्यक्तिगत जीवनों का सुधार करेगी और आत्म-कल्याण का उद्देश्य भी पूरा होगा। इस प्रकार देश संगठित बना रहेगा और लोगों में भ्रातृ-भाव मजबूत होता रहेगा।"यह योजना शंकराचार्य जी को पसंद आयी। उन्होंने इसी उद्देश्य से घोषणा की कि - "जो लोग

बद्रिकाश्रम से जल लेकर रामेश्वरम् में चढ़ाया करेंगे, वे मुक्ति के अधिकारी हुआ करेंगे।" इसी तरह पूर्व में जगन्नाथपुरी और पश्चिम में द्वारिका में शंकर मठ स्थापित है। जो श्रद्धा का केन्द्र और राष्ट्रीय संगठन की आधारशिला बने हुए हैं।

शिष्य	मठ	महावाक्य	सम्बन्धित वेद
पद्मपादाचार्य	गोवर्धन पीठ	प्रजनानाम् ब्रह्म	ऋग्वेद
सुरेश्वराचार्य	शारदा पीठ/ श्रृंगेरी मठ	अहम् ब्रह्मास्मि	यजुर्वेद
हस्तामलकाचाय	द्वारका पीठ	तत्वमसि	सामदेव
त्रोटकाचार्य	ज्योतिमठ पीठ	अयमात्मा ब्रह्म	अथर्ववेद

साहित्य सृजन-

स्थूल निर्माणों की अपेक्षा विचार निर्माण का महत्व असंख्य गुना अधिक है। जनता का उच्चस्तरीय आध्यात्मिक, सामाजिक, राजनैतिक, नैतिक और आर्थिक आदि सभी क्षेत्रों का मार्गदर्शन वेद-उपनिषदों में है, किन्तु उनकी भाषा

और व्याकरण काफी कठिन, गूढ़, रहस्यपूर्ण और जटिल भी है, और कुछ अंश तो साधना के उच्च स्थिति तक पहुँचे बिना, जानी तक नहीं जा सकती। अधर्म से समाज को बचाने के लिये धर्म को सरल बनाकर उसे लोक-व्यवहार में उतारने की आवश्यकता शंकराचार्य जी ने अनुभव की। इसके लिये उन्होंने कठिन ग्रंथों की सरल भाषा में टीकाएँ लिखनी शुरू की। इन ग्रंथों में ब्रह्मब्रह्मसूत्र भाष्य, ईश, केन, कठ, आदि 12 उपनिषदों के प्रामाणिक भाष्य, गीताभाष्य, विवेक चूड़ामणि, प्रबोध सुधाकर, सर्व वेदांत सिद्धान्त संग्रह आदि प्रमुख हैं। इन्होंने साधना, ज्ञान-संचय के लिये स्वाध्याय एवं संगठन के कार्यों को पूरा किया। यह सब उनके व्यवस्थित जीवन क्रम, दिनचर्या और एक-एक क्षण के सदुपयोग से संभव हुआ।

अष्टोत्तरसहस्रनामावलिः	भवान्यष्टकम
उपदेशसहस्री	लघुवाक्यवृत्ती
चर्पटपंजरिकास्तोत्रम	विवेकचूडामणि
तत्त्वविवेकाख्यम	सर्ववेदान्तसिद्धान्तसारसंग्रह
दत्तात्रेयस्तोत्रम	साधनपंचकम
द्वादशपंजरिकास्तोत्रम	**भाष्य**
पंचदशी	अध्यात्म पटल भाष्य
कूटस्थदीप	ईशोपनिषद भाष्य
चित्रदीप	ऐतरोपनिषद भाष्य
तत्त्वविवेक	कठोपनिषद भाष्य
तृप्तिदीप	केनोपनिषद भाष्य
द्वैतविवेक	छांदोग्योपनिषद भाष्य
ध्यानदीप	तैत्तिरीयोपनिषद भाष्य
नाटक दीप	नृसिंह पूर्वतपन्युपनिषद भाष्य
पंचकोशविवेक	प्रश्नोपनिषद भाष्य
पंचमहाभूतविवेक	बृहदारण्यकोपनिषद भाष्य
पंचकोशविवेक	ब्रह्मसूत्र भाष्य
ब्रह्मानन्दे अद्वैतानन्द	भगवद्गीता भाष्य
ब्रह्मानन्दे आत्मानन्द	ललिता त्रिशती भाष्य
ब्रह्मानन्दे योगानन्द	हस्तामलकीय भाष्य
महावाक्यविवेक	मंडूकोपनिषद कारिका भाष्य
विद्यानन्द	मुंडकोपनिषद भाष्य
विषयानन्द	

सामाजिक कुरीतियों का विरोध-

आदि शंकराचार्य महान दार्शनिक, परम ज्ञानी सन्त के साथ-साथ समाज सुधारक भी थे। तत्कालीन समाज में प्रचलित कई कुरीतियों का उन्होंने प्रबल विरोध भी किया। जिसमें जाति प्रथा, छुआछूत और पशु बलि प्रथा मुख्य हैं। छुआछूत के प्रति उनके दृष्टिकोण में परिवर्तन की एक कथा प्रचलित है। उनके काशी प्रवास के प्रारम्भिक दिनों में गंगा स्नान को जाते समय रास्ते में उन्हें एक चांडाल (शव जलाने का कार्य करने वाला) मिला। उन दिनों चांडाल को सबसे नीच माना जाता था। उसका स्पर्श वर्जित था, विशेषतः ब्राह्मणों के लिए। आचार्य शंकर ने उसे रास्ते से हटने के लिए कहा। इस चांडाल ने उत्तर दिया, "आप किसे हटने के लिए कह रहे हो? यदि इस देह को, तो यह उन्हीं पंचतत्वों से बनी है, जिनसे आपका शरीर निर्मित है। यदि इस काया में अवस्थित आत्मा से आपका अभिप्राय है तो यह तो नित्य, शाश्वत एवं देह के अवगुणों से मुक्त है।" "दूसरी बात आप प्रत्येक जड़-चेतन में स्थित उस ब्रह्म को अस्पृश्य मानकर उसका अपमान कर रहे हैं। इसलिए आप अब्राह्मण एवं अस्पृश्य हैं। अतः आप मेरे रास्ते से हट जाएं।" एक चांडाल के मुख से ऐसे विद्वतापूर्ण गूढ़ वचन सुनकर आदि शंकराचार्य उसके चरणों में नतमस्तक हो गये और उसे अपना गुरु मान लिया। परन्तु जब उन्होंने अपना मस्तक ऊपर उठाया तो वहाँ चांडाल के स्थान पर स्वयं जगत गुरु, समस्त प्रकार के ज्ञान के स्रोत, काशीधिराज, देवाधिदेव महादेव खड़े थे। उन्होंने आदि गुरु को आशीर्वाद दिया और सनातन धर्म की कुरीतियों एवं प्रपंचों से रक्षा का आदेश प्रदान किया। उनकी आज्ञा शिरोधार्य कर आचार्य शंकर ने सनातन धर्म के उत्थान हेतु आजीवन कार्य किया। एक अन्य विवरण है कि सन्यास की आज्ञा देते समय उनकी मां ने वचन लिया था कि उनका अंतिम संस्कार आदि गुरु स्वयं करेंगे। यद्यपि सन्यासी के लिए यह पूर्णतः वर्जित कर्म है। तथापि उन्होंने प्रचलित परम्परा को तोड़कर अपनी मां का अंतिम संस्कार किया। वस्तुतः वे एक क्रांतिकारी समाज सुधारक भी थे।

दसनामी सम्प्रदाय -

शंकराचार्य ने ही दसनामी सम्प्रदाय की स्थापना की थी। यह दस संप्रदाय निम्न हैं- 1.गिरि, 2.पर्वत और 3.सागर। इनके ऋषि हैं भृगु। 4.पुरी, 5.भारती और 6.सरस्वती। इनके ऋषि हैं शांडिल्य। 7.वन और 8.अरण्य के ऋषि हैं काश्यप। 9.तीर्थ और 10. आश्रम के ऋषि अवगत हैं।

ब्रह्म विचार-

शंकर ने अपने अद्वैत वेदान्त की व्याख्या में एक ही तत्व का अस्तित्व स्वीकार किया है और वह ब्रह्म है। ब्रह्म पारमार्थिक, व्यवहारिक एवं प्रातिभासिक दृष्टिकोण से पूर्णतः सत्य है। शंकर ने ब्रह्म को निर्गुन, पूर्ण सत्य, सर्वोच्च ज्ञान का आधार, अनंत, सर्वव्यापी, सर्वशक्तिमान, जगत् का आधार माना है।

नैतिकता एवं धर्म का स्थान-

अद्वैत वेदान्त की आलोचना करते हुए आलोचक कहते हैं कि इसमें धर्म एवं नैतिकता की बात नहीं है। परन्तु यदि शंकराचार्य कृत अद्वैत वेदान्त को ध्यान पूर्वक देखा जाये तो दोनों का ही महत्वपूर्ण स्थान मिलता है। उन्होंने व्यवहारिक दृष्टिकोण से धर्म व नैतिकता को सत्य कहा है। शंकराचार्य ने स्पष्ट वर्णन किया है कि साधन चतुष्टय के चतुर्थ सोपान तक पहुँचने के लिये विवेक और वैराग्य की परम आवश्यकता है। आन्तरिक साधनों से ही मोक्ष की प्राप्ति सम्भव बतायी गयी है। दृढ़ संकल्प से ही मोक्ष की प्राप्ति सम्भव है। शंकराचार्य ने उचित व अनुचित कर्म को भी सत्य और असत्य के साथ तौल कर देखने को कहा। सत्य उचित के साथ है एवं इसी प्रकार असत्य कर्म ही अनुचित कर्म है।

महानिर्वाण-

उन्मुक्त आत्माओं ने स्वयं आकर भारतवर्ष की अधार्मिकता को समय-समय पर नष्ट किया और सत्य धर्म की प्रतिष्ठा की। उन्होंने अपने प्रयाण से पूर्व वह व्यवस्था भी की, जिससे उनके न रहने पर भी धार्मिक शक्तियों का प्रभाव और प्रसार बढ़ता रहें। चार मठों की स्थापना हो चुकी थी, पर वे अपने आप में अपूर्ण थे, जब तक उनमें जन-जागरण कर मंत्र फूँकने वाली जीवित प्रतिमाएँ न प्रतिष्ठित की जातीं। जगद्गुरू ने सारी जिंदगी लोगों की मानसिक समीक्षा में बिताई थी। संसार में बुरे लोग हैं पर भले भी संख्या में अधिक हैं। उन्होंने कुछ ऐसे उत्कृष्ट, निष्ठावान और त्यागपूत शिष्य भी ढूँढ़ निकाले, जो उनके न रहने पर वैदिक धर्म की पताका फहराये रहते और इस परंपरा को बहुत काल तक जीवित बनाए रहते। तोटकाचार्य को उत्तर दिशा में शारदा मठ और सुरेश्वर को दक्षिण के श्रृंगेरी मठ का भार सौंपकर उन्होंने एक दीर्घ निश्चिन्तता अनुभव की। जगद्गुरू के त्याग, तपस्या और साधना का ही प्रभाव है कि यह परम्परा आज भी चली आ रही है। ज्योति-पीठों में आज भी उन्हीं को उत्तरदायी नियुक्त किया जाता है, जिनमें धार्मिक तत्व, विश्व-कल्याण की प्रतिमा समाहित होती है। सारी व्यवस्थाएँ संपन्न कर जगद्गुरू बद्रिकाश्रम चले

गये। जीवन के अंतिम दिनों में भी अद्वैत धर्म का उपदेश देते रहे और मनुष्यों के कल्याण की योजनाएँ बनाते रहे। फिर वे कुछ समय केदारनाथ में रहे और यही 32 वर्ष की अत्यल्प आयु में समाधि लेकर इस नश्वर शरीर का परित्याग कर दिया।

संतो साहित्य में योग परिचय

कबीर दास

जीवन परिचय -

भारत के महान संत और आध्यात्मिक कवि कबीर दास का जन्म वर्ष 1440 में हुआ था। इस्लाम के अनुसार 'कबीर' का अर्थ महान होता है। इस बात का कोई साक्ष्य नहीं है कि उनके असली माता-पिता कौन थे लेकिन ऐसा माना जाता है कि उनका लालन-पालन एक गरीब मुस्लिम परिवार में हुआ था। उनको नीरु और नीमा (रखवाला) के द्वारा वाराणसी के एक छोटे नगर से पाया गया था। वाराणसी के लहर तारा में संत कबीर मठ में एक तालाब है जहाँ नीरु और नीमा नामक एक जोड़े ने कबीर को पाया था।

शिक्षा-

कबीर बड़े होने लगे कबीर पढ़े-लिखे नहीं थे अपनी अवस्था के बालकों से एकदम भिन्न रहते थे मदरसे भेजने लायक साधन पिता माता के पास नहीं थी जिसे हर दिन भोजन के लिए ही चिंता रहती हो उस पिता के मन में कबीर को पढ़ाने का विचार भी ना उठा होगा यही कारण है कि वह किताबी विद्या प्राप्त न कर सके उन्होंने एक सामान्य गृहस्वामी और एक सूफी के संतुलित जीवन को जीया।ऐसा माना जाता है कि अपने बचपन में उन्होंने अपनी सारी धार्मिक शिक्षा रामानंद नामक गुरु से ली। और एक दिन वो गुरु रामानंद के अच्छे शिष्य के रुप में जाने गये। उनके महान कार्यों को पढ़ने के लिये अध्येता और विद्यार्थी कबीर दास के घर में ठहरते है। ये माना जाता है कि उन्होंने अपनी धार्मिक शिक्षा गुरु रामानंद से ली। शुरूआत में रामानंद कबीर दास को अपने शिष्य के रुप में लेने को तैयार नहीं थे। लेकिन बाद की एक घटना ने रामानंद को कबीर को शिष्य बनाने में अहम भूमिका निभायी। एक बार की बात है, संत कबीर तालाब की सीढ़ियों पर लेटे हुए थे और रामा-रामा का मंत्र पढ़ रहे थे, रामानंद भोर में नहाने जा रहे थे और कबीर उनके पैरों के नीचे आ गये इससे रामानंद को अपनी गलती का एहसास हुआ और वे कबीर को अपने शिष्य के रुप में स्वीकार करने को मजबूर हो गये। ऐसा माना जाता है कि कबीर जी का परिवार आज भी वाराणसी के कबीर चौरा में निवास करता है।

मसि कागद छोड़ नहीं कलम गही नहिं हाथ

पोथी पढ़ि-पढ़ि जग मुआ पंडित भया न कोय

ढाई आखर प्रेम का पढ़े सो पंडित होय

वैवाहिक जीवन-

कबीर का विवाह वनखेड़ी बैरागी की पालिता कन्या श्लोईश् के साथ हुआ था। कबीर को कमाल और कमाली नाम की दो संतान भी थी। ग्रंथ साहब के एक श्लोक से विदित होता है कि कबीर का पुत्र कमाल उनके मत का विरोधी था।

बूड़ा बंस कबीर का, उपजा पूत कमाल।

हरि का सिमरन छोडि के, घर ले आया माल।

कबीर की पुत्री कमाली का उल्लेख उनकी बानियों में कहीं नहीं मिलता है। कहा जाता है कि कबीर के घर में रात - दिन मुडियों का जमघट रहने से बच्चों को रोटी तक मिलना कठिन हो गया था। इस कारण से कबीर की पत्नी झुंझला उठती थी। एक जगह कबीर उसको समझाते हैं -

सुनि अंघली लोई बंपीर।

इन मुड़ियन भजि सरन कबीर॥

जबकि कबीर को कबीर पंथ में, बाल- ब्रह्मचारी और विराणी माना जाता है। इस पंथ के अनुसार कामात्य उसका शिष्य था और कमाली तथा लोई उनकी शिष्या। लोई शब्द का प्रयोग कबीर ने एक जगह कंबल के रुप में भी किया है। वस्तुतः कबीर की पत्नी और संतान दोनों थे। एक जगह लोई को पुकार कर कबीर कहते हैं -

कहत कबीर सुनहु रे लोई।

हरि बिन राखन हार न कोई॥

यह हो सकता हो कि पहले लोई पत्नी होगी, बाद में कबीर ने इसे शिष्या बना लिया हो। उन्होंने स्पष्ट कहा है-

नारी तो हम भी करी, पाया नहीं विचार।

जब जानी तब परिहरी, नारी महा विकार।

कबीर दास जी की मुख्य रचनाएँ

साखी - इसमें ज्यादातर कबीर दास जी की शिक्षाओं और सिद्धांतों का उल्लेख मिलता है।

सबद - कबीर दास जी की यह सर्वोत्तम रचनाओं में से एक है, इसमें उन्होंने अपने प्रेम और अंतरंग साधना का वर्णन खूबसूरती से किया है।

रमैनी - इसमें कबीर दास जी ने अपने कुछ दार्शनिक एवं रहस्यवादी विचारों की व्याख्या की है। वहीं उन्होंने अपनी इस रचना को चौपाई छंद में लिखा है।

कबीर दास जी की अन्य रचनाएँ-

साधो, देखो जग बौराना - कबीर

कथनी-करणी का अंग -कबीर

करम गति टारै नाहिं टरी -कबीर

चांणक का अंग -कबीर

नैया पड़ी मंझधार गुरु बिन कैसे लागे पार - कबीर

मोको कहां - कबीर

रहना नहिं देस बिराना है - कबीर

दिवाने मन, भजन बिना दुख पैहौ - कबीर

राम बिनु तन को ताप न जाई- कबीर

हाँ रे! नसरल हटिया उसरी गेलै रे दइवा - कबीर

हंसा चलल ससुररिया रे, नैहरवा डोलम डोल- कबीर

अबिनासी दुलहा कब मिलिहौ, भक्तन के रछपाल -कबीर

सहज मिले अविनासी- कबीर

सोना ऐसन देहिया हो संतो भइया- कबीर

बीत गये दिन भजन बिना रे -कबीर

चेत करु जोगी, बिलैया मारै मटकी- कबीर

अवधूता युगन युगन हम योगी - कबीर

रहली मैं कुबुद्ध संग रहली - कबीर

इसके अलावा कबीर दास ने कई और महत्वपूर्ण कृतियों की रचनाएँ की हैं, जिसमें उन्होंने अपने साहित्यिक ज्ञान के माध्यम से लोगों का सही मार्गदर्शन कर उन्हें अपने कर्तव्य पथ पर आगे बढ़ने की प्रेरणा दी है।

महानिर्वाण-

15 शताब्दी के सूफी कवि कबीर दास के बारे में ऐसा माना जाता है कि उन्होंने अपने मरने की जगह खुद से चुनी थी, मगहर, जो लखनउ शहर से 240 किमी दूरी पर स्थित है। लोगों के दिमाग से मिथक को हटाने के लिये उन्होंने ये जगह चुनी थी

उन दिनों, ऐसा माना जाता था कि जिसकी भी मृत्यु मगहर में होगी वो अगले जन्म में बंदर बनेगा और साथ ही उसे स्वर्ग में जगह नहीं मिलेगी। कबीर दास की मृत्यु काशी के बजाय मगहर में केवल इस वजह से हुई थी क्योंकि वो वहाँ जाकर लोगों के अंधविश्वास और मिथक को तोड़ना चाहते थे। 1575 विक्रम संवत में हिन्दू कैलेंडर के अनुसार माघ शुक्ल एकादशी के वर्ष 1518 में जनवरी के महीने में मगहर में उन्होंने दुनिया को अलविदा कहा। ऐसा भी माना जाता है कि जो कोई भी काशी में मरता है वो सीधे स्वर्ग में जाता है इसी वजह से मोक्ष की प्राप्ति के लिये हिन्दू लोग अपने अंतिम समय में काशी जाते है। एक मिथक को मिटाने के लिये कबीर दास की मृत्यु काशी के बाहर हुई। इससे जुड़ा उनका एक खास कथन है कि "जो कबीरा काशी मुए तो रामे कौन निहोरा" अर्थात अगर स्वर्ग का रास्ता इतना आसान होता तो पूजा करने की जरूरत क्या है।

कबीर दास का शिक्षण व्यापक है और सभी के लिये एक समान है क्योंकि वो हिन्दू, मुस्लिम, सिक्ख और दूसरे किसी धर्मों में भेदभाव नहीं करते थे। मगहर में कबीर दास की समाधि और मजार दोनों है। कबीर की मृत्यु के बाद हिन्दू और मुस्लिम धर्म के लोग उनके अंतिम संस्कार के लिये आपस में भिड़ गये थे। लेकिन उनके मृत शरीर से जब चादर हटायी गयी तो वहाँ पर कुछ फूल पड़े थे जिसे दोनों समुदायों के लोगों ने आपस में बाँट लिया और फिर अपने अपने धर्म के अनुसार कबीर जी का अंतिम संस्कार किया

तुलसीदास

जीवन परिचय -

तुलसीदास का पूरा नाम गोस्वामी तुलसीदास हुआ करता था और इनका जन्म सन् 1511 में उत्तर प्रदेश के राजापुरा में हुआ था। हालाँकि इनके जन्म के वर्ष और स्थान को लेकर कोई सटीक जानकारी नहीं है। इनके माता-पिता का नाम हुलसी देवी और आत्माराम दुबे थे। ऐसा कहा जाता है कि इनका जन्म अशुभ नक्षत्रों के दौरान हुआ था। जिसकी वजह से यह अपने माता-पिता के लिए अशुभ साबित हुए थे और इनके अशुभ होने के कारण इनके माता-पिता ने इनका त्याग कर दिया था। जिसके बाद संत बाबा नरहरिदास ने इनका पालन पोषण किया था और इनको बाबा नरहरिदास ने ही विद्या दी थी

शिक्षा -

संवत1561 माघ शुक्ला पंचमी (शुक्रवार) को उसका यज्ञोपवीत-संस्कार

संपन्न कराया। संस्कार के समय भी बिना सिखाये ही बालक रामबोला ने गायत्री-मंत्र का स्पष्ट उच्चारण किया, जिसे देखकर सब लोग चकित हो गये। इसके बाद नरहरि बाबा ने वैष्णवों के पाँच संस्कार करके बालक को राम-मंत्र की दीक्षा दी और अयोध्या में ही रहकर उसे विद्याध्ययन कराया। बालक रामबोला की बुद्धि बड़ी प्रखर थी। वह एक ही बार में गुरु-मुख से जो सुन लेता, उसे वह कंठस्थ हो जाता। वहाँ से कुछ काल के बाद गुरु-शिष्य दोनों शूकरक्षेत्र (सोरों) पहुँचे। वहाँ नरहरि बाबा ने बालक को राम-कथा सुनायी किन्तु वह उसे भली-भाँति समझ न आयी।

संत तुलसीदास का विवाह-

तुलसीदास का विवाह पंडित दीनबंधु पाठक की बेटी रत्नावली से हुआ था और इस शादी से इन्हें एक बेटा हुआ था। जिसका नाम तारक था। ऐसा कहा जाता है कि तुलसीदास अपने पत्नी से बेहद ही प्यार किया करते थे और एक पल भी उनसे दूर नहीं रहा करते थे। एक दिन रत्नावली को तुलसीदास पर काफी क्रोध आ गया और उन्होंने गुस्से में तुलसीदास से कह दिया कि वो जीतना उसने प्यारा करते हैं, उतना समय प्रभु राम की भक्ति में क्यों नहीं लगाते हैं। अपनी पत्नी की बात उनके दिल पर लग गयी और उन्होंने प्रभु राम की भक्ति में खुद को लीन कर लिया।

संत तुलसीदास ने शुरू की तीर्थ यात्रा-

भगवान राम के भक्ति में पूरी तरह से डूबे तुलसीदास ने कई सारी तीर्थ यात्रा की और यह हर समय भगवान श्री राम की ही बातें लोगों से किया करते। संत तुलसीदास ने काशी, अयोध्या और चित्रकूट में ही अपना सारा समय बिताना शुरू कर दिया। इनके अनुसार जब उन्होंने चित्रकूट के अस्सी घाट पर "रामचरितमानस" को लिखना शुरू की तो उनको श्री हनुमान जी ने दर्शन दिए और उनको राम जी के जीवन के बारे में बताया। तुलसीदास जी ने कई जगहों पर इस बात का भी जिक्र किया हुआ है कि वे कई बार हनुमान जी से मिले थे और एक बार उन्हें भगवान राम के दर्शन भी प्राप्त हुए थे। वहीं तुलसीदास ने भगवान राम के साथ हनुमान जी की भक्ति करने लगे और उन्होंने वाराणसी में भगवान हनुमान के लिए संकटमोचन मंदिर भी बनवाया।

रामचरितमानस -

भगवान राम जी के जीवन पर आधारित महाकाव्य 'रामचरितमानस' को पूरा करने में संत तुलसीदास को काफी सारा समय लगा था और इन्होंने इस महाकाव्य

को 2 साल 7 महीने और 26 दिन में पूरा किया था । रामचरितमानस में तुलसीदास ने राम जी के पूरे जीवन का वर्णन किया हुआ है। रामचरितमानस के साथ-साथ उन्होंने हनुमान चालीसा की भी रचना की हुई है।

तुलसीदास के द्वारा लिखी गयी रचानाएँ -

रामचरितमानस

रामचरित" (राम का चरित्र) तथा "मानस" (सरोवर) शब्दों के मेल से "रामचरितमानस" शब्द बना है। अतः रामचरितमानस का अर्थ है "राम के चरित्र का सरोवर"। सर्वसाधारण में यह "तुलसीकृत रामायण" के नाम से जाना जाता है तथा यह हिन्दू धर्म की महान् काव्य रचना है।

दोहावली   दोहावली में दोहा और सोरठा की कुल संख्या 573 है। इन दोहों में से अनेक दोहे तुलसीदास के अन्य ग्रंथों में भी मिलते हैं और उनसे लिये गये है।

कवितावली

सोलहवीं शताब्दी में रची गयी कवितावली में श्री रामचन्द्र जी के इतिहास का वर्णन कवित्त, चौपाई, सवैया आदि छंदों में की गयी है। रामचरितमानस के जैसे ही कवितावली में सात काण्ड हैं।

गीतावली

गीतावली, जो कि सात काण्डों वाली एक और रचना है, में श्री रामचन्द्र जी की कृपालुता का वर्णन है। सम्पूर्ण पदावली राम-कथा तथा रामचरित से सम्बन्धित है। मुद्रित संग्रह में 328 पद हैं।

विनय पत्रिका

विनय पत्रिका में 279 स्तुति गान हैं जिनमें से प्रथम 43 स्तुतियाँ विविध देवताओं की हैं और शेष रामचन्द्र जी की।

वैराग्य संदीपनी

यह चौपाई - दोहों में रची हुई है। दोहे और सोरठे 48 तथा चौपाई की चतुष्पदियाँ 14 हैं। इसका विषय नाम के अनुसार वैराग्योपदेश है।

रामाज्ञा प्रश्न

रचना अवधी में है और तुलसीदास की प्रारम्भिक कृतियों में है। यह एक ऐसी रचना है, जो शुभाशुभ फल विचार के लिए रची गयी है किंतु यह फल-विचार तुलसीदास ने राम-कथा की सहायता से प्रस्तुत किया है।

रामलला नहछू

यह रचना सोहर छन्दों में है और राम के विवाह के अवसर के नहछू का वर्णन करती है। नहछू नख काटने की एक रीति है, जो अवधी क्षेत्रों में विवाह और यज्ञोपवीत के पूर्व की जाती है।

पार्वती मंगल

इसका विषय शिव - पार्वती विवाह है। जानकी मंगल की भाँति यह भी सोहर और हरिगीतिका छन्दों में रची गयी है। इसमें सोहर की 148 द्विपदियाँ तथा 16 हरिगीतिकाएँ हैं। इसकी भाषा भी जानकी मंगल की भाँति अवधी है।

जानकी मंगल

इसमें गोस्वामी तुलसीदास जी ने आद्याशक्ति भगवती श्री जानकी जी तथा पुरुषोत्तम भगवान श्रीराम के मंगलमय विवाहोत्सव का बहुत ही मधुर शब्दों में वर्णन किया है।

महानिर्वाण-

तुलसीदास जी जब काशी के विख्यात् घाट असीघाट पर रहने लगे तो एक रात कलियुग मूर्त रूप धारण कर उनके पास आया और उन्हें पीड़ा पहुँचाने लगा। तुलसीदास जी ने उसी समय हनुमान जी का ध्यान किया। हनुमान जी ने साक्षात् प्रकट होकर उन्हें प्रार्थना के पद रचने को कहा, इसके पश्चात् उन्होंने अपनी अन्तिम कृति विनय-पत्रिका लिखी और उसे भगवान के चरणों में समर्पित कर दिया। श्रीराम जी ने उस पर स्वयं अपने हस्ताक्षर कर दिये और तुलसीदास जी को निर्भय कर दिया।

संवत 1680 में श्रावण कृष्ण तृतीया शनिवार को तुलसीदास जी ने राम-राम कहते हुए अपना शरीर परित्याग

सूरदास

जीवन परिचय-

महाकवि सूरदास का जन्म नकता नामक ग्राम में सन् 1478 ई. में पं. रामदास के घर हुआ था। पं. रामदास सारस्वत ब्राह्मण थे और माता जी का नाम जमुनादास। कुछ विद्वान् सीही नामक स्थान को सूरदास का जन्मस्थल मानते हैं। सूरदास जी जन्म से अन्धे थे या नहीं इस सम्बन्ध में भी अनेक कथ्य है। कुछ लोगों

का कहना है कि बाल मनोवृत्तियों एवं मानव-स्वभाव का जैसा सूक्ष्म ओर सुन्दर वर्णन सूरदास ने किया है, वैसा कोई जन्मान्ध व्यक्ति कर ही नहीं सकता, इसलिए ऐसा प्रतीत होता है कि वे सम्भवत बाद में अन्धे हुए होंगे।

शिक्षा -

गऊघाट पर ही उनकी भेंट श्री वल्लभाचार्य से हुई. बाद में वह इनके शिष्य बन गये. श्री वल्लभाचार्य ने पुष्टिमार्ग में दीक्षित कर कृष्ण भक्ति की ओर अग्रसर कर दिया. सूरदास और उनके गुरु वल्लभाचार्य के बारे में एक रोचक तथ्य यह भी हैं कि सूरदास और उनकी आयु में मात्र 10 दिन का अंतर था।

कार्य -

सूरदास को हिंदी साहित्य का सूरज कहा जाता है। वे अपनी कृति "सूरसागर" के लिये प्रसिद्ध है। कहा जाता है की उनकी इस कृति में लगभग 100000 गीत है, जिनमें से आज केवल 8000 ही बचे है। उनके इन गीतों में कृष्ण के बचपन और उनकी लीला का वर्णन किया गया है। सूरदास कृष्ण भक्ति के साथ ही अपनी प्रसिद्ध कृति सूरसागर के लिये भी जाने जाते है। इतना ही नहीं सूरसागर के साथ उन्होंने सुर-सारावली और साहित्य-लहरी की भी रचना की है।

सूरदास की मधुर कविताये और भक्तिमय गीत लोगों को भगवान् की तरफ आकर्षित करते थे। धीरे-धीरे उनकी ख्याति बढ़ती गयी, और मुगल शासक अकबर (1542-1605) भी उन्हें दर्शक बन गये। सूरदास ने अपने जीवन के अंतिम वर्षों को ब्रज में बिताया। और भजन गाने के बदले उन्हें जो कुछ भी मिलता उन्हीं से उनका गुजारा होता था।

सूरदास जी को वल्लभाचार्य के आठ शिष्यों में प्रमुख स्थान प्राप्त था। इनकी मृत्यु सन 1583 ई० में पारसौली नामक स्थान पर हुई। कहा जाता है कि सूरदास ने सवा लाख पदों की रचना की। इनके सभी पद रागनियों पर आधारित हैं। सूरदास जी द्वारा रचित कुल पाँच ग्रन्थ उपलब्ध हुए हैं, जो निम्नलिखित है सूर सागर, सूर सारावली, साहित्य लहरी, नल दमयन्ती और ब्याहलो। इनमें से नल दमयन्ती और ब्याहलो की कोई भी प्राचीन प्रति नहीं मिली है। कुछ विद्वान तो केवल सूर सागर को ही प्रामाणिक रचना मानने के पक्ष में हैं।

लोककथा-

मदन मोहन एक सुंदर नवयुवक था तथा हर रोज सरोवर के किनारे जा बैठता

तथा गीत लिखता रहता। एक दिन ऐसा कौतुक हुआ, जिस ने उसके मन को मोह लिया। वह कौतुक यह था कि सरोवर के किनारे, एक सुन्दर नवयुवती, गुलाब की पत्तियों जैसा उसका तन था। पतली धोती बांध कर वह सरोवर पर कपड़े धो रही थी उस समय मदन मोहन का ध्यान उसकी तरफ चला गया, जैसे कि आंखों का कर्म होता है, सुन्दर वस्तुओं को देखना सुन्दरता हरेक को आकर्षित करती है।

सूरदास गीत गाने लगा वह इतना विख्यात हो गया कि दिल्ली के बादशाह के पास भी उसकी शोभा जा पहुंची अपने अहलकारों द्वारा बादशाह ने सूरदास को अपने दरबार में बुला लिया उसके गीत सुन कर वह इतना खुश हुआ कि सूरदास को एक कस्बे का हाकिम बना दिया, पर ईर्ष्या करने वालो ने बादशाह के पास चुगली करके फिर उसे बुला लिया और जेल में नजरबंद कर दिया सूरदास जेल में रहता था उसने जब जेल के दरोगा से पूछा कि तुम्हारा नाम क्या है? तो उसने कहा -तिमिर यह सुन कर सूरदास बहुत हैरान हुआ कवि था, ख्यालों की उड़ान में सोचा, तिमिर.....मेरी आंखें नहीं मेरा जीवन तिमिर (अन्धेरा) में, बंदीखाना तिमिर (अन्धेरा) तथा रक्षक भी तिमिर अन्धेरा)! उसने एक गीत की रचना की तथा उस गीत को बार-बार गाने लगा द्य वह गीत जब बादशाह ने सुना तो खुश होकर सूरदास को आजाद कर दिया, तथा सूरदास दिल्ली जेल में से निकल कर मथुरा की तरफ चला गया रास्ते में कुआं था, उसमें गिरा, पर बच गया तथा मथुरा-वृंदावन पहुँच गयाद्य वहाँ भगवान कृष्ण का यश गाने लगा।

सूरदास की कृष्ण भक्ति -

वल्लभाचार्य से शिक्षा लेने के बाद सूरदास पूरी तरह कृष्ण भक्ति में लीन हो गये। सूरदास के मत अनुसार श्री कृष्ण भक्ति करने और उनके अनुग्रह प्राप्त होने से मनुष्य जीव आत्मा को सद्गति प्राप्त हो सकती है। सूरदास ने वात्सल्य रस, शांत रस, और शृंगार रस को अपनाया था। सूरदास ने केवल अपनी कल्पना के सहारे श्री कृष्ण के बाल्य रूप का अद्भुत, सुंदर, दिव्य वर्णन किया था। जिस में बाल-कृष्ण की चपलता, स्पर्धा, अभिलाषा, और आकांक्षा का वर्णन कर के विश्वव्यापी बाल-कृष्ण स्वरूप का वर्णन प्रदर्शित किया था।

सूरदास ने अत्यंत दुर्लभ ऐसा "भक्ति और शृंगार" को मिश्रित कर के, संयोग वियोग जैसा दिव्य वर्णन किया था जिसे किसी और के द्वारा पुनः रचना अत्यंत कठिन होगा। स्थान संस्थान पर सूरदास के द्वारा लिखित कूट पद बेजोड़ हैं। यशोदा मैया के पाल के शील गुण पर सूरदास लिखे चिलण प्रशंसनीय हैं। सूरदास के द्वारा लिखी गई कविताओं में प्रकृति-सौन्दर्य का सुंदर, अद्भुत वर्णन किया गया है। सूरदास कविताओं में पूर्व कालीन आख्यान, और एतिहासिक स्थानों का वर्णन

निरंतर होता था। सूरदास हिन्दी साहित्य के महा कवि माने जाते हैं।

सूरदास ने अपनी भक्ति को ब्रजभाषा में लिखा। सूरदास ने अपनी जितनी भी रचनाएँ की वह सभी ब्रजभाषा में की। इसी कारण सूरदास को ब्रजभाषा का महान कवि बताया गया हैं. ब्रजभाषा हिंदी साहित्य की ही एक बोली हैं जो कि भक्तिकाल में ब्रज क्षेत्र में बोली जाती थी. इसी भाषा में सूरदास के अलावा रहीम, रसखान, केशव, घनानंद, बिहारी, इत्यादि का योगदान हिंदी साहित्य में हैं.

ग्रंथ और काव्य -

सूरसारावली-

सूरदास के सूरसारावली में कुल 1107 छंद हैं. इस ग्रन्थ की रचना सूरदास ने 67 वर्ष की उम्र में की थी। यह सम्पूर्ण ग्रन्थ एक "वृहद् होली" गीत के रूप में रचित है।

साहित्य-लहरी -

साहित्यलहरी सूरदास की 118 पदों की एक लघु रचना हैं. इस ग्रन्थ की सबसे खास बात यह हैं इसके अंतिम पद में सूरदास ने अपने वंशवृक्ष के बारे में बताया हैं जिसके अनुसार सूरदास का नाम "सूरजदास" हैं और वह चंदबरदाई के वंशज हैं. चंदबरदाई वहीं हैं जिन्होंने "पृथ्वीराज रासो" की रचना की थी। साहित्य-लहरी में शृंगार रस की प्रमुखता हैं।

नल-दमयन्ती-

नल-दमयन्ती सूरदास की कृष्ण भक्ति से अलग एक महाभारतकालीन नल और दमयन्ती की कहानी हैं. जिस में युधिष्ठिर जब सब कुछ जुए में गँवाकर वनवास करते हैं तब नल और दमयन्ती की यह कहानी ऋषि द्वारा युधिष्ठिर को सुनाई जाती हैं।

महानिर्वाण-

एक समय सूरदास के गुरु आचार्य वल्लभ, श्रीनाथ जी और गोसाई विट्ठलनाथ ने श्रीनाथ जी की आरती के समय सूरदास को अनुपस्थित पाया। सूरदास कभी भी श्रीनाथ जी की आरती नहीं छोड़ते थे। अनुपस्थित पाकर उनके गुरु समझ गये उनका अंतिम समय निकट आ गया हैं. पूजा करके गोसाई जी रामदास, कुम्भनदास, गोविंदस्वामी और चतुर्भुजदास सूरदास की कुटिया पहुँचे। सूरदास अपनी कुटिया में अचेत पड़े हुए थे।

सूरदास ने गोसाई जी का साक्षात् भगवान के रूप में अभिनन्दन किया और

उनकी भक्तवत्सलता की प्रशंसा की। चतुर्भुजदास ने इस समय शंका की कि सूरदास ने भगवद्यश तो बहुत गाया, परन्तु आचार्य वल्लभ का यशगान क्यों नहीं किया।

सूरदास ने बताया कि उनके निकट आचार्य जी और भगवान में कोई अन्तर नहीं है, जो भगवद्यश है, वही आचार्य जी का भी यश है गुरु के प्रति अपना भाव उन्होंने "भरोसो दृढ़ इन चरनन केरो" वाला पद गाकर प्रकट किया. इसी पद में सूरदास ने अपने को "द्विविध आन्धरो" भी बताया. गोसाईं विट्ठलनाथ ने पहले उनके 'चित्त की वृत्ति' और फिर 'नेत्र की वृत्ति' के सम्बन्ध में प्रश्न किया तो उन्होंने क्रमशरू 'बलि बलि बलि हों कुमरि राधिका नन्द सुवन जासों रति मानी' तथा 'खंजन नैन रूप रस माते' वाले दो पद गाकर सूचित किया कि उनका मन और आत्मा पूर्णरूप से राधा भाव में लीन है. इसके बाद सूरदास ने शरीर त्याग दिया. सूरदास की मृत्यु संवत् 1642 विक्रमी (1580 ईस्वी) को गोवर्धन के पास पारसौली ग्राम में हुई।

स्वामी विवेकानंद

जीवन परिचय -

स्वामी विवेकानंद का जन्म 12 जनवरी 18 से 3 ईसवी मकर सक्रांति के दिन हुआ था स कोलकाता के समीपवर्ती सिमुलिया नामक ग्राम में कायस्थ परिवार में हुआ था। मकर सक्रांति का वह दिन हिंदू जाति के लिए महान उत्सव का अवसर था और भक्त गण उस दिन लाखों की संख्या में गंगा जी को पूजा अर्पण करने जा रहे थे। स्वामी विवेकानंद के जन्म से पूर्व उनकी मां ने वाराणसी में वीरेश्वर भगवान की पुत्र प्राप्ति की इच्छा से पूजा की थी। एक रात उन्होंने स्वप्न में महादेव जी को ध्यान करते देखा फिर उन्होंने नेट खोलें और उनके पुत्र के रूप में जन्म लेने का वचन दिया। नींद खुलने के बाद उनके आनंद की सीमा न रही थी माता भुवनेश्वरी देवी ने अपने पुत्र को शिवजी का प्रसाद मानकर उसे वीरेश्वर नांदिया परंतु परिवार में उनका नाम नरेंद्रनाथ दत्त और संक्षेप में उन्हें नरेंद्र तथा दुलार से उन्हें नरेन कहकर संबोधित करते थे।

बचपन और आरंभिक जीवन -

विवेकानन्द बाल्यावस्था में बहुत चंचल और नटखट थे। किसी के नियंत्रण में नहीं रहते पर पढ़ने-लिखने में वे अत्यन्त कुशाग्र बुद्धि वाले थे। एक बार कुछ सुनते ही कंठस्थ हो जाता था। वे अच्छे तैराक, कुशल अश्वारोही, मँझा हुआ पहलवान थे। गुल्ली-डंडा, दौड़ धूप, मुक्केबाजी, लाठी-तलवार आदि कार्यों में सिद्धहस्त थे। बचपन में ही उनमें सहानुभूति, साहृदयता, सात्विकता, ईश्वर भक्ति और आध्यात्मिक वृत्ति के गुण पैदा हो गये थे। कई बार नरेन्द्र बैठे, बैठे या खेलते हुए भी ध्यान में चले जाते थे। एक बार बचपन में नरेन्द्र साथियों के साथ खेल रहे थे तभी नरेन्द्र अपने शरीर पर राख लगाकर ध्यान में बैठ गये। तभी वहाँ सांप देखकर अन्य साथी घर भाग गये पर नरेन्द्र वहीं ध्यान में बैठे रहे। सांप कुछ समय तक रूक कर चला गया तब तक उनके परिवार के लोग भी वहाँ आये और पूछने लगे तो नरेन्द्र ने उत्तर दिया, "मुझे कुछ नहीं मालूम मैं तो ध्यान की अवस्था में था।" ऐसे ही एक दिन कमरे में ध्यान करने बैठे तो बुद्ध मूर्ति का उन्हें दर्शन हुआ पर नरेन्द्र ना समझ होने के कारण घबरा गये पर इस का खुलासा आगे जाकर गुरु श्री रामकृष्ण जी ने किया कि यह सिद्ध ध्यान की अवस्था है और वह मूर्ति किसी और की नहीं भगवान बुद्ध की थी जो आर्शीवाद देने प्रकट हुए थे।

शिक्षा -

6 वर्ष की आयु में विवेकानंद को प्राथमिक विद्यालय में अध्ययन हेतु भेजा गया परंतु एक बार सहपाठियों से सीखा हुआ अब शब्द का उच्चारण करने पर उनके लिए घर पर ही अलग शिक्षक की व्यवस्था कर दी गयी। शीघ्र ही सुख बुद्धि एवं तीव्र स्मरण शक्ति का विकास दिखने लगा संस्कृत,व्याकरण, रामायण, महाभारत का काफी बड़ा अंश उन्होंने आसानी से याद कर लिया। सन 18 71 में 8 साल की उम्र में नरेंद्र नाथ ने ईश्वर चंद्र विद्यासागर से मेट्रोपॉलिटन नामक संस्थान में दाखिला लिया एक छात्र थे जिन्होंने प्रेसिडेंट कॉलेज परीक्षा में प्रथम स्थान प्राप्त किया। जब वह 14 वर्ष के थे तो उनके पेट में रोग होने की तरह उनका शरीर सूख गया। उनके पिता विश्वनाथ उन्हें अपने साथ रायपुर ले आये रायपुर में स्कूल नहीं थे अतः विश्वनाथ ने स्वयं अपने पुत्र को शिक्षा दी। 19 वर्ष की अवस्था में उन्हें प्रवेशिका में प्रवेश मिला। 2 वर्ष के पाठ्यक्रम को उन्होंने एक ही वर्ष में प्रथम श्रेणी में उत्तीर्ण कर लिया था इसके बाद प्रेसिडेंसी कॉलेज में प्रवेश लिया। नरेंद्र नाथ ने कॉलेजों में पाठ्य विषयों के अतिरिक्त साहित्य, दर्शन, धर्म और प्राचीन एवं आधुनिक इतिहास का भी अध्ययन किया। इन्होंने 1884 में ठण्। पास किया।

नरेन्द्र पूर्ण मनोयोग से शिक्षा प्राप्ति की ओर अग्रसर हुए। संस्कृत और अंग्रेजी भाषा पर अधिकार प्राप्त कर दर्शनशास्त्र के अच्छे ग्रंथों का अध्ययन कर डाला कुछ समय बाद ब्रह्म समाज के अनुयायी बने फिर भी उनका धर्मतत्व का व्यावहारिक ज्ञान प्राप्त नहीं हुआ। भावुक, आस्तिक और ईश्वरवादी नरेन्द्र उस गुरु के खोज में लगे थे, जो उनके आध्यात्मिक जिज्ञासा की तृप्ति कर सकता है।

आध्यात्मिक जीवन में प्रवेश -

सन 1881 में अपने कुछ साथियों के साथ स्वामी जी दक्षिणेश्वर पहुँचे वहाँ जब वे रामकृष्ण से मिले तो राम किसने अपने उत्तर एवं साधना के बल पर नरेंद्र की आध्यात्मिक साधना को पहचान लिया।नरेंद्र ने श्री रामकृष्ण जी से पूछा है क्या आपने ईश्वर का साक्षात्कार कर लिया है उन्होंने बड़े सहज से उनका उत्तर दिया भगवान को रिहा किया जा सकता है और कोई भी उसे देख सकता है और उससे बात कर सकता है जैसा कि मैं आपके साथ कर रहा हूँ लेकिन ऐसा करने के लिए कौन परवाह करता है। इस उत्तर से नरेंद्र प्रभावित तो हुए पर रामकृष्ण जी पर विश्वास नहीं कर सके कुछ समय बाद जब नरेंद्र दोबारा दक्षिणेश्वर गये तब श्रीरामकृष्ण ने उन्हें स्नेह से पुकारा और अपने पास बिठाया। नरेंद्र को लगा कि परमहंस के स्पर्श से उनके भीतर एक नई अनुभूति पैदा हुई पिता के देहांत के बाद

योग तत्व

सारी जिम्मेदारी उनके सर पर आ गयी थी विपत्तियों से उनके परिवार का दिन बीतने लगा निराश होकर एक दिन नरेंद्र श्रीराम के से मिलने दक्षिणेश्वर पहुँचे और उनसे कहा महाराज मेरी मां और भाई बहनों को कुछ खाने को मिल सके इसके लिए आप अपनी काली माता से कुछ अनुरोध कर दीजिए। श्री रामकृष्ण ने का अच्छा आज मंगलवार है आज रात को काली मंदिर में जाकर मां को प्रणाम कर तुम जो मांगोगे वह तुम्हें जरूर देगी। रात को एक पहर बीत जाने के बाद वह काली मंदिर के और चले और उन्होंने अपने मन में सोचा कि आज श्री राम कृष्ण की कृपा से मेरे परिवार के कष्टों का अंत होगा तभी उन्होंने एक चमत्कार देखा पत्थर की मूर्ति साक्षात देवी मां के रूप में आ गयी यह अद्भुत दृश्य देखकर धरण सब कुछ भूल गये और मां से कहने लगे मां विवेक तो वैराग्य दो ज्ञान दो जिससे माता तुम्हारी कृपा से सदा ही तुम्हें मैं देख सकूं। नरेंद्र लौट आये श्री रामकृष्ण ने पूछने पर क्या मांगा उन्हें अपने पूर्व संकल्प का स्मरण तो हो आया वह श्री रामकृष्ण के आदेश पर पुनः मंदिर गये लेकिन दूसरी और तीसरी बार भी उनके मुख से कुछ निकल पाया इसी दिन से नरेंद्र के जीवन का एक नया अध्याय शुरू हुआ। श्री रामकृष्ण खुद कहते थे कि "नरेन्द्र एक ऋषि है, जिसे पूर्ण सिद्धि प्राप्त है और ध्यान की शक्ति पर उसका पूरा अधिकार है और जिस दिन वह अपने सच्चे स्वरूप को जान जाएगा, वह अपनी इच्छा से ही शरीर-त्याग कर देगा।" वे लोगों को बताते कि नरेन्द्र जन्म से ही ब्रह्मज्ञानी है। इसके जैसे लड़के नित्य सिद्ध की श्रेणी के हैं। ये कभी कामिनी कांचन की माया में नहीं बंधते।" नरेन्द्र के इसी ज्ञान के कारण रामकृष्ण कभी उन्हें शुक्र देव, कभी नारायण तो कभी ऋषि कहा करते थे। स्वामी योगानन्द ने कहा था, "स्वामी जी में ऋषि की समाधि-तृष्णा, शुक्र देव की माया-शून्यता, शंकराचार्य का ज्ञान, नारद की भक्ति, सब एकल सम्मिलित हुए थे। अपने महा-प्रयाण के 3 दिन पूर्व रामकृष्ण परमहंस ने नरेन्द्र को स्पष्ट करते हुए कहा कि आज मैंने अपना सर्वस्व तुम्हें दे दिया मैं फकीर बन गया हूँ रामकृष्ण के स्पर्श मात्र से नरेन्द्र को समाधि के आनंद की अनुभूति हुई। अब वह नरेंद्र नगर विवेकानंद हो गये।

स्वामी जी की यात्रा -

जब खेतड़ी नरेश को यह मालूम हुआ कि वे विदेश जाना चाहते हैं तब उन्होंन सारा प्रबंध कर दिया। स्वामी जी श्रीलंका, सिंगापुर, हांगकांग, नागासाकी, ओसाका, टोकियो होते हुए कनाडा गये और वहाँ से वे शिकागो पहुँचे। यात्रा में बराबर गुरु आर्शीवाद मिलता रहा। हार्वर्ड विश्वविद्यालय के प्रोफेसर जे.एच. राइट आपके भाषणों से इतने प्रभावित हुए कि तुरन्त आगामी सितम्बर माह में होने वाले धर्म-सभा में भाषण देने के लिये आपको अवसर दिलाया।

11 सितम्बर 1893 ई. का दिन ऐतिहासिक दिन था। उस दिन भारत के इस महान संत ने सभी धर्म

प्रतिनिधियों को हिलाकर रख दिया। सभी देशों के प्रतिनिधि अपना-अपना भाषण लिखकर लाये थे केवल विवेकानन्द ने अलिखित भाषण दिया। आर्ट इंस्टीट्यूट का विशाल सभा भवन लगभग 7000 लोगों से खचाखच भरा हुआ था। जो उस देश के सर्वश्रेष्ठ संस्कृति का प्रतिनिधित्व करते थे स्वामी जी ने इस से पहले इतनी प्रबुद्ध तथा विशाल सभा को संबोधित नहीं किया था। वह एकदम घबरा गये जब उनकी बारी आई तो उन्होंने विद्या देवी मां सरस्वती को सबसे पहले मन ही मन प्रणाम किया तथा अमेरिका वासी भाइयों एवं बहनों इन शब्दों के साथ अपना भाषण शुरू किया तभी विशाल जनसमूह आनन्द और उलास के बादल हटने के बाद लगातार कई मिनटों तक तालियां बजाते रहे और उनका उत्साहवर्धन करते रहे उनके भाषण ने श्रोताओं पर ऐसा प्रभाव डाला कि दूसरे दिन समाचार पत्रों ने उन्हें धर्म महासभा का सर्वश्रेष्ठ व्यक्ति घोषित कर दिया हाथ में भिक्षा पात्र लिए सामान्य सन्यासी आज युगपुरुष हो गया। तीन वर्ष बाद 16 सितम्बर 1896 में स्वदेश लौट आये। भारत में फिर उन्होंने अपना प्रचार प्रसार कार्य प्रारम्भ किया।

रामकृष्ण मिशन की स्थापना -

1 मई 1897 को रामकृष्ण मिशन की स्थापना की, जिसका मुख्य उद्देश्य था- वेदान्त प्रचार और लोक सेवा। इसी बीच भारत में महामारी का प्रकोप हुआ तो स्वामी जी ने सन्यासियों की एक मण्डली सेवा कार्य में लगा दी। इन्होंने कई अनाथालय और वेदान्त प्रचार के लिये विद्यालय भी खोले।

स्वामी विवेकानंद और योग-

स्वामी विवेकानंद जी ने योग को विविध प्रकार से समझाते हुए राजयोग, कर्मयोग जैसे ग्रन्थ की रचना की।

कर्मयोग

कर्मयोग में कर्म शब्द से मतलब केवल कार्य ही है च उन्होंने कहा है कि मनुष्य का अन्तिम ध्येय सुख नहीं वरन् ज्ञान है क्योंकि सुख और आनन्द का तो एक न एक दिन अन्त हो ही जाता है। अतः यह मान लेना कि सुख ही चरम लक्ष्य है, मनुष्य की भारी भूल है। मनुष्य इस बात से अज्ञात है कि जिन सुख दुःखों का भोग वह करता है, वास्तव में यही शिक्षक है और वह (मनुष्य) सुख दुख से ही शिक्षा प्राप्त करता है जैसे जैसे सुख और दुख आत्मा पर से होकर जाते है, वैसे वैसे वे उसके

ऊपर कई प्रकार के चित्र अंकित कर जाते है तथा यही मानव चरित्र का निर्माण करते है। कोई भी ज्ञान बाहर से नहीं आता, सब हमारे अन्दर ही है तथा मनुष्य जो कुछ सीखता है, वह वास्तव में आविष्कार करना ही है अविष्कार का अर्थ है। मनुष्य का अपनी अनंत ज्ञान स्वरूप आत्मा के ऊपर से आवरण हटा लेना। जैसे-जैसे इस आविष्करण की क्रिया बढ़ती जाती है, वैसे-वैसे ही हमारे ज्ञान की वृद्धि होता जाती है। आगे स्वामी विवेकानंद जी कहते हैं कि यदि सचमुच किसी मनुष्य के चरित्र को जाँचना चाहते हैं, तो उसके बड़े कार्यों पर से उसकी जाँच मत करो। एक मूर्ख भी किसी विशेष अवसर पर बहादुर बन जाता है। मनुष्य के अत्यन्त साधारण कार्यों की जाँच करो, और असल में वे ही ऐसी बातें है, जिनसे तुम्हें महान् पुरुष के वास्तविक चरित्र का पता लग सकता है। आकस्मिक अवसर तो छोटे-से-छोटे मनुष्य को भी किसी-न-किसी प्रकार का बड़प्पन दे देते हैं। परन्तु वास्तव में बड़ा तो वही है, जिसका चरित्र सदैव और सब आस्थाओं में महान् रहता है। हम किसके अधिकारी हैं, हम अपने भीतर क्या क्या ग्रहण कर सकते है, इस सब का निर्णय कर्म द्वारा ही होता है। कर्मयोगी के लिए सतत कर्मशीलता आवश्यक है हमें सदैव कर्म करते रहना चाहिए। जो कार्य हमारे सामने आते जाय, उन्हें हम हाथ में लेते जाय और शनैः शनैः अपने को दिन-प्रतिदिन निःस्वार्थ बनाने का प्रयत्न करें।

ज्ञानयोग

ज्ञानयोग स्वयंज्ञान अर्थात स्वयं की जानकारी प्राप्त करना। ज्ञानयोग में 'धर्म की आवश्यकता', 'आत्मा', और

आत्मा उसके बंधन तथा मुक्ति ये तीन आख्यान दिए है। ज्ञान के माध्यम से ईश्वरीय स्वरूप का ज्ञान, वास्तविक सत्य का ज्ञान ही ज्ञानयोग का लक्ष्य है। मानव जाति के भाग-निर्माण में जितनी शक्तियों ने योगदान दिया है और दे रही हैं, उन सब में धर्म के रूप में प्रकट होने वाली शक्ति से अधिक महत्त्वपूर्ण कोई नहीं है। धरती पर आज जितना भी विकास और विध्वंस हुआ है और हो रहा है वह ज्ञान का ही परिणाम है। अच्छा ज्ञान अच्छा करेगा और बुरा ज्ञान बुरा।

राजयोग -

पतंजलियोग सूत्र से प्रेरित राजयोग में स्वामी विवेकानंद जी के शब्द। "प्रत्येक आत्मा अ-व्यक्त ब्रह्मा है। बाह्य एवं अन्त प्रकृति को वशीभूत करके आत्मा के इस ब्रह्माभाव को व्यक्त करना ही जीवन का चरम लक्ष्य है। कर्म,उपासना,मन संयम अथवा ज्ञान, इनमे से एक,एक से अधिक या सभी उपायो का सहारा लेकर

अपना ब्रह्माभाव व्यक्त करो और मुक्त हो जाओ बस यही धर्म का सर्वस्व है।

अष्टांगयोग से प्रेरित है स्वामी विवेकानंद जी का व्यक्तित्व - विवेकानंद एक ऐसा व्यक्तितत्व है, जो हर युवा के लिए एक आदर्श बन सकता है। उनकी कही एक एक बात पर यदि कोई अमल कर ले तो वह असफलता में कभी निराश न हो। उनके व्यक्तित्व के गुण जो अष्टांगयोग से प्रेरित है -

1. खुद पर विश्वास करो

2. ताकतवर बनो

3. खुद को कमजोर या पापी न माने

4. संयम

5. उम्मीद न छोड़ें

6. निडरता

7. अपने पैरों पर खड़े हों

8. स्वार्थी नहीं सेवक बने

9. आत्मशक्ति को पहचाने और जगायें

महानिर्वाण-

इतने वर्ष कठोर परिश्रम करने के कारण उनका स्वास्थ्य बहुत खराब हो चुका था। भारत में आकर विश्राम और उपचार से सुधार हुआ। विश्व को आन्दोलित करने वाले कर्म योगी में आकस्मिक परिवर्तन हुआ। अब वे अन्तर्मुखी हो गये। उनका स्वास्थ्य पर्याप्त ठीक था, वे 4 जुलाई सन् 1902 को प्रातःकाल शीघ्र उठ नित्य

कर्म से निवृत्त हुए। पूजा के लिये मंदिर जाकर दरवाजा बंद कर तीन घण्टा काली माँ का पूजन किया और ध्यान करते रहे। संध्या समय आरती हो जाने पर माला करने बैठे तो एक शिष्य से कहा, मुझे गर्मी लग रही है, तू मेरे पास बैठकर पंखा चला और जमीन पर लेट गये। कुछ देर सुषुप्ति अवस्था में पड़े रहे और करीबन रात के नौ बजे उन्होंने देह त्याग किया। रात्रि भर आश्रमवासी इस आशा में थे कि शायद स्वामी जी समाधि अवस्था में हो पर सुबह जब डॉक्टर को बुलाया तो डॉक्टर ने कहा कि मस्तिष्क की नस फटने के कारण इनका देहान्त हो गया। शिष्यों ने समझ लिया कि स्वामी जी ने योग विधि से ब्रह्म रन्ध्र को भेदकर आत्मा को शरीर से पृथक कर लिया है। तीसरे प्रहर अपार जन-समूह की उपस्थिति में मठ के अहाते में ही एक वृक्ष के नीचे उनका दाह-संस्कार किया गया।

महर्षि अरविंद

जीवन परिचय -

श्री अरविंद का जन्म 15 अगस्त 1892 ई. को कलकत्ता में हुआ। इनके पिता डॉ. कृष्णघन घोष थे जो सिविल सर्जन थे जो एक परोपकारी तथा सज्जन व्यक्ति तो थे किन्तु धार्मिक नहीं थे फिर भी वे संस्कृत भाषा के विद्वान थे। देश भक्ति की प्रेरणा भी अनजाने में श्री अरविंद जी को पिता के पत्रों के माध्यम से मिलती रही। इनकी माता का नाम श्रीमति स्वर्णलता देवी था जो ब्रह्म समाज के प्रमुख समर्थक और हिन्दू मेला के प्रवर्तक श्री राज नारायण बोस की पुत्री थी और विवाह के कुछ वर्षों में इन्हें मानसिक रोग हो गया था।

शिक्षा -

अरविंद के पिता को भारतीय संस्कृति पसन्द नहीं थे। उनका परिवार प्रतिष्ठित परिवार था। इस कारण वे अपने बच्चों को भारतीय संस्कृति से दूर रखना चाहते थे इसलिये उन्होंने अपने तीनों पुत्रों को दार्जिलिंग के लोरेंटो कॉन्वेन्ट स्कूल में इरिशनम्स के संरक्षण में भेजा और उसके बाद 1879 में बालक अरविंद की प्रारम्भिक शिक्षा इंग्लैण्ड में एक पब्लिक स्कूल में हुई। वहाँ के शिक्षक श्री अरविंद को सर्वाधिक मेधावी और अद्वितीय बौद्धिक क्षमता वाला मानते थे। स्कूली शिक्षा समाप्त करने के बाद ये कैम्ब्रिज के किंग्स कॉलेज में भर्ती हुए। उन्होंने वहाँ सीनियर क्लारिकी में द्वितीय स्थान प्राप्त किया। 18 वर्ष की आयु में उसने सिविल सर्विस की परीक्षा दी और प्रथम श्रेणी में उत्तीर्ण कर ली। इस अवधि में अपने निरन्तर अध्यवसाय के द्वारा उन्होंने अंग्रेजी के अतिरिक्त जर्मन, लैटिन, ग्रीक, फ्रैंच और इटली की भाषाओं में निपुणता प्राप्त कर ली। इसी समय उन्होंने बाईबल का भी अध्ययन किया था। आई. सी. एस. पास करने पर उन्हें भारत सरकार द्वारा कोई उच्च पद दिया जाने वाला था और यही उनके पिता की भी इच्छा थी परन्तु उनका जन्म गुलामी का पट्टा बाँधकर ऐशो-आराम की जिन्दगी बिताने के लिये नहीं हुआ था उन्हें अभी बड़े काम करने थे। जिसमें यह नौकरी बाधक थी। अतएव घुड़सवारी की परीक्षा देने से इन्कार कर दिया और जानबूझ कर असफलता प्राप्त की। अठारह वर्ष इंग्लैण्ड में रहने पर अरविंद जी ने अंग्रेजों के जातीय गौरव और उपयुक्त गुणों को सीखा, स्वतन्त्र देश में रहकर उन्हें स्वतंलता प्राण प्रिय लगने लगी।

भारत आगमन-

सन 1893 में अरविन्द घोष भारत लौट आये और बडौदा (वर्तमान बरोडा) के एक विश्व-विद्यालय में उप-प्रधानाचार्य के पद पर नियुक्त हो गये उन्होंने 750 रुपये हर महीने के वेतन पर कार्य करना प्रारंभ कर दिया। 1893 से 1906 तक वे उस पद पर आसीन रहें और ईमानदारी और लगन से अपना कार्य करते रहे इसी बीच संस्कृत, बंगाली साहित्य, दर्शनशास्त्र और राजनीति विज्ञान का ज्ञान अर्जन किया, जिससे प्रभावित होकर बड़ौदा के महाराजा उन्हें बेहद पसंद करने लगे। लेकिन 1906 के बंगाल विभाजन के बाद उन्होंने नौकरी त्याग दी और बंगाल चले गये और एक सौ पचास रुपये के तनख्वाह पर बंगाल नेशनल कॉलेज में कार्य सँभालने लगे। नौकरी तो मात्र एक जरिया था उनके मन में तो आजादी की ज्वाला जल उठी थी।

वैवाहिक जीवन -

सन 1960 में श्री अरविंद का विवाह राँची बिहार के निवासी श्री भोपाल चंद्र बोस की कन्या मीणालिनी देवी से हो गया पत्नी के साथ श्री अरविंद का प्यार सदैव प्रेम ऐसे असाधारण व्यक्तित्व वाले महापुरुष की पत्नी होने से उसे सांसारिक दृष्टि से कभी इच्छा अनुसार सुख की प्राप्ति नहीं हुई।प्रथम तो राजनीतिक जीवन की हलचल के कारण उन्हें पति के साथ रहने का अवसर कम ही मिल सका फिर आर्थिक दृष्टि से अरविंद का जीवन जैसा सीधा सदा था उसने उसे कभी वैभव पूर्ण जीवन के अनुभव करने का अवसर नहीं मिला उन्होंने कर्तव्य भावना से उन्हें पांडिचेरी आने को कह दिया उसी अवसर पर इन्फुलूजा की महामारी से आक्रमण से उनका देहावसान हो गया।

श्री अरविंद और योग -

श्री अरविंद का योग विशेष रूप से मनोवैज्ञानिक है। साधना के सिद्धान्त तो सबके लिये एक से ही है परन्तु किसके लिये किस समय और कैसी अवस्था में कैसी साधना उपयोगी है, यह प्रत्येक व्यक्ति के आन्तरिक विकास और स्थिति पर निर्भर है। यहीं पर वास्तव में गुरु की आवश्यकता अनिवार्य हो जाती है। साधना और योग में पुस्तकें पढ़कर इसलिये सफलता नहीं मिलती कि इसके क्रम भेद बड़े सूक्ष्म है अवस्था और व्यक्ति के भेद से इनके क्रम में भेद करना आवश्यक होता है। अरविन्द ने एक स्थान पर कहा है कि वास्तव में योगी का गुरु परमात्मा है पर विशेष व्यक्तियों को छोड़कर सामान्य तथा साधक के लिये शरीरधारी गुरु की

योग तत्व

आवश्यकता होती है।

अरविन्द की योग प्रणाली के तीन मौलिक अभ्यास हैं-

1. अभीप्सा (अभिलाषा), 2. परित्याग, 3. आत्मोद्घाटन।

अभीप्सा का अर्थ गंभीर आत्म विज्ञान की अन्तः चेष्टा है। यह उर्ध्वमुखी तथा अर्न्तमुखी होती है। यह आत्मा की अपने पूर्णानन्द के लिये खोज है। योगी अरविन्द ने अपनी साधना और कार्यों द्वारा संसार पर यह प्रगट कर दिया कि भारत की आध्यात्मिक साधना पद्धति में अनंत शक्ति है। संसार का वास्तविक कल्याण अध्यात्म का अवलम्बन लेकर ही हो सकता है।

लेखन गतिविधियां-

श्री अरविंदो को अंग्रेजी,हिंदी और बंगला भाषा पूर्ण अधिकार था उन्होंने कई रचनाएँ लिखी तीनों भाषाओं में। इन्होंने अपनी मूल रचनाएँ बंगला और अंग्रेजी भाषा में लिखी इस प्रकार श्री अरविंदो पदकव- । दहसपंद लेखकों में अग्रणी हैं। कवि के रूप में उनकी रचनाएँ छंदात्मक है ये अतुकांत कविता लिखने में सिद्धहस्त थे। ये आधुनिक अंग्रेजी गद्य साहित्य के मूर्धन्य लेखकों में से एक थे।

रचनाएँ-

"दी लाइफ डिवाइन" एक गद्य में रचित रागिनी है।

ऐसेंज ऑन दी गीता

ए डिफेंस ऑफ इंडियन कल्चर,

दी सीक्रेट ऑफ दी वेदाज

दी आइडील ऑफ ह्यूमन यूनिटी

दी साइकोलॉजी ऑफ सोशल डेवलपमेंट

दी सिंथेसिस ऑफ योग

दी फ्यूचर पोएट्री

दी ह्यूमन सायकिल

प्लेज एंड शार्ट स्टोरीज

कलेक्टेड पोयम्स

सावित्री नामक महाकाव्य

पिलग्रिम ऑफ द नाईट नामक एक सोनेट

उपयुक्त रचनाएँ श्री अरविंदो के द्वारा लिखी गयी जो उनकी प्रतिभा को दर्शाती है। श्री अरविंदो की मृत्यु पांडिचेरी आने के बाद वे सांसारिक कार्यों से अलग होकर आत्मा की खोज में लग गये। पांडिचेरी आने के बाद अरबिंदो घोष अंत तक योगाभ्यास करते रहे और उन्हें परमात्मा से साक्षात्कार की अनुभूति हुई। उनके आध्यात्मिक अनुभवों से असंख्य लोग प्रभावित हुए। उनका दृढ़ विश्वास था कि संसार के दुख का निवारण केवल आत्मा के विकास से ही हो सकता है जिसकी प्राप्ति केवल योग द्वारा ही संभव है। वे मानते थे कि योग से ही नई चेतना आ सकती है।

संस्था की स्थापना-

4 अप्रैल 1910 ई. में अरविन्द कलकत्ता से चन्द्रनगर होते हुए पाण्डिचेरी पहुँचे। उस समय उनके चार सहचर थे जिनकी संख्या में धीरे-धीरे वृद्धि होती गयी। इन्होंने एक आश्रम की स्थापना की। आजकल इस आश्रम में स्थित 200 से अधिक घरों में सैकड़ों आश्रमवासी रहते हैं। ये दुग्धशाला, शाक वाटिका, वस्त्र-वक्षालन केंन्द्र तथा पाठशाला आदि आश्रम की अनेक गतिविधियों में कार्यरत रहते हैं। अधिकांश युवतियाँ आश्रम में प्रेम से काम करती हैं। ये सभी कार्य आश्रमवासियों के लिये साधना का अंग है। आश्रम में विद्यालय है जिसमें स्वास्थ्य संवर्द्धन के लिये शरीर विज्ञान के अध्ययन-अध्यापन पर अधिक बल दिया जाता है। साथ ही 14 से 18 वर्ष के छात्रों के लिये व्यावसायिक शिक्षा दी जाती है। 1920 को इस आश्रम के आदर्शों और सिद्धान्तों को देख पॉल रिचर्ड की पत्नी मीरा पूर्णतः समर्पित हो गयी। उन्हें आश्रम की अध्यक्षा बनाया गया और इन्हें आश्रमवासी माँ कहने लगे। अरविन्द न ही खुद सन्यासी थे और न ही इनके आश्रम में रहने वाले लोग सन्यासी थे। यह आश्रम सर्वदेशीय आश्रम था। यहाँ ईसाई, पारसी, मुसलमान तथा अन्य मतों के प्रति आस्थावान लोग भी रहते हैं। इस आश्रम को श्री रविन्द्र नाथ टैगोर जी ने भेंट दी थी।

श्री अरविन्द की मौन साधना-

इस आध्यात्मिक अनुभूतियों ने श्री अरविन्द को योग के गहरे आयामों को जानने के लिए प्रेरित किया, जिससे योग में श्री अरविन्द की रुचि जागी। श्री अरविन्द जगत का त्याग करके योग मार्ग पर जाने के बिलकुल भी इच्छुक न थे। उस समय तो उनका एकमात्र ध्येय भारत की स्वतंत्रता था और इस कार्य के लिए उन्हें आध्यात्मिक शक्ति की आवष्यकता महसूस होने लगी थी। इस बात के लिए तब वे और अधिक प्रेरित हुए, जब उनके छोटे भाई वीरेन्द्र, भवानी मन्दिर की

स्थापना के लिए विन्ध्य के जंगल गये थे। वहाँ से विषैला बुखार लेकर बड़ौदा आये। यह बुखार किसी भी प्रकार से उतर नहीं रहा था। उसी समय एक नागा संन्यासी श्री अरविन्द के घर आया। वीरेन्द्र की बिगड़ी स्थिति में वहीं सोये पड़े थे तभी नागा सन्यासी की दृष्टि उन पर पड़ी और श्री अरविन्द से पूछा कौन सोया है। तब श्री अरविन्द ने बताया कि वीरेन्द्र के स्वास्थ्य की स्थिति काफी चिंताजनक है। तब नागा साधु ने एक प्याला भर जल मंगाया तथा उसे मंत्र शक्ति से अभिमंत्रित किया और उसे वीरेन्द्र को पीने के लिए दे दिया,तत्पश्चात वीरेन्द्र का बुखार उतर गया। इस घटना से श्री अरविंद ने अनुभव किया कि योग शक्ति का व्यवहार में उपयोग कर सकते हैं तो क्यों न इस शक्ति का प्रयोग देश की स्वतंत्रता के लिए किया जाये। श्री अरविन्द ने विधिवत रूप से योग साधना आरंभ करने का संकल्प लिया उस समय प्राणायाम को विशेष योग पद्धति के रूप में जाना जाता था। तो फिर श्री अरविन्द ने अपनी योग साधना का प्रारंभ प्राणायाम से ही किया। उनके मित्र बाबाजी देवधर इंजीनियर स्वामी ब्रह्मानन्द के षिष्य थे। वे प्राणायाम के सत्त अभ्यासी थे, श्री अरविन्द ने इनसे ही प्राणायाम की विधित पद्धति सीख ली थी। वे प्रतिदिन लगभग पाँच घण्टे प्राणायाम करते थे। सुबह तीन घंटे तथा शाम को दो घंटे अभ्यास किया करते थे इस प्राणायाम की शक्ति का अनुभव बताते हुए वे बताये थे- " मेरा अनुभव है कि इससे बुद्धि और मस्तिष्क प्रकाशमय बनते हैं। जब मैं बड़ौदा में प्राणायाम का अभ्यास करता था तो प्रतिदिन 5-6 घंटे करता था। तब मन में बहुत प्रकाश और शान्ति छा गयी हो ऐसा लगता था। मैं उस समय कविता लिखता था पहले रोग 5-6 पंक्तियाँ और नेमहीने में दो सौ पंक्तियाँ लिखी जाती थी। प्राणायाम के बाद में दो सौ पंक्तियाँ आधे घंटे में लिख सकता था। मेरी स्मरण शक्ति पहले मंद थीं प्राणायाम के अभ्यास के बाद जब प्रेरणा होती तब सभी पंक्तियाँ अनुक्रम के अनुसार याद रख लेता था। साथ ही मुझे मस्तिष्क के चारों ओर विद्धुतशक्ति का चक्र अनुभव होता था। प्राणायाम के करने के बाद अथक परिश्रम करने की शक्ति भी आ गयी थी। पहले बहुत काम करने पर थकान लगती थी प्राणायाम से शरीर स्वस्थ हो गया। एक बात और प्राणायाम करते समय मच्छर बहुत हो तो भी मेरे पास फटकते भी नहीं थे।" अब अनुभूतियां इतनी प्रगाढ़ होने लगीं कि विश्वास हो गया कि हिन्दू धर्म का मार्ग सत्यान्वेषण का ही मार्ग है तथा उन्होंने माँसाहार का भी त्याग कर दिया तथा एक माह के भीतर ही सूक्ष्म जगत आंखों के सामने प्रकट होने लगा। अन्तर्दृष्टि जायत होने लगी।

30 दिसम्बर 1907 में श्री अरविन्द बड़ौदा आये और यही पर उनकी मुलाकात महाराष्ट्र के सिद्ध योगी श्री विष्णु भास्कर लेले से हुई। गिरनार पर्वत पर उन्होंने कठोर साधना की थी। भगवान दत्तालेय की साधना करते हुए उन्हें भगवान

दत्तात्रेय के बाल स्वरूप के दर्शन हुए थे तथा योग विद्या भी उनकी कृपा से ही मिली थी। वे वीरेन्द्र को नवसारी में मिले थे। बड़ौदा में खासीराव यादव के घर पर श्री अरविन्द तथा योगी लेले की मुलाकत हुई वहाँ दोनों ने लगभग आधे घंटे पर बातचीत की तथा श्री अरविन्द को उन्होंने कहा कि साधना में निश्चित परिणाम प्राप्त करने के लिए तुम्हें राजनीतिक प्रवृतियों को छोड़ना पड़ेगा। तब श्री अरविन्द ने कुछ दिनों के लिए राजनीतिक प्रवृत्ति बन्द कर दी, और उनकी योगसाधना नये आयामों की ओर मुड़ चली। इस विषय में श्री अरविन्द ने स्वयं लिखा है- ' योगी लेले ने मुझसे कहा, बैठ जाओ, देखा और तुम्हें पता चलेगा कि तुम्हारे विचार बाहर से तुम्हारे भीतर आते हैं। उनके घुसने से पहले ही उन्हें दूर फेंक दो, मैं बैठ गया और देखा, यह जानकर चकित रह गया कि सचमुच बात ऐसी ही है, मैंने स्पष्ट रूप से देखा और अनुभव किया कि विचार पास आ रहा है, मानो सिर के भीतर से या ऊपर से घुसना चाहता हो और उसके भीतर आने के पूर्व ही मैं स्पष्ट रूप में उसे पीछे धकेल देने में सफल हुआ। तीन दिन में वस्तुतः एक ही दिन में मेरा मन शाश्वत शांति से परिपूरित हो गया- वह शांति अभी तक विद्यमान है।' इस प्रकार उन्होंने बताया की किस प्रकार अकल्पनीय ढंग से मुझे निर्वाण का अनुभव हो गया, बहुत लम्बे समय तक यह अनुभव मेरे अंदर रहा। मुझे लगा कि अब मैं चाहूँ तो भी उससे छूट नहीं सकता था। दूसरी प्रवृत्तियों में लगा रहने पर भी यह अनुभव मुझमें स्थायी रूप से बना रहा। इस अनुभव से श्री अरविन्द का मानस जगत समाप्त हुआ तथा ब्रह्म जगत अब उद्घटित हो गया। अब उनकी विचार करने की पद्धति ही बदल गयी। तीन ही दिन में चेतना इतनी परिवर्तित हो जायेगी, इसका ध्यान न लेले को था ना ही स्वयं श्री अरविन्द को। इस बारे में श्री अरविन्द ने लिखा है- " प्रथम फल था अत्यंत शक्तिशाली अनुभूतियों की एक श्रृंखला और चेतना में कुछ ऐसे आमूल परिवर्तन, जिनकी लेले ने कल्पना भी न की थी और जो मेरे निजी विचारों के सर्वथा विपरीत थी, क्योंकि उन्होंने मुझे विस्मय जनक तीव्रता सहित स्पष्ट दिखा दिखा दि कि यह संसार परमब्रह्म निराकार सर्वव्यापकता में चलचित्रवत् शून्य आकृतियों की लीला के समान है। वेदान्त दर्शन की चरमावस्था की साधना का प्रथम सोपान बना परंतु उन्हें एक प्रकार की समस्या का भी अनुभव हुआ क्योंकि ज्योंही वे तीन दिन बाद बाहर आये उन्हें मुम्बई के राष्ट्रीय पक्ष की ओर से भाषण देने का निमंत्रण मिला, परंतु श्री अरविन्द की समग्र चेतना नीरव ब्रह्म के साथ एकाकार थी, वे बोलते भी तो क्या बोलते? यह समस्या श्री अरविन्द ने योगी लेले के समक्ष रखी। उन्होंने कहा कि सभी जाकर श्रोताओं को नारायण मानकर नमस्कार करो और फिर ऊपर से आने वाली प्रेरणा के लिये शांत होकर प्रतीक्षा करो, तुम्हें जो बोलना होगा वह वाणी अपने आप उतर आयेगी। फिर इसके बाद श्री अरविन्द ने जो भी व्याख्यान

दिये वे सब इसी प्रकार ऊर्ध्व से उतर आयी। योगी लेले और श्री अरविन्द दोनों में से किसी को यह पता नहीं था कि परमात्मा का महान कार्य करने की पूर्व तैयारी का तो यह प्रथम चरण है। अब श्री अरविन्द चौबीसों घंटे ध्यान की स्थिति में रहते थे और सारे कार्य अंतर्यामी के आदेश से होने लगे। श्री अरविन्द ने अपने इस बदली हुई स्थिति के बारे में एक पत्र में मृणालिनी को बताया था-" तुमसे मिलने के लिये 4 जनवरी का दिन निश्चित था, पर मैं आ नहीं सका, यह मेरी अपनी इच्छा से नहीं हुआ हैं जहाँ भगवान मुझे ले जाना चाहते हैं, वहाँ मुझे जाना पड़ता है, उस समय मैं अपने काम से नहीं गया था, भगवान के काम से गया था, मेरे मन की दशा एकदम बदल गयी है अभी तो इतना ही कह सकता हूँ कि मैं मेरा स्वामी नहीं हूँ। भगवान मुझे जहाँ ले जाएं वहाँ कठपुतली की तरह जाना है। भगवान जो कुछ करवाना चाहते हैं मुझे कठपुतली की तरह करना है। अब से मैं बिल्कुल मुक्त नहीं हूँ। अब से जो कुछ कर रहा हूँ उसका आधार मेरे संकल्प से नहीं परंतु यह सब भगवान की आज्ञा से हो रहा है।" ई.सं. 1910 से 1914 तक का समय श्री अरविन्द की मौन साधना का काल था। श्री अरविन्द ने सन् 1908 में योग में पद्धतिपूर्वक प्रवेश किया था। ई.सं. 1914 तक छः वर्ष के अन्तराल में उनके समझ नई चेतना का अवतरण की साधना का कार्य स्पष्ट हो गया।

उत्कट साधना के लिए श्री अरविन्द 1926 में एकांत में चले गये थे। 1926 से 1938 तक का बारह वर्ष के उनके जीवन का कालखण्ड अभेद्य था। उनके सेवक श्री चंपकलला और श्री माता जी के सिवाय उस एकांत में किसी का प्रवेश नहीं था। दुर्घटना जिसमें उनके जांघ की हड्डी टूट गयी थी, कुछ शिष्यों का उनके करीब जाने का अवसर मिला था। छः माह में वे पूर्ण स्वस्थ हो गये थे किन्तु प्राणपण से सेवा करने वाले शिष्यों को वह विदा नहीं कर सके। 1938 से 1950 दूसरा बारह वर्ष का समय श्री अरविन्द की साधना काल का अनोखा समय था। सुबह नौ, दस बजे तक वे हिन्दू समाचार पत्र पढ़ते थे और फिर दोपहर तीन, चार बजे तक लम्बा विराम होता था, जिसमें वे विशेष योग साधनाएँ करते थे। वे अक्सर आराम कुर्सी पर या बिस्तर या खुली आँखों से जाग्रत समाधि में करते थे।

महानिर्वाण-

5 दिसंबर 1950 को 1रू26 पर उन्होंने शरीर छोड़ दिया था।

महर्षि रमण

जीवन परिचय -

महर्षि रमण माँ अवगम्माल और पिता सुन्दर अय्यर वेंकट रमण के घर इस बालक का जन्म 30 दिसंबर 1879 में हुआ था। ये तामिलनाडू के एक छोटे कस्बे तिरुच्चुषि में हुआ था। आपका बचपन का नाम वेंकट रमण था। आपके पिता सुन्दरम् अय्यर कस्बे के अच्छे वकील थे। वे एक धर्मनिष्ठ ब्राह्मण थे, वैसी ही उनकी पत्नी साध्वी एवं धर्मनिष्ठ थीं। इनके संस्कारों का बालक के जीवन पर बहुत प्रभाव पड़ा। माता-पिता बालक के प्रथम गुरु होते हैं। स्वाभाविक है सुसंस्कृत परिवार का बालक सुसंस्कृत होगा ही।

शिक्षा -

जीवन के आरम्भिक वर्षों में वेंकट रमन में कुछ भी उल्लेखनीय नहीं था। वे एक सामान्य बालक के रूप में ही विकसित हुए थे। मन जी को पढ़ने के लिए कई पाठशालाओं में भेजा गया पर यह जिस प्रकार की शिक्षा चाहते थे, उसे वहाँ नहीं मिलती थी, इस कारण प्रायः शिक्षा के प्रति उदासीन ही रहा करते थे। इन्हें सन्तों की 'जीवनियाँ' बड़ी अच्छी लगती थी और उन्हें वैसे ही बनने की आकांक्षा उत्पन्न हुई। इसी कारण उपनिषद् काल के आत्मान्वेषी ऋषियों की परम्परा को पुनर्जीवित करने का श्रेय इन्हें ही जाता है। उन्हें तिरुचुली के एक प्राइमरी स्कूल में तथा बाद में दिण्डुक्कुल के एक स्कूल में शिक्षा के लिए भेजा गया। जब वे बारह वर्ष के थे, तभी इनके पिता का देहावसान हो गया। ऐसी स्थिति में उन्हें परिवार के साथ अपने चाचा सुब्ब अय्यर के साथ मदुरै में रहने की आवश्यकता पड़ी। मदुरै में उन्हें पहले स्स्काट मीडिल स्कूलश् तथा बाद में अमेरिकन मिशन हाईस्कूल में भेजा गया। यद्यपि वह तीव्र बुद्धि एवं तीव्र स्मरण शक्ति से संपन्न थे, किन्तु फिर भी अपनी पढ़ाई के प्रति गंभीर नहीं थे।

इनके घर एक दिन 'अरूणाचल' से अतिथि आये। तब 15 वर्षीय किशोर ने उनका स्वागत किया। बातेकरते हुए अतिथि के मुँह से जब 'अरूणाचल' का नाम सुना ही नहीं तो उनका रोम-रोम एक अपूर्व आनन्द से भर उठा। जाने कौन सी तरंगें इस शब्द से जुड़ी थीं कि उसकी विलक्षण प्रतिक्रिया इस किशोर पर हुई। ज्यों-ज्यों वे बड़े होते गये इनका चिंतन बढ़ता गया। सत्रह वर्ष की आयु में इन्होंने चिंतन किया परन्तु,उन्हें मृत्यु के बारे में अनेक प्रश्नों के उत्तर नहीं मिले। इस भय ने आपको आत्मचिंतन के लिए विवश किया,जिसके फलस्वरूप आलौकिक अनुभव व ज्ञान प्राप्त हुआ। इस दिन से आपको सांसारिक जीवन के प्रति वैराग्य उत्पन्न हो गया।

योग तत्व

अतः पढ़ाई छोड़ अरूणाचल पर्वत की ओर चल पड़े। उन्हें अरूणाचल इतना प्रिय था कि, वे बचपन से शरीर छोड़ने (1950 ई.) तक अरूणाचल में रहे। इतना प्रिय था उनको यह स्थान। 'अरूणाचल एक' इस नाम से उन्होंने एक गीत भी लिखा था।

बलशाली शरीर-

वेंकट रमन स्वस्थ एवं शक्तिशाली शरीर से युक्त थे। इसीलिए उनके साथी उनकी ताकत से डरते थे। वेंकट रमन बहुत गहरी नींद सोते थे। इनकी नींद इतनी गहरी होती थी कि उनके साथियों में से यदि कभी किसी को वेंकट रमन से नाराजगी रहती तो वे उनसे गहरी निद्रावस्था में बदला लेते थे। उन्हें सोया जानकर कहीं दूर जाकर पीटते थे तो भी उनकी नींद नहीं झुलती थी।

आध्यात्म का अनुभव-

रमण को 17 वर्ष की अवस्था में आध्यात्मिक अनुभव हुआ। एक दिन वह एकांत में अपने चाचा के घर की पहली मंजिल पर बैठे थे। हमेशा की तरह वे पूर्णतः स्वस्थ थे। अचानक से उन्हें मृत्यु के भय का अनुभव हुआ। उन्होंने महसूस किया कि वो मरने के लिए जा रहे हैं। ऐसा क्यों हो रहा था वह नहीं जानते थे। लेकिन आने वाली मृत्यु से वे बौखलाए नहीं। उन्होंने शांतिपूर्वक सोचा कि क्या करना चाहिए। उन्होंने अपने आप से कहा, अब मृत्यु आ गयी है! इसका क्या मतलब है? वह क्या है जो मर रहा है? यह शरीर मर जाता है। वह तत्काल लेट गये। अपने हाथ पैरों को सख्त कर लिया और साँस को रोककर होठों को बंद कर लिया। इस समय उनका जैविक शरीर एक शव के समान था। अब क्या होगा? यह शरीर अब मर चुका है। यह अब जला दिया जायेगा और राख में बदल जायेगा। लेकिन शरीर की मृत्यु के साथ क्या मैं भी मर गया हूँ? क्या मैं शरीर हूँ? यह शरीर तो शांत और निष्क्रिय है। लेकिन मैं तो अपनी पूर्ण शक्ति और यहाँ तक कि आवाज को भी महसूस कर पा रहा हूँ। मैं इस शरीर से परे एक आत्मा हूँ। शरीर मर जाता है, पर आत्मा को मृत्यु नहीं छू पाती। मैं अमर आत्मा हूँ। बाद में रमण ने इस अनुभव को अपने भक्तों को सुनाया और बताया कि यह अनुभव तर्क की प्रक्रिया से परे है। उन्होंने सीधे सच को जाना और मृत्यु का डर सदा के लिए गायब हो गया। इस प्रकार युवा वेंकटरमण ने बिना किसी साधना के अपने आप को आध्यात्मिकता के शिखर पर पाया। अहंकार स्वयं जागरूकता की बाढ़ में कहीं खो गया। अचानक एक लड़का जो कि वेंकटरमण के नाम से जाना जाता था एक साधु और संत में बदल गया। अब वह एक पूर्ण आत्मज्ञान के साथ विकसित ज्ञानी भी था।

युवा ऋषि का जीवन अचानक बदल गया। जो वस्तुएँ पहले मूल्यवान थीं उन्होंने अपना मूल्य खो दिया। अध्ययन, मित्र, रिश्तेदार, परिवार आदि का उनके जीवन में कोई महत्व नहीं रह गया। वह पूरी तरह अपने परिवेश के प्रति उदासीन हो गये। विनय, गैर प्रतिरोधकता और अन्य गुण उनके शृंगार बन गये। अकेले बैठते और स्वयंस्वयं को ध्यान में लीन रखते। वह रोज मीनाक्षी मंदिर जाते और हर बार भगवान और संतो की मूर्तियों के सामने खड़े होकर एक उमंग का अनुभव करते। उनकी आँखों से लगातार आँसू बहते रहते। एक नई दृष्टि लगातार उनके साथ थी।

मौन साधना -

अरूणाचल पहुँचकर वे अपनी गहन साधना में लीन हो गये। इन्होंने अपनी समस्त चित्त-वृत्तियाँ समेट कर एकाग्र कर ली। अपने ध्येय में सफल होने के लिए उन्होंने मन्दिर के गर्भ गृह में प्रवेश किया जहाँ जहरीले कीड़े मकोड़ों का और घुप्प अंधेरे का साम्राज्य था। चरम-सत्य की खोज के लिये सब कामनाओं का त्याग किया और इनका लक्ष्य भी यही था। परिणाम स्वरूप उनके नाखून बढ़ गये, केश बढ़कर जटा का रूप धारण किया, शरीर कड़ा पड़ गया पर उनका चिन्तन क्रम बन्द नहीं हुआ। यह देख परिवार वाले उन्हें घर ले जाने के लिए आये पर बाल तपस्वी अपने व्रत से विचलित नहीं हुए। तप काल के समय अनेक बाधाएँ आईं, अनेक कष्ट सहन करने पड़े किन्तु आपकी साधना अबाध रूप से चलती रही। जिसके परिणाम स्वरूप समस्त प्राणियों में एक ही दिव्य चेतना का अनुभव किया। उसी आत्म तत्व को सब में देखकर उसकी सत्यता को अपने जीवन क्रम के द्वारा सिद्ध किया।

मौन भी वाणी से अधिक मुखर हो सकता है, आँखों की भाषा से भी कहा सुना जा सकता है। महर्षिस्वयं इसके अनुपम उदाहरण थे। कई शंकाएँ लेकर लोग इनके पास आते थे, ये इन्हीं भाषाओं में आत्मा की स्फुरण के द्वारा उनका समाधान कर देते थे। इनसे लाभ उठाने वालो में गणपति शास्त्री, कपाली शास्त्री, शुद्धानन्द भारती, शेषाद्रि स्वामी, योगी रंगनाथ, हम्फीस, पाल बंटन आदि व्यक्ति भी थे। शरीर भाव में महर्षि बिल्कुल शून्य थे वे चिदानन्द आत्मा के जीवित, जागृत स्वरूप थे। स्कन्दाश्रम में एक बार योगी रंगनाथ ने देखा महर्षि के "पावों में अगणित काँटे चुभे हुए थे वे निकालने का आग्रह करने लगे पर महर्षि ने कहा "काँटे तो चुभेंगे ही तुम कब तक निकालते रहोगे।" सभी प्राणियों को आत्म रूप समझने वाले महर्षि रमण का आत्म तत्व ऊपर से ओढ़ा हुआ नहीं था। उन्होंने अपने इस सत्य स्वरूप को केवल देखा ही नहीं उसे पा भी लिया था। सभी प्राणियों में एक ही चेतन तत्व है इसका उदाहरण रमणाश्रम में उन्होंने प्रस्तुत किया था। आश्रम के बन्दर, गिलहरी,

योग तत्व

मोर, साँप, गाय और कुत्ते महर्षि रमण की तरह ही महत्वपूर्ण अंग थे। महर्षि रमण जब तपस्या के लिए पर्वत की एक कन्दरा में गये थे तो वहाँ अनेकों जीव-जन्तुओं का कई समय से साम्राज्य था। यहाँ पर रमण जी तपस्या करने लगे तो जीव-जन्तुओं के एकांत में व्यवधान आया, वे उन्हें परेशान करने लगे कभी रमण के ऊपर घूमने निकल पड़ते तो कभी उन्हें काटते। रमण जी को कितने ही कीड़ों ने काटा था। जिनमें अधिकतर विषैले थे। इन सब का उनकी साधना पर कोई असर नहीं हुआ न ही उन्हें कभी क्रोध आया। वे मानते थे कि हम इन जीव-जन्तुओं के मेहमान हैं और वे हमें जैसा रखेंगे वैसा ही हमें रहना पड़ेगा। इस तरह रमण जी उन कीड़ों का भी आदर करते थे। इसका यह परिणाम हुआ कि इनके शरीर में पत्थर जैसी दृढ़ता उत्पन्न हो गयी थी। उन्हें न विष व्याप्त हुआ न इनकी हरकतों का कुछ प्रभाव ही हुआ।

महर्षि के विचारों का संकलन-

महर्षि ने कभी बड़े-बड़े ग्रंथ नहीं लिखे हैं। उनके भक्तों और शिष्यों ने उनके उपदेशों का पुस्तकीय प्रकाशन किया है। इन उपदेशों का एक-एक शब्द उनकी वैयक्तिक अनुभूति पर आधारित हैं। इसलिये ये आध्यात्मिक जिज्ञासुओं के लिए विशेष महत्वपूर्ण हैं। यूँ तो महर्षि के विचारों और कार्यों के सम्बन्ध में पच्चीसों ग्रंथ लिखे गये हैं।

आत्मानुभूति कैसे-

आत्मानुभूति या आत्म-साक्षात्कार बाहर की वस्तु नहीं है कि उसके पुनः प्राप्ति हो सके। वह तो पहले ही से विद्यमान है। "मैंने अभी आत्मानुभूति नहीं की" इस आशय वाले को मन से निकाल देना चाहिए। महर्षि कहते हैं- "निश्चलता या शान्ति ही आत्मानुभूति है। एक पल भी ऐसा नहीं है जब आत्मा विद्यमान न हो। जब तक सन्देह हो या "मैंने नहीं जाना" का भाव बना रहता है, तब तक वैसे सन्देह या विचार को मन से निकाल देने का प्रयत्न करते रहना चाहिए। मनुष्य अपनी आनन्दमय दशा से अपरिचित है। बीच में अज्ञान आकर आनन्दमय विशुद्ध आत्मा पर परदा डाल देता है। यह अज्ञान रूपी परदा, जो मिथ्या ज्ञान है, उसे दूर करने का प्रयत्न करते रहना चाहिए। शरीर, मन आदि को आत्मा मानना भूल है। इस लिए मन से मिथ्या विचार को हटाना जरूरी है।

पशु-पक्षी प्रेम

महर्षि रमण जी ने समस्त प्राणियों में एक ही दिव्य चेतना का अनुभव किया

था। इसी कारण महर्षि रमण के आश्रम के बन्दर, गिलहरी, मोर, साँप, गाय और कुत्ते इनके ही तरह महत्वपूर्ण अंग थे। एक बार महर्षि के स्कन्दाश्रम में एक विषधर सर्प आया जिसे देख उनकी माता घबड़ा गयी पर जैसे ही महर्षि ने उस सर्प की ओर स्नेह से देखा वह सर्प उनके चरणों में लेट गया। इसके बाद वह प्रायः आया करता व उनके चरण स्पर्श करता। इसी तरह एक मादा कौआ तो अपने बच्चों को दिन भर ही महर्षि के पास छोड़ देती और वह भोजन की तलाश में निकल जाती। महर्षि उन बच्चों की देखभाल करते, उन्हें खाना खिलाते पानी पिलाते। इसी तरह महर्षि के यहाँ निवास से कई प्राणी अपने परम्परागत वैमनस्य को भुलाकर मिल बन गये। यहाँ साँप और मोर एक साथ खेलते देखे जाते। आश्रम के पशु-पक्षी उनके बन्धु-बांधव बन चुके थे, वे प्रायः उन्हें प्रेम से सहलाते उनसे बात करते और प्रतिदान में उनसे भी स्नेह पाते थे। प्राणी मात्र में एकात्मता की यह अनुभूति ही उन्हें साधना पथ पर शीघ्रता से आगे बढ़ाने में सहायक हुई थी। एक बार महर्षि रमण शिलाखण्ड पर बैठे थे। एक सर्प रेंगता हुआ आया और उनके पैर पर चढ़कर चला गया। यह दृश्य उनके शिष्य देख रहे थे। उन्होंने महर्षि रमण जी से पूछा, "सर्प ने काटा क्यों नहीं ?" उस पर महर्षि रमण जी ने उत्तर दिया, "सर्प भुमि पर फन नहीं मारता क्योंकि भुमि उसके लिए कोई अवरोध, वैषम्य या अहंकार उत्पन्न नहीं करती। सर्प के काटने का कारण जीव का अहंकार, उससे उत्पन्न विषमता, भेद और उससे उत्पन्न अवरोध हैं। जहाँ अहंकार नहीं वहाँ शत्रुता नहीं है।"

सिद्ध पुरुष-

महर्षि रमण सिद्ध पुरुष थे। मौन ही उनकी भाषा थी। महर्षि मौन रहते थे पर उनके समीप आने वालोऔर प्रश्न पूछने वालो को मौन भाषा में ही उत्तर मिल जाते थे। उनकी दृष्टि नीची रहती थी, पर कभी किसी को आँख से आँख मिलाकर देखा तो इसका अर्थ होता था, उसकी दीक्षा हो गयी। उन्हें ब्रह्मज्ञान का लाभ मिल गया। ऐसे ब्रह्मज्ञानी भाग्यशाली थोड़े से ही थे। महर्षि के सत्संग में सब को एक जैसे ही सन्देश मिलते थे, मानो वे वाणी से दिया हुआ प्रवचन सुन कर उठे थे। सत्संग के स्थान में उस प्रदेश के निवासी कितने ही प्राणी नियत स्थान और नियत समय पर उनका सन्देश सुनने आया करते थे। उन पशु पक्षियों को ऐसा अभ्यास हो गया था कि वे अन्य आगन्तुकों के भीड़ से बिना डरे झिझके अपने स्थान पर आ बैठते थे और सत्संग समाप्त होते ही अपने-अपने रास्ते निकल पड़ते। इन सिद्ध योगी के पास कितने ही संस्कृत के विद्वान आते उनकी सेवा करते, अपने-अपने समाधान लेकर वापस चले जाते। इन्हीं लोगों ने महर्षि जी ने दिये शिक्षाओं तथा उनकी अनुभूतियों पर अनेक संस्कृत पुस्तकें लिखी।

योग तत्व

रमण महर्षि के तिरुवन्नामलायी आगमन के 50 वर्ष 1946 में हुए। इस उपलक्ष में स्वर्ण जयंती मनाई गयी। 1947 में उनकी तबियत ख़राब होने लगी और और कुछ समय उपरांत उनके बाएं हाथ की कोहनी में एक गांठ हो गयी। आश्रम के चिकित्सकों ने इसे काटकर बाहर निकाला लेकिन एक महीने में यह फिर से हो गयी। क्योंकि महर्षि अरुणाचलम् से बाहर नहीं जाते थे इसलिए चैन्नई से शल्य चिकित्सकों का एक दल आश्रम आया। जब शल्यक्रिया प्रारंभ करने का समय आया, तब चिकित्सकों ने महर्षि रमण को मूर्च्छावस्था में ले जाना चाहा, जिसे करने से उन्होंने मना कर दिया। शल्य चिकित्सक शल्यक्रिया करने में जुट गये, किन्तु उनके सामने एक समस्या खड़ी हो गयी। जब गाँठ में स्थित मृत कोशिकाओं को काटते हैं तो दर्द नहीं होता लेकिन जब जीवित कोशिकाओं को काटते हैं तो दर्द होता है। दर्द होने पर मूर्च्छावस्था में शरीर में हलचल होती है जिससे चिकित्सकों को ज्ञात हो जाता है कि वहाँ जीवित कोशिका है। किन्तु महर्षि रमण के मुँह से सिसकारी भी नहीं निकल रही थी। अतः डाक्टरों की परेशानी यह थी कि पता कैसे लगे कि कौन-सी कोशिकाएँ मृत हैं और कौन सी जीवित? चिकित्सकों ने अपनी परेशानी महर्षि रमण के सामने रखी तो उन्होंने कहा जिस शरीर पर तुम शल्यक्रिया कर रहे हो, वह मैं नहीं हूँ। मैंने अपने आपको शरीर से अलग कर रखा है और वेदना तो शरीर को होती है। शल्यक्रिया के बाद भी वह गांठ ठीक नहीं हो पायी।

महानिर्वाण-

इसके बाद शल्य चिकित्सकों ने महर्षि का हाथ अलग करने का सुझाव दिया जिसे उन्होंने मना कर दिया। उन्होंने कहा कि चिंता की कोई बात नहीं है, शरीर नश्वर है और इसका एक प्राकृतिक अंत है। इसे पंगु बना देना सही नहीं। महर्षि की आँखों में हमेशा की तरह चमक थी और वह अपने दर्द के प्रति उदासीन थे। उन्होंने अपने भक्तों से मिलना जारी रखा। जो भक्त उनके दुःख से दुखी थे उनसे उन्होंने कहा कि मैं यह शरीर नहीं हूँ। 15 अप्रैल 1950 की शाम के समय महर्षि ने सभी भक्तों को दर्शन दिए। आश्रम में सभी जानते थे कि अंत समय निकट है। सबने अरुणाचला शिव भजन गाया। महर्षि ने अपने सेवक से कहा कि उन्हें बैठा दे। उन्होंने थोड़े समय के लिए अपनी चमकदार और अनुगृहित आँखें खोली। उनके चेहरे पर मुस्कान थी और उनकी आँखों के बाहरी कोनो से आनंद के आँसू निकले। एक गहरी साँस के साथ वे शांत हो ये। उसी क्षण एक धूमकेतु आकाश में दिखाई दिया जो कि धीरे-धीरे पवित्र पर्वत अरुणाचला के शिखर पर पहुँच कर उसके पीछे गायब हो गया।

स्वामी दयानंद सरस्वती

जीवन परिचय -

स्वामी दयानंद सरस्वती का जन्म गुजरात के टकारा गाँव में 12 फरवरी 24 को हुआ था। मूल नक्षत्र में जन्म लेने के कारण इनका नाम मूलशंकर रखा गया। इनके पिता का नाम अंबाशंकर था। मूलशंकर बड़े मेधावी और होनहार थे।

शिक्षा -

इनके पिता अम्बाशंकर औदिच्य ब्राह्मण और एक प्रतिष्ठित जमींदार थे। आज-कल की भाँति उस समय अंग्रेजी शिक्षा का प्रचार न था। स्कूल कॉलेज न थे। सामयिक प्रथा के अनुसार स्वामी जी को बाल्यावस्था में रुद्री और शुक्ल यजुर्वेद का अध्ययन कराया गया। स्वामी जी की बुद्धि कुशाग्र थी जो पढ़ाया जाता, शीघ्र ही याद कर लेते। 13 वर्ष की अवस्था में उन्होंने संस्कृत की छोटी-मोटी पुस्तकें, अमर कोष आदि याद करके संस्कृत की अच्छी योग्यता प्राप्त कर ली थी।

इनके पिता कट्टर शिव-भक्त थे। उसी के अनुसार उन्हें भी शिक्षा दी गयी। जिससे धर्म-निष्ठा में ये अपने पिता-माता के ही तुल्य थे। चौदह वर्ष की अवस्था में माता के मना करने पर भी पिता ने बालक मूलशंकर को शिवरात्रि का निर्जल व्रत कराया। चूँकि मूलशंकर की निष्ठा सच्ची थी इससे बड़ी सावधानी से व्रत की साधना की रात्रि को जागरण किया। शिवालय में पिता तथा अन्य पुजारी आदि सो गये, पर मूलशंकर आँखो में पानी लगा लगाकर जागते रहे कि कहीं व्रत भङ्ग न हो जावे। अर्ध रात्रि में जब सब खर्राटे भर रहे थे, तो एक चूहा आकर शिव जी पर चढ़े प्रसाद को खाने लगा और उन पर खूब कूदने-फाँदने लगा। मूलशंकर यह सब दृश्य बड़े आश्चर्य के साथ देख रहे थे। चूहे के चले जाते ही उनके चित्त में विचार उठा "क्या यही सर्व-शक्तिमान, विश्वम्भर महादेव हैं जो अपने ऊपर से उपद्रवी चूहे को भी नहीं भगा सकते? वेद शास्त्रों में इन्हीं की बड़ी महिमा गाई है?" इत्यादि।

इस विचार के उत्पन्न होते ही उन्होंने अपने पिता को जगाया और सब हाल सुनाते हुए शंकित प्रश्न किया। पिता ने डाँटने-फटकारने के अतिरिक्त कोई सन्तोषजनक उत्तर न दिया और सो गये। मूलशंकर ने उसी समय घर जाकर माता को जगाया और भोजन किया। उनके चित्त से मूर्ति-पूजा की ओर से श्रद्धा हट गयी। उन्होंने निश्चय किया "जब तक शिव जी के प्रत्यक्ष दर्शन न कर लूँगा, कोई व्रत-नियम न करूँगा।

महर्षि दयानंद सरस्वती की आध्यात्मिक यात्रा-

20 वर्ष की उम्र में स्वामी जी के चाचा की मृत्यु से उनके हृदय को बहुत चोट लगी। वैराग्य उत्पन्न हो गया। कोई जानकार पुरुष मिलता तो उससे यही प्रश्न करते "मनुष्य अमर किस तरह हो सकता है?" उत्तर मिलता "योगाभ्यास से"। इस उत्तर से स्वामी जी को योगाभ्यास की शिक्षा प्राप्त करने की उत्कट इच्छा उत्पन्न हुई। उन्होंने योगी की खोज के लिए पर्यटन करना निश्चय करते हुए पिता की आज्ञा चाही। पिता क्यों आज्ञा देने लगे। बल्कि उन्हें फाँसने के विचार से विवाह की युक्ति भिड़ाने लगे। स्वामी जी यह देखकर घर से भाग खड़े हुए और साधुओं का इधर-उधर संग करने लगे। लेकिन यथार्थ साधु न मिलने से चित्त को सन्तोष न हुआ। स्वामी जी की श्रद्धा इस प्रकार के साधुओं से हटने-सी लगी। इसी समय उनके पिता ने उन्हें आ पकड़ा और सिपाहियों के पहरे में घर ले चले। रास्ते में रात को जब सब सिपाही आदि सो गये, तो स्वामी जी फिर भाग निकले दूसरे दिन, दिन भर भूखे-प्यासे एक पेड़ पर बैठे रहे कि घर वाले न पकड़ पावें। रात में आगे बढ़े और अलकनन्दा के किनारे जाकर विश्राम लिया। इस ओर उन्हें अनेक साधुओं के दर्शन हुए और उन्होंने इन्हें अच्छी-अच्छी योग की क्रियाएँ बतलाई। अलकनन्दा के तट पर पहुँचकर पहिले तो स्वामी जी ने सोचा कि इसी बर्फ में गलकर प्राण विसर्जित कर दें और संसार के झंझटों से पार हो जावें। फिर सोचा आत्म-हत्या तो महापाप है, ऐसा क्यों करें। विद्याध्ययन करके ही इस जीवन को सफल क्यों न करें। यह निश्चय करके स्वामी जी घूमते फिरते मथुरा आये। मथुरा आने से पूर्व ही मूलशंकर ने सन्यास ले लिया था और मूलशंकर से स्वामी दयानंद हो गये थे।

स्वामी विरजानंद सरस्वती से मुलाकात-

मथुरा में एक 81 वर्ष के बूढ़े धुरन्धर विद्वान् साधु रहते थे, जिनका नाम था दण्डी विरजानन्द। विरजानन्द सरस्वती प्रज्ञा-चक्षु थे। अपने समय के संस्कृत और व्याकरण के अद्वितीय पंडित थे। साथ ही स्वभाव के बड़े तीखे और रूखे थे। ऋषि दयानंद उनके पास ललाट पर भस्म लगाए, माला धारण किए, गेरुआ वस्त्र पहिने, कमण्डलु लिए पहुँचे। स्वामी विरजानन्द उनकी बातचीत से प्रसन्न हो गये और 2 वर्ष में ही अपनी विद्या उन्हें दे दी। स्वामी दयानंद ने विद्या समाप्त कर सोचा "गुरु जी को क्या गुरु दक्षिणा दूँ? मैं साधु हूँ, मेरे पास है ही क्या, यह भी विरक्त साधु हैं, लेंगे क्या? इन्हें लौंग ज्यादा प्रिय है। वही क्यों न दूँ?" यह विचार कर स्वामी जी सवा सेर लौंगें और नारियल लेकर दण्डी विरजानन्द के पास पहुँचे। बोले "महाराज, गुरु दक्षिणा लीजिए और आशीर्वाद दीजिए।" दण्डी जी बोले "बच्चा, क्या गुरु दक्षिणा है।" स्वामी जी "महाराज, मैं आपको क्या देने योग्य हूँ। लौंग-नारियल है।"

गुरु जी"मुझे यह गुरु दक्षिणा नहीं चाहिए।" स्वामी जी"महाराज, मेरे पास और क्या है, जो मैं आपको दूँ।" गुरु जी"बच्चा, मैं तुम से वही चीज माँगना चाहता हूँ जो तेरे पास है, तू दे सकता है, बोल, देगा?" स्वामी जी"यह शरीर ही आपका है, फिर जो चीज मेरे पास होगी उसे देने से इन्कार कब है?" दंडी गुरु विरजानन्द ने प्रसन्न होकर कहा"जा, बेटा ! इस देश में जो अविद्या अंधकार फैला है, जो ढोंग-पाखण्ड फैला है, उसे विद्या-रूपी प्रकाश से मिटा। पढ़ा-लिखा सार्थक कर, यही माँगता हूँ। और कुछ नहीं चाहिए।" स्वामी जी ने चरणों पर सिर रखा। बोले"महाराज, जो आज्ञा, ऐसा ही करूँगा। आशीर्वाद दीजिए।

आर्यसमाज की स्थापना-

स्वामी दयानंद सरस्वती ने गुड़ी पड़वा दिवस पर मुंबई में, सन 1875 में आर्य समाज की स्थापना की थी। इसकी नींव परोपकार, जन सेवा, ज्ञान और कर्म के सिद्धांतों को केंद्र में रख कर बनाई गयी थी। स्वामी जी का यह कल्याणकारी ऐतिहासिक कदम मील का पत्थर साबित हुआ। प्रारंभ में बड़े-बड़े विद्वान और पंडित, स्वामी दयानंद सरस्वती के विरोध में खड़े हुए। हालाँकि स्वामी जी के सटीक तर्क ज्ञान और महान समाज कलिंग की लहर के आगे विरोधाभासियों को भी नतमस्तक होना चाहिए।

स्वामी जी का मिशन मानव जाति को वेदों में निर्दिष्ट किया गया भाई भाईचारे का संदेश देना था।

स्वामी दयानंद सरस्वती द्वारा बताये गये दर्शन के चार स्तंभ हैं

कर्म प्रधान

पुनर्जन्म

सनसनाहट

ब्रह्मचर्य

योगविद्या की शिक्षा

व्यासाश्रम में योग शिक्षा

शुकेश्वर तीर्थ नर्मदा के दक्षिण तट पर है और उत्तर तट पर व्यास तीर्थ। यहाँ व्यास जी के नाम पर व्यासाश्रम है। नर्मदा की एक धरा आश्रम के उत्तर की ओर भी बह रही है इसलिए यह आश्रम द्वीप में परिणत हो गया है। इसके लिये अगल-बगल चारों तरफ झंझर, ओरी कोहिबभू, अनसूया आदि तीर्थ हैं। चाणोद से अनसूया तक नौका से आना भी सम्भव है। मैं सब ही तीर्थों में योगियों के सन्धान में घूमा था। निराश होकर मैं व्यास तीर्थ में पहुँच गया। वहाँ पहुँचने के साथ ही एक

योग तत्व

साधु वहाँ आकर "तुम दयानन्द सरस्वती हो" ऐसा बोलकर मुझ को व्यासाश्रम में ले गये ।मैं चकित हो गया । मैं समझ नहीं सका कि कैसे इनको नाम मालूम हो गया । उन्होंने रहने के लिये मुझे एक कुटिया दे दी और खाने के लिए आश्रम के पफलवान् वृक्ष दिखा दिये । वहाँ एक अति वृद्ध साधु को दिखाकर उन्होंने कहा -"इनकी सेवा का भार तुम्हारे ऊपर रहा । ये तुम्हें योग विद्या की शिक्षा देंगे और मैं बीच-बीच में तुम्हारी विद्या की परीक्षा लूँगा । मन को शान्त रखो ।" साधु बाबा का नाम था स्वामी योगानन्द । इनके साथ रहता हुआ मैं योगविद्या सीखने लगा ।

दिनचर्या-

उन्होंने मेरी दिनचर्या का कार्यक्रम इस प्रकार बनवा दियाः-

1. रात्रि के तृतीय प्रहर में से उठकर सूर्योदय तक धारणा और ध्यान में बैठे रहना ।

2. सवेरे नित्यकर्म और नैमित्तिक कर्म के बाद योग शास्त्रों का स्वाध्याय करना और अल्प समय के लिए शंका- समाधन करना ।

3. दोपहर में आहारादि के बाद विश्रामान्त में क्रिया योग का अभ्यास करना ।

4. अपराह्न को वन-भ्रमण और वृक्ष-मूल में बैठकर भगवच्चिन्तन ।

5. सायं को नित्य और नैमित्तिक समापनान्त में धारणा, ध्यान और क्रिया योग के अनुशीलन ।

प्राणायाम शिक्षा -

गुरुजी ने उपदेश दिया- आसन का अभ्यास होने पर शीतोष्ण, क्षुधा- तृष्णा, सुख-दुःखादि द्वन्द्व चित्त को प्रभावित और पराभूत नहीं कर सकते हैं । आसन जय होने से प्राणायाम सम्भव होता है । प्राणायाम-शिक्षा के साथ-साथ 'नाड़ी नाड़ी शोधन भी करनी चाहिये ।

लेखन साहित्य -

आर्याभिविनय	आर्योद्देश्यरत्नमाल	वेदांगप्रकाश
पंचमहायज्ञविधि	अष्टाध्यायीभाष्य	व्यवहारभानु
यजुर्वेद भाष्य	संस्कृतवाक्यप्रबोध	सत्यार्थप्रकाश

ऋग्वेद भाष्य	भ्रान्ति निवारण	गोकरुणानिधि
ऋग्वेदादिभाष्य भूमिका	संस्कार विधि	चतुर्वेद विषय सूची

महानिर्वाण-

एक बार राजा एक नन्ही सी नर्तकी के साथ समय व्यतीत कर रहे थे. यह सब जब स्वामी दयानंद ने देखा तो उन्होंने राजा से कहा एक ओर आप जहाँ धर्म से जुड़ना चाहते हैं और दूसरी ओर आप विलासिता की दुनिया में जी रहे हैं. इस तरह आप ज्ञान प्राप्ति नहीं कर सकते. स्वामी जी की बातों का राजा के मन पर गहरा प्रभाव पड़ा. उन्होंने उस नर्तकी से अपने सारे रिश्ते खत्म कर दिए. जिसके कारण नन्ही नर्तकी ने स्वामी दयानंद से नाराज होकर उनके भोजन में कांच के टुकड़े मिला दिए. जिससे स्वामी जी का स्वास्थ्य खराब हो गया. नर्तकी ने यह कार्य रसोइया के साथ मिलकर किया था। 29 सितम्बर 1883 की घटना थी। इसी दिन रात्रि में स्वामी जी को दूध पीने के लिए दिया गया। दूध पीने के थोड़ी देर बाद स्वामी जी के पेट में भयानक दर्द होने लगा। शायद दूध में विष मिला दिया गया था। सूचना पाकर महाराजा खुद आये। डॉक्टर सूर्यमल को बुलाया गया। उपचार से कोई लाभ नहीं हो रहा था। उस समय के प्रख्यात चिकित्सक डॉ0 सूर्यमल और डॉ0 अलीमुद्दीन ने बहुत प्रयास किया। जलवायु-परिवर्तन की दृष्टि से उन्हें माउण्ट आबू लाया गया। थोड़ा सुधार हुआ। मगर ब्रिटिश-सरकार ने माउण्ट आबू में रहने से मना कर दिया। वहाँ से स्वामीजी अजमेर आ गये। उनकी तबियत बिगड़ती गयी। अन्ततः 30 अक्टूबर 1883 को दीपावली के दिन ही वह ज्ञानदीप सदा के लिए बुझ गया। सर्वत्र शोक की लहर छा गयी। अजमेर के मलूसर शमशान घाट पर उनकी अंत्येष्टि की गयी।

श्यामाचरण लाहिड़ी

जीवन परिचय -

श्यामाचरण लाहिड़ी 18वीं शताब्दी के उच्च कोटि के साधक थे जिन्होंने सद्गृहस्थ के रूप में यौगिक पूर्णता प्राप्त कर ली थी। आपको लाहिड़ी महाशय भी कहते हैं। इनकी गीता की आध्यात्मिक व्याख्या आज भी शीर्ष स्थान पर है। इन्होंने वेदान्त, सांख्य, वैशेषिक, योगदर्शन और अनेक संहिताओं की व्याख्या भी प्रकाशित की। इनकी प्रणाली की सबसे बड़ी विशेषता यह थी कि गृहस्थ मनुष्य भी योगाभ्यास द्वारा चिर-शांति प्राप्त कर योग के उच्चतम शिखर पर आरूढ़ हो सकता है। आपका जन्म बंगाल के नदिया जिले की प्राचीन राजधानी कृष्ण नगर के

निकट धरणी नामक ग्राम के एक संभ्रान्त ब्राह्मण कुल में अनुमानतः 1825-26 ई. में हुआ था। उनके पिता का नाम श्री गौरमोहन लाहिड़ी और माता का नाम श्रीमती मुक्तकाशी था। उनकी माता का देहांत बचपन में ही हो गया था।

उनका बचपन घुरणी ग्राम में ही बीता। चार पाँच वर्ष की अवस्था में ही वह बालू में अपना पूरा शरीर अंदर कर केवल सर बाहर कर के एक विशिष्ट योगासन में बड़ी देर तक बैठे रहते थे।

शिक्षा -

पठन-पाठन काशी में हुआ। बंगला, संस्कृत के अतिरिक्त अपने अंग्रेजी भी पड़ी यद्यपि कोई परीक्षा नहीं पास की। लाहिड़ी जी ने काशी में ही संस्कृत, उर्दू, बंगाली, अंग्रेजी और फ्रेंच भाषा की पढ़ाई की।

विवाह एवं गृहस्थ जीवन-

सन् 1846 में लाहिड़ी जी का विवाह श्री देवनारायण सान्याल की पुत्री काशीमणि देवी के साथ हुआ। लाहिड़ी महाशय जी के दो पुत्र एवं दो पुत्रियां हुई। सन् 1851 में लाहिड़ी की नियुक्ति ब्रिटिश सरकार के सैनिक इंजीनियरिंग विभाग में एकाउण्टेट के पद पर हुई। अनेक जगह इनका तबादला होता रहा और अन्ततः आपकी बदली दानापुर में हुई। कुछ समय बाद सम्पर्क को लेकर इनके परिवार में झगड़ा होने लगा। धन के प्रति लाहिड़ी जी को कोई विशेष मोह नहीं था। इन्होंने अपनी सारी सम्पत्ति सौतेले भाई को दे दी और गरूड़ेश्वर में अपने लिये नया घर ले लिया। कुछ समय बाद दानापुर से इनकी बदली रानीखेत हो गयी। अपना परिवार काशी में ही छोड़कर ये रानीखेत के लिये रवाना हो गये। वहाँ अपना कार्य संभाल लेने के बाद ये प्रतिदिन हिमालय की आभा को देखने के लिये कई मील पैदल चले जाया करते थे।

दीक्षा-

एक दिन हिमालय दर्शन के दौरान ये पैदल चलते हुए द्रोणगिरि तक जा निकले। जैसे ही लाहिड़ी जी वहाँ पर पहुँचे तो इनको लगा कि जैसे कोई आवाज देकर इन्हें बुला रहा है। पुकारने वाले व्यक्ति ने शायद एक-दो बार ही उनका नाम पुकारा होगा। किन्तु वह पुकार पहाड़ों से टकराकर बार-बार गूंजने लगी। लाहिड़ी अत्यन्त आश्चर्य से पुकारने वाले व्यक्ति को ढूंढने लगे। सहसा उन्होंने पर्वत के शिखर पर एक युवा व्यक्ति को देखा, जो उन्हें अपने पास आने के लिये संकेत कर

रहा था।

उस युवक ने उनसे पूछा कि क्या वह उन्हें पहचान पा रहे हैं तथा साथ ही एक गुफा में उन्हें ले जाकर पूछा कि इस कमण्डल और कंबल को पहचान रहे हो।? लाहिड़ी महाशय जी ने प्रत्युत्तर में कहा कि वे न तो उन्हें और न ही इन सामग्रियों को पहचान रहे हैं। उस युवक ने कहा कि मैंने तुम्हें एक विशेष कार्य से तुम्हें यहाँ बुलाया है और मैं 40 वर्षों से तुम्हारी प्रतीक्षा कर रहा हूँ। जब वह कार्य पूरा हो जायेगा तो तुम्हें यहाँ से जाना पड़ेगा।

इतना कहने के बाद उन्होंने लाहिड़ी जी के ललाट को स्पर्श किया। ऐसा करते ही लाहिड़ी जी के शरीर में एक प्रकार की विद्युत दौड़ गयी और उन्हें अपने पिछले जन्म की सारी घटनाएँ याद आ गयी।उन्होंने उस युवक को साष्टांग प्रमाण करते हुए कहा कि मैं आपको पहचान गया। आप मेरे गुरुजी हैं और ये कमंडल और कम्बल मेरी ही है। मैं इसी गुफा में तपस्या करता था।

इसके बाद उनके गुरु ने पूरे विधान से उनके पहले के जन्म के सभी कर्म संस्कारों को हटाते हुए उन्हें क्रिया योग की दीक्षा दी। यह क्रिया योग का अभ्यास कई दिनों तक लगातार चलता रहा।

इसके बाद 8 वें दिन उनके गुरु ने कहा कि उनका कार्य समाप्त हो गया है और अब तुम एक सन्यासी के रूप में नहीं वरन् गृहस्थ के रूप में जनकल्याण का कार्य करो तथा उपयुक्त व्यक्तियों को जो ईश्वर के लिये अपना सब कुछ समर्पित कर सकते हैं, उन्हें क्रियायोग में दीक्षित करना।

जब अपने गुरु से अलग होते हुए लाहिड़ी जी रोने लगे तो उन्होंने कहा कि "तुम चिन्ता मत करो। मैं हमेशा तुम्हारे साथ ही रहूँगा।

क्रिया योग -

लाहिड़ी महाशय के गुरु ने उनसे कहा - "इस 19वीं सदी में जिस क्रियायोग को मैं तुम्हारे द्वारा विश्व को दे रहा हूँ वह उसी विज्ञान का पुनः जीवन है जिसे सहस्राब्दियों पूर्व भगवान् श्रीकृष्ण ने अर्जुन को प्रदान किया था। बाद में जिसका ज्ञान पतंजलि, ईसा मसीह, सेण्ट जान, सेण्ट पाल आदि उनके अनेक शिष्यों को प्राप्त हुआ था।" लाहिड़ी महाशय के प्रमुख भक्तों में स्वामी पंचानंद भट्टाचार्य, युक्तेश्वर गिरि, ब्रह्मचारी भूपेन्द्र नाथ सन्याल एवं परमहंस योगानंद के अभिभावक शामिल थे। लाहिड़ी महाशय से जिन्होंने क्रिया योग की दीक्षा ली उनमें भाष्करानंद सरस्वती, बाल नंदा ब्रह्मचारी (देवघर) तथा वाराणसी के महाराजा ईश्वरी नाथ नारायण सिन्हा एवं उनके पुत्र शामिल हैं। लाहिड़ी महाशय की एक गुप्त डायरी में लिखा गया है कि सिरडी के साई बाबा को भी उन्होंने क्रिया योग का ज्ञान दिया

था। लाहिड़ी महाशय के 26 गुप्त डायरियां थी। स्वामी पंचानंद भट्टाचार्य के कई शिष्य देवघर एवं बिहार में हुए जिन्होंने अन्य लोगों को क्रिया योग की दीक्षा दी। उन्होंने अपने एक शिष्य स्वामी पंचानंद भट्टाचार्य को क्रिया योग की दीक्षा देने के लिए कोलकता में संस्थान खोलने की अनुमति दी थी। 1995 में लाहिड़ी महाशय ने अपने तमाम शिष्यों को इकट्ठा कर योग क्रिया की शिक्षा देनी शुरू की। उन्होंने कुछ शिष्यों को बताया था कि वह शीघ्र शरीर छोड़ने वाले हैं। मृत्यु के चंद सेंकड पहले काशी बाबा ने कहा कि वह अपने घर जा रहे हैं। अच्छे से रहें, मैं फिर उदय होऊंगा। इतना कहकर उन्होंने तीन बार अपने शरीर को हिलाया और उत्तर दिशा में सिर रखकर महाप्रयाण में चल गये। काशी बाबा के बारे में कहा जाता है कि उनमें अद्भुत शक्ति थी।

धीरे-धीरे लाहिड़ी महाशय की ख्याति चारों ओर फैलने लगी और उनका घर श्रद्धालुओं के लिये एक तीर्थ स्थल बन गया।

श्यामाचरण लाहिड़ी जी की शिक्षाएँ -

लाहिड़ी महाशय कहते थे "यह याद रखो की तुम किसी के नहीं हो और कोई तुम्हारा नहीं है। इस पर विचार करो कि किसी दिन तुम्हें इस संसार का सब कुछ छोड़ कर चल देना है। इसलिए अभी से ईश्वर को जान लो।"

"ईश्वरानुभूति के गुब्बारे में प्रतिदिन उड़कर मृत्यु की भावी सूक्ष्म यात्रा के लिए अपने को तैयार करो। माया के प्रभाव में तुम अपने को हाड़ माँस की गठरी मान रहे हो। यही दुखों का कारण है।"

"अनवरत ध्यान करो। जिससे तुम अपने आप को और अपनी अन्तर्निहित शक्तियों को पहचान सको। अपने अंदर स्थित ईश्वर को पहचान सको। क्रिया योग की गुप्त कुंजी के द्वारा देह कारागार से मुक्त होकर परमतत्व में भाग निकलना सीखो।"

वे कहते थे "मुसलमान को प्रतिदिन पाँच बार नमाज पढ़नी चाहिये। हिन्दू को दिन में कई बार ध्यान में बैठना चाहिए। ईसाई को रोज घुटनों के बल बैठकर प्रार्थना करके बाईबिल का पाठ करना चाहिए।" वे कहते " केवल वही बुद्धिमान है जो प्राचीन दर्शन का केवल पठन पाठन करने के बजाय उनकी अनुभूति करने का प्रयास करता है।"

उनका स्वयं का जीवन भी उन लोगों के लिए शिक्षाप्रद था। जो यह कहते हैं कि नौकरी, व्यवसाय और पारिवारिक जिम्मेदारियों के बाद आध्यात्मिक साधना के लिए समय ही कहाँ बचता है।

उन्होंने ऐसे लोगों के सामने अपने स्वयं के जीवन का उदाहरण प्रस्तुत किया। उन्होंने नौकरी और पारिवारिक जिम्मेदारियों को निभाते हुए साधना के उच्चतम

शिखर को स्पर्श किया।

योगी श्यामाचरण लाहिड़ी के चमत्कार-

लाहिड़ी जी के चमत्कारों की संख्या इतनी अधिक है कि सबका वर्णन करना संभव नहीं है। तथापि कुछ घटनाओं का वर्णन दिया जा रहा है।

एक बार लाहिड़ी महाशय अपने शिष्यों को गीता का रहस्य समझा रहे थे। अचानक वह हांफते हुए चिल्ला उठे- "जापान के समुद्र तट के पास मैं अनेक लोगों के शरीर के माध्यम से डूब रहा हूँ।" कुछ दिन बाद समाचारपत्रों में जापान के निकट समुद्र में एक जहाज में यात्रा कर रहे लोगों के डूबने का समाचार छपा।

लाहिड़ी महाशय के शरीर में प्रायः सामान्य मानवों की भांति लक्षण नहीं दिखते थे। जैसे घण्टों तक बिना पलक झपकाए आंखों का खुला होना, नाड़ी और हृदय की धड़कन का रुका होना। महायोगी अपनी बैठक में कई कई दिनों तक एक ही आसन पर बैठे बैठे लोगों से मिलते रहते थे। दिन रात उनके यहाँ मिलने वालो का तांता लगा रहता था। लेकिन कभी किसी ने उन्हें आराम करते या सोते नहीं देखा था।

परमहंस योगानन्द जी के गुरु श्री युक्तेश्वर जी ने योगी कथामृत में एक घटना का वर्णन किया है कि एक बार लाहिड़ी महाशय ने उनके एक मित्र को मृत्यु के लगभग चौबीस घण्टे बाद जीवित कर दिया था।

अपने सेवाकाल में एक बार एक अंग्रेज अधिकारी की बीमार पत्नी जो कि इंग्लैण्ड में थी, उसकी सूचना उसके पति को भारत में दे दी थी। कुछ माह बाद वह महिला जब अपने पति के पास आई। तो यहाँ लाहिड़ी महाशय को देखकर श्रद्धा से नत हो गयी। उसने बताया कि लाहिड़ी महाशय को उसने अपनी रोगशय्या के पास देखा था। उसी दिन से वह स्वस्थ हो गयी।

महानिर्वाण-

इस तरह के अनेकों चमत्कार योगी श्यामाचरण लाहिड़ी जी ने अपने जीवनकाल में किये थे। योगसाधना को जनसामान्य तक पहुंचाने वाले योगावतार महायोगी श्यामाचरण लाहिड़ी महाशय ने 26 सितंबर 1895 को इस नश्वर देह को त्याग दिया। परन्तु उनकी यशगाथा चिरकाल तक भारत के आध्यात्मिक जगत का मार्गदर्शन करती रहेगी.

स्वामी कुवल्यानन्द

जीवन परिचय -

स्वामी कुवल्यानन्द जी का जन्म 30 अगस्त 1883 में डमोयी गुजराज में हुआ था। जो एक निर्धन ब्राह्मण परिवार था। उनका पूर्वनाम जगन्नाथ गुणे था।

शिक्षा-

कुवल्यानन्द जी अपने विद्यार्थी जीवन में एक मेधावी छात्र के रूप में जाने जाते थे। ये संस्कृत के अग्रणी छात्र के रूप में रहे। सन् 1903 में उन्होंने मैट्रिक में राज्य स्तर में सभी विद्यार्थियों में सर्वाधिक अंक प्राप्त किये। संस्कृत में उन्होंने छात्रवृत्ति भी प्राप्त की। विद्यार्थी जीवन में ये लोकमान्य तिलक और श्री अरविन्द जैसे राजनीतिज्ञों से अत्याधिक प्रभावित थे और इसी कारण इन्होंने मानवता की सेवा करने का अपना विचार बनाया। उनकी महाविद्यालयीन शिक्षा बड़ोदा में हुई तथा सन् 1910 में उन्होंने बी. ए. की परीक्षा पास की। इनके पहले गुरु राजरत्न प्रोफेसर 'मनिक राव' थे। इनसे इन्होंने 1907 से 1910 तक शारीरिक शिक्षा में प्रशिक्षण प्राप्त किया और सन् 1917 में स्वामी जी 'परमहंस माधवदास जी' महाराज के सम्पर्क में आये। इनसे इन्होंने 'योग विद्या' के गुप्त रहस्यों को जाना और अन्य यौगिक क्रियाएँ भी सीखी। माधव दास जी की शिक्षा से प्रभावित होकर इन्होंने अपना सम्पूर्ण जीवन योग की वैज्ञानिक विधि को सामान्य मनुष्यों तक पहुँचाने का मन बनाया। ये योग की विधियों और अपने गुरु के प्रति पूर्ण श्रद्धावान् एवं समर्पित थे। कुवल्यानन्द जी के विचार से योग ऐसी विद्या है जिसके माध्यम से एक सामान्य मनुष्य भी ऊँचे स्थान पर पहुँच सकता है।

मानवता की सेवा हेतु प्रयास -

स्वामी कुवलयानंद जी के प्रथम गुरु राजरत्न प्रोफेसर मालिकराय थे, जिनसे इन्होंने सन् 1907 से 1910 तक शारीरिक शिक्षा का प्रशिक्षण प्राप्त किया। इनके दूसरे गुरु जिनसे इन्होंने योग के गुप्त रहस्यों को जाना वे थे - माधवदास जी महाराज।

माधवदास जी प्रभावित होकर स्वामी कुवलयानंद जी के मन में विचार आया कि योग का वैज्ञानिक पक्ष सामान्य जन के समक्ष उद्घाटित किया जाता ना चाहिये, जिससे कि प्रत्येक मनुष्य अपनी छिपी एवं लुप्त क्षमताओं को जागृत एवं सक्रिय करके अपने जीवन को उन्नत बना सके।

इस हेतु इन्होंने शर्कर शास्त्र का गहन अध्ययन किया तथा योगाभ्यासों के

शरीर एवं मन पर पड़ने प्रभावों के प्रयोगात्मक ढंग से वैज्ञानिक अध्ययन करना प्रारम्भ कर दिया।

पाठकों, आपको जानकारी के लिये बता दें कि स्वामी कुवलयानंद जी ने योगाभ्यासों में भी प्रमुख रूप से दो यौगिक क्रियाओं उड्डियान बंध और नेति क्रिया के शरीर तथा मन पर पड़ने वाले प्रभावों का विशेष रूप से अध्ययन किया। इसके अतिरिक्त उन्होंने विविध प्रकार के आसन, प्राणायाम, षट्कर्म, बन्ध एवं मुद्राओं का भी वैज्ञानिक अध्ययन किया।

जीवन के उद्देश्य -

स्वामी जी ने अपने जीवन के तीन उद्देश्य निर्धारित किये थे-

1. धार्मिक, अध्यात्मिक एवं सांस्कृतिक शिक्षा द्वारा राष्ट्र-निष्ठ, तेजस्वी, तरूण पीढ़ी का निर्माण।

2. शारीरिक बल संवर्धन की भारतीय पद्धतियों का आधुनिकीकरण कर उनका शिक्षा योजना में समावेश।

3. शारीरिक, मानसिक तथा आध्यात्मिक दृष्टि से योग का आधुनिक विज्ञान से समन्वय कर अध्यात्म और विज्ञान में अद्वैत सिद्ध करना।

कैवल्यधाम योग संस्थान के विभाग-

कैवल्यधाम योग संस्थान में कई विभाग हैं जिनमें वैज्ञानिक अनुसंधान विभाग, योग स्वास्थ्य केन्द्र, आश्रम, दार्शनिक योग में साहित्यिक अनुसंधान विभाग, गोवर्धनदास सकसारिया कॉलेज योग और सांस्कृतिक का संश्लेषण कर रहे हैं। यह वैज्ञानिक अनुसंधान विभाग पाँच खण्डों में है। फिजियोलॉजी विभाग, जैव रसायन विभाग, मनोवैज्ञानिक विभाग, शारीरिक शिक्षा की धारा, न्यूरो मनोविज्ञान विभाग। यहाँ आसन, क्रिया, प्राणायाम और योग प्रशिक्षण, योग चिकित्सा, विशेष परियोजनाओं, भविष्य अनुसंधान योजनाओं, अनुसंधान आधारित पाठयक्रम, अनुसंधान मान्यता और सहयोगी अनुसंधान, योग प्रथाओं के लाभ आदि शोध किये जाते हैं। इस केन्द्र में एक आश्रम भी है जहाँ प्राणायाम की विशेष कक्षाएँ और ईश्वर प्रणिधान का अभ्यास होता है। इस आश्रम में पुरानी हिंदू परंपरा का अनुसरण किया जाता है। यहाँ एक गौशाला है जिसमें मवेशियाँ 200 के आसपास हैं। गाय का दूध छात्रों के बीच वितरित किया जाता है। दार्शनिक साहित्यिक अनुसंधान केन्द्र में बुनियादी काम और विलक्षणात्मक कार्य शामिल हैं। यहाँ के योग और सांस्कृतिक संश्लेषण में कॉलेज में विभिन्न पाठयक्रमों, प्रमाण पत्र पाठयक्रम, एम.फिल. और विदेशी छात्रों के लिए पी.एच.डी. छात्रवृत्ति कार्यक्रम के

योग तत्व

लिए डिप्लोमा से लेकर ऑफर भी उपलब्ध हैं। यह केन्द्र यौगिक स्वास्थ्य देखभाल केन्द्र, योग चिकित्सा और अन्य प्राकृतिक चिकित्साएँ प्रदान करता है।

गोवर्धनदास कॉलेज की स्थापना -

सन् 1950 में लोनावाला में योग और सांस्कृतिक अध्यापन के उद्देश्य से स्वामी द्वारा गोवर्धनदास कॉलेज की स्थापना की गयी। इस कॉलेज की स्थाना का सर्वप्रमुख उद्देश्य था - युवाओं में मानवता एवं आध्यात्मिकता का विकास करना तथा अपने देश एवं संस्कृति के उत्थान की भावना का विकास करना।

स्वामी जी के योग के क्षेत्र में उल्लेखनीय योगदान एवं इस विषय के प्रति अटूट श्रद्धा एवं समर्पण को देखकर अनेक राज्य सरकारों ने अपने यहाँ योग के प्रचार-प्रसार के लिये इन्हें आमंत्रित किया। स्वामीजी ने शिविरों के माध्यम से भी शिक्षकों को योग का प्रशिक्षण प्रदान किया। न केवल भारत वरन् विदेशों में भी कैवल्यधाम लोनावाला से अध्ययन किये हुए व्यक्ति योग शिक्षकों के पदों पर नियुक्त किये गये।

इस प्रकार पाठकों, स्वामी कुवलयानंद जी ने अपना समस्त जीवन भारत की प्राचीनतम एवं महान धरोहर योग विद्या के उत्थान में तथा वैज्ञानिक ढंग से इसे जन सामान्य के सम्मुख लाने में लगा दिया। समस्त मानव जाति उनके इस अमूल्य योगदान के लिये हमेशा कृतज्ञ रहेगी।

कुवल्यानन्द जी के विचार-

स्वामी जी का साधु सन्यासी एवं योगियों के लिए निर्धारित गेरूआ वस्त्र आदि परिधान पर विश्वास नहीं था। अतः उन्होंने सर्वसाधारण वेश भूषा में ही जीवन बिताया। वे नियमित रूप से कुछ समय गायत्री मंत्र के जप तथा आत्म चिंतन प्रवृत्तियों में लीन रहा करते थे पर कभी उन्होंने सिद्धि, चमत्कार आदि मौलिक प्रवृत्तियों में अपनी आध्यात्मिक शक्ति का दुरूपयोग नहीं किया। मनुष्य मात्र की शारीरिक एवं मानसिक व्यधियों का निराकरण कर उसे अध्यात्मिकता की ओर अग्रसर करना, यही उनके जीवन का लक्ष्य था जिस पर वे अन्त तक आरूढ़ रहे। हृदय व्यथा और वृद्धावस्था के बावजुद वे 'कैवल्यधाम' के नित्य कार्य में अन्त समय तक जुटे रहे। इनका विश्वास था कि जब तक मनुष्य स्वार्थ, ईर्ष्या, क्रोध, लोभ, भय आदि विषयों से अलिप्त नहीं हो पाता, तब तक स्थायी विश्व शांति की आशा नहीं है। उनकी मान्यता के अनुसार योग इस ध्येय की प्राप्ति के लिये एक परिणामकारी साधन हो सकता है क्योंकि योग द्वारा व्यक्ति का सर्वांगीण विकास हो सकता है। यह जीवन जीने की कला है। जिससे हम शरीर, मन व बुद्धि को

स्वस्थ बनाते हुए एवं सुन्दर ढ़ंग से जीते हुए आध्यात्मिक विकास कर सकते हैं। "वैज्ञानिक योगपूर्ण कैवल्यधाम" कुवल्यानंद जी की अपने विचारों की अभिव्यक्ति है। इसका एकल योगदान इन्हें ही जाता है। इनकी यह खोज निर्धारित थी पर इसके पूर्णता के बारे में दावा नहीं था जो पूर्ण हुआ। कुवल्यानंद जी के समय और आज भी यहाँ पर नियोजित कार्य, प्रशिक्षण शिविरों, सम्मेलनों तथा संगोष्ठियों आदि का आयोजन किया जाता है। जिसके द्वारा राजकीय, आर्थिक, सामाजिक एवं नैतिक मूल्य आध्यात्मिक मूल्यों पर अधिष्ठित हों, ऐसे योगनिष्ठ समाज का पुनः निर्माण ही स्वामी जी का स्वप्न था, जिसे प्रत्यक्ष करना भारत की प्रबुद्ध पीढ़ी का कर्तव्य है।

तिरुमलई कृष्णमाचार्य

जीवन परिचय -

तिरुमलई कृष्णमाचार्य को 'मॉडर्न योग का पितामह' कहा जाता है। हिमालय की गुफाओं में योग की बारीकियां सीखने वाले कृष्णमाचार्य, योग के साथ आयुर्वेद के भी जानकार थे। कृष्णमाचार्य का जन्म 18 नवंबर 1888 को दक्षिण भारत के वर्तमान कर्नाटक के चिलदुर्ग जिले में स्थित मुचुकुंदपुरा में एक रूढ़िवादी अयंगर परिवार में हुआ था। उनकी पहली भाषा द्रविड़ भाषा तेलुगु थी। जिसका अर्थ है कि तेलुगु नाम शैली के अनुसार तिरुमलई परिवार का नाम है, जो आमतौर पर संक्षिप्त रूप में है, और कृष्णमाचार्यष्महत्त्वपूर्ण दिया गया नाम है। उनके माता-पिता श्री तिरुमलई श्रीनिवास तताचार्य, वेदों के प्रसिद्ध शिक्षक, और श्रीमति रंगनायकायम्मा थे। कृष्णमाचार्य छह बच्चों में सबसे बड़े थे। उनके दो भाई और तीन बहनें थीं। छह साल की उम्र में, उन्होंने उपनयन कराया। इसके बाद उन्होंने अमरकोश जैसे ग्रंथों से और अपने पिता के कड़े तेवर के तहत वेदों का जाप करने के लिए संस्कृत बोलना और लिखना सीखना शुरू किया।

जब कृष्णमाचार्य दस वर्ष के थे, तब उनके पिता की मृत्यु हो गयी, और परिवार को कर्नाटक के दूसरे सबसे बड़े शहर मैसूर जाना पड़ा, जहाँ कृष्णमचार्य के परदादा एचएच श्री श्रीनिवास ब्रह्मतंत्र पराक्रम स्वामी, पराकाला मठ के प्रमुख थे।

शिक्षा-

कृष्णमाचार्य ने भारत के छह दरारों या भारतीय दर्शनों का अध्ययन करते हुए यात्रा करने में अपना बहुत समय व्यतीत किया वैयक्तिक, नैय्या, साख्य, योग, मीमांसा और वेदांत। 1906 में अठारह वर्ष की आयु में, कृष्णमाचार्य ने मैसूर को बनारस में विश्वविद्यालय में भाग लेने के लिए छोड़ दिया। विश्वविद्यालय में

रहते हुए उन्होंने तर्कशास्त्र और संस्कृत का अध्ययन किया जो ब्रह्मश्री शिवकुमार शास्त्री के साथ काम कर रहे थे, उम्र के सबसे महान व्याकरणविदों में से एक। उन्होंने ब्रह्मसरी लिलिंग राम शास्त्री से मीमांसा भी सीखी।

1914 में, वह एक बार फिर बनारस से क्वींस कॉलेज में कक्षाओं में भाग लेने के लिए रवाना हुए, जहाँ उन्होंने अंततः कई शिक्षण प्रमाणपत्र अर्जित किए। पहले वर्ष के दौरान उनके पास अपने परिवार से बहुत कम या कोई वित्तीय सहायता नहीं थी। खाने के लिए, उन्होंने धार्मिक भिखारियों के लिए बनाए गये नियमों का पालन किया उन्हें हर दिन केवल सात घरों में जाना था और केक के लिए पानी के साथ गेहूँ के आटे के बदले में एक प्रार्थना की पेशकश की। कृष्णमाचार्य ने पूर्वी भारत के एक राज्य बिहार में, पटना विश्वविद्यालय में वैदिक का अध्ययन करने के लिए अंततः क्वींस कॉलेज छोड़ दिया। उन्होंने बंगाल के वैद्य कृष्णकुमार के अधीन आयुर्वेद का अध्ययन करने के लिए छात्रवृत्ति प्राप्त की।

कृष्णमाचार्य को दीवानघाट (दरभंगा के भीतर एक रियासत) के राजा के राज्याभिषेक के लिए आमंत्रित किया गया था, जिस पर उन्होंने एक बहस में बिहारी लाल नामक विद्वान को हराया और राजा से पुरस्कार और सम्मान प्राप्त किया। बनारस में उनका प्रवास 11 वर्ष तक चला। उन्होंने योग गुरु श्री बाबू भगवान दास से पढ़ाई की और पटना के सांख्य योग परीक्षा में उत्तीर्ण हुए। उनके कई प्रशिक्षकों ने योग के अध्ययन और अभ्यास में उनकी उत्कृष्ट क्षमताओं को पहचाना और उनकी प्रगति का समर्थन किया। कुछ ने पूछा कि वह अपने बच्चों को पढ़ाते हैं।

मैसूर की यात्रा - 1926 में, मैसूर के महाराजा, कृष्ण राजा वाडियार (1884-1940) अपनी माँ का 60 वां जन्मदिन मनाने के लिए वाराणसी में थे और उन्होंने योगाचार्य के रूप में कृष्णमाचार्य की शिक्षा और कौशल के बारे में सुना। महाराजा कृष्णमाचार्य से मिले और युवक की नीयत, अधिकार और विद्वता से इतना प्रभावित हुए शुरूआत में कृष्णमाचार्य ने मैसूर पैलेस में योग सिखाया। वह जल्द ही महाराजा का एक विश्वसनीय सलाहकार बन गया, और उसे अस्थाना विदवान - महल के प्रखर बुद्धिजीवी की मान्यता दी गयी।

1920 के दशक के दौरान, कृष्णमाचार्य ने योग में लोकप्रिय रुचि को प्रोत्साहित करने के लिए कई प्रदर्शन किए। इनमें उसकी नब्ज को निलंबित करना, अपने नंगे हाथों से कारों को रोकना, कठिन आसनों का प्रदर्शन करना और भारी वस्तुओं को अपने दाँतों से उठाना शामिल था। पैलेस संग्रह के रिकॉर्ड बताते हैं कि महाराजा योग के प्रचार में रुचि रखते थे और लगातार कृष्णमाचार्य को व्याख्यान और प्रदर्शन देने के लिए देश भर में भेजते थे।

1931 में, कृष्णमाचार्य को मैसूर के संस्कृत कॉलेज में पढ़ाने के लिए आमंत्रित किया गया। महाराजा जिन्होंने महसूस किया कि योग ने उनकी कई बीमारियों को ठीक करने में मदद की है, उन्होंने कृष्णमाचार्य से उनके संरक्षण में एक योग विद्यालय खोलने के लिए कहा और बाद में योगशाला शुरू करने के लिए पास के एक महल जगनमोहन पैलेस का विंग दिया गया। एक स्वतंत्र योग संस्थान जो 11 अगस्त 1933 को खोला गया।

1934 में उन्होंने योग मकरंद पुस्तक लिखी जो मैसूर विश्वविद्यालय द्वारा प्रकाशित की गयी थी। 1940 में, कृष्ण राजा वाडियार की मृत्यु हो गयी। उनके भतीजे और उत्तराधिकारी, जयचामाराजेंद्र वाडियार (1919-1974), योग में कम रुचि रखते हैं, अब ग्रंथों को प्रकाशित करने और शिक्षकों की टीमों को आसपास के क्षेत्रों में भेजने के लिए सहायता प्रदान नहीं करते हैं। 1946 में भारत में आजादी मिलने के बाद हुए राजनीतिक परिवर्तनों के बाद एक नई सरकार अस्तित्व में आई और महाराजाओं की शक्तियों पर अंकुश लगाया गया। योग विद्यालय के लिए धन की कटौती की गयी और कृष्णमाचार्य ने स्कूल को बनाए रखने के लिए संघर्ष किया। 60 वर्ष (1948) की उम्र में कृष्णमाचार्य को छात्रों को खोजने और अपने परिवार के लिए प्रदान करने के लिए बड़े पैमाने पर यात्रा करने के लिए मजबूर किया गया था। मैसूर में योगशाला को केसी रेड्डी द्वारा बंद करने का आदेश दिया गया था, मैसूर राज्य के पहले मुख्यमंत्री और स्कूल अंततः 1950 में बंद हो गये।

आयुर्वेद चिकित्सक -

कृष्णमाचार्य आयुर्वेदिक चिकित्सा के एक चिकित्सक थे। उन्होंने पोषण, हर्बल चिकित्सा, तेलों के उपयोग और अन्य उपचारों का गहन ज्ञान रखा। एक आयुर्वेदिक चिकित्सक के रूप में कृष्णमाचार्य का रिवाज एक मरीज के लिए सबसे कुशल मार्ग निर्धारित करने के लिए एक विस्तृत परीक्षा के साथ शुरू हुआ था। कृष्णमाचार्य के अनुसार, भले ही बीमारी का स्रोत या ध्यान शरीर के किसी विशेष क्षेत्र में हो, लेकिन उन्होंने माना कि शरीर में कई अन्य प्रणालियाँ, दोनों मानसिक और शारीरिक रूप से प्रभावित होंगी। प्रारंभिक परीक्षा के दौरान या उसके बाद कुछ बिंदु पर, कृष्णमाचार्य पूछते थे कि क्या रोगी उनके मार्गदर्शन का पालन करने के लिए तैयार था। यह सवाल एक मरीज के इलाज के लिए महत्वपूर्ण था, क्योंकि कृष्णमाचार्य ने महसूस किया कि यदि व्यक्ति उस पर पूरी तरह भरोसा नहीं कर सकता है, तो उसके ठीक होने की बहुत कम संभावना है।

साहित्य -

योग मकरंद

योगासनगालु

योग रहस्या

योगवल्ली

शिष्य -

टीकेवी देसीकचर

इंदिरा देवी,

बीकेएस अयंगर

के पट्टाभि जोइस

एजी मोहन

श्रीवास्तव रामास्वामी

महानिर्वाण-

कृष्णमाचार्य को विद्वान माना जाता था। उन्होंने दर्शनशास्त्र, तर्कशास्त्र, देवत्व, दार्शनिक और संगीत में डिग्री अर्जित की। 1989 में 100 साल में इन्होंने अंतिम साँस ली।

स्वामी शिवानंद

जीवन परिचय -

श्री स्वामी शिवानन्द सरस्वती का जन्म 8 सितम्बर 1887 ई. को दक्षिण भारत के ताम्रपर्णी नामक नदी के किनारे पट्टामडाई नामक गाँव में हुआ था। इनके पिता श्री पी.एस. वेंगुअय्यर तथा माता श्रीमती पार्वती अम्मा थी। जो एक प्रसिद्ध ब्राह्मण वंश के थे। इनके पिता एक जमींदार के यहाँ तहसीलदार थे। फिर भी शिव भक्त होने के कारण उनकी बड़ी प्रसिद्धि थी। उन्हें लोग महान और महापुरुष के नाम से पुकारते थे। इनकी माता भी ईश्वर में श्रद्धा रखने वाली एक आध्यात्मिक महिला थी। माता-पिता ने उनका नाम कुप्पु स्वामी रखा था।

कुप्प-स्वामी जन्म से आध्यात्मिक प्रकाश से संपन्न थे। ये हृदय से बहुत ही दयालु थे। न केवल मनुष्यों के प्रति अपितु पशु-पक्षियों के प्रति भी करुणा इनके मन में अत्यधिक गहरी थी। ये अपने द्वार पर आये कुत्ते, बिल्लियों, गायों तथा अन्य पशु-पक्षियों को अपनी माता से भोजन ले-लेकर उन्हें बहुत ही भाव से खिलाते थे। माता-पिता की आध्यात्मिक प्रवृत्ति का प्रभाव बालक कुप्प-स्वामी पर भी पड़ रहा

था। पिताजी की शिवोपासना के लिये पुष्पा इत्यादि सामग्री ये बहुत ही श्रद्धा भाव से एकत्रित करते थे।

शिक्षा -

उपनयन संस्कार के बाद ये स्कूल में पढ़ने के लिए दाखिल हुए। ये प्रतिदिन कुल देवता की पूजा करते और अपने पिता के साथ शिव-पूजन किया करते। कीर्तन तथा धार्मिक ग्रन्थों को पढ़ने में समय लगाया करते। वे भगवान कृष्ण तथा भिलई नटराज की तरह नृत्य किया करते बचपन में ही ब्रह्मचर्य व्रत धारण किया था। पढ़ने में तेज थे। शारीरिक गठन को भी अत्यंत सुंदर बनाया। अपने दोस्तों के साथ खेलने के समय ईश्वर संबंधी वार्ता किया करते। ये खेलकूद के शौकीन थे साथ विनोद भी उनका प्रिय विषय था। वे सबेरे उठ व्यायाम करते और इसी कारण इनके मुख-मण्डल पर प्रसन्नता झलकती थी। इनके अध्यापक इनकी तीव्र बुद्धि और आचरण से प्रभावित रहते थे। बालक कुप्प-स्वामी अत्यधिक कुशाग्र बुद्धि के थे। इन्होंने अपने गाँव से ही हाईस्कूल की शिक्षा प्राप्त की। ये हमेशा अपनी कक्षा में प्रथम स्थान प्राप्त करते थे। इन्होंने 1903 ई. में मैट्रिक की परीक्षा पास की। पश्चात् वे तिरुचिरापल्ली के एस.पी.जीकॉलेज में दाखिल हुए ये कॉलेज के नाटक तथा वाद-विवाद प्रतियोगिता में भाग लिया करते थे और अपनी क्षमता और प्रतिभा से सबको आश्चर्यचकित करते। वे मेहनती और अनुशासन प्रिय व्यक्ति थे। इन्होंने इण्टरमीडियट परीक्षा 1905 में पास की। पढ़ाई के साथ-साथ ये नारक वाद-विवाद इत्यादि अनेक प्रतियोगिताओं में भी भागीदारी करते रहते थे।

ये तंजोर के मेडिकल स्कूल में दाखिल हुए और एम.बी.बी.एस. की डिग्री प्राप्त की। कुछ ही दिनों में व्यवहार और ज्ञान के बल पर लोगों के बीच काफी प्रसिद्ध हो गये। गरीबों पर अधिक कृपा करते। इन्होंने लोगों को मुफ्त चिकित्सा संबंधी सलाह देने तथा चिकित्सा संबंधी वैज्ञानिक बातों के विश्लेषण के उद्देश्य से "दि एमब्रोसिया" नामक पत्रिका का 1907-1913 ई. तक सम्पादन किया। इस प्रकार ये सर्वसाधारण के प्रिय 'जन- डॉक्टर' के नाम से पुकारे जाने लगे।

मानव जाति की सेवा -

पिता के देहांत के बाद 1913 ई. में कुप्पु स्वामी मलाया पहुँचे। वहाँ ये सेनावांग अस्पताल के प्रभारी डॉक्टर बनाये गये। यहाँ उन्होंने सात वर्ष तक सेवा की। यहाँ पर भी उन्होंने परिश्रम और सेवाभाव से ख्याति अर्जित की थी। सभी के साथ प्यार से बोलते, दिन रात वे बीमारों की सेवा में लगे रहते। गरीबों से कुछ

लेते नहीं थे बल्कि उन्हें ही आहार और औषधि के लिए पास के पैसे देते। मलाया से 1920 ई. को सिंगापुर के नजदीक जोहरे बाहरू गये। वहाँ भी तीन वर्षों तक रहे। इस तरह वे दस वर्षों तक मलाय क्षेत्र में रहें। इन्हें एलोपैथिक के साथ ही होमियोपैथिक और आयुर्वेद का भी अच्छा ज्ञान था। वे अपना हर कार्य कुशलता और अनुशासन से करते। इस प्रकार एक सेवापरायण चिकित्सक के रूप में ये मानव जाति की सेवा करते रहे।

आध्यात्मिक जीवन की ओर-

इन्होंने अपनी मेडिकल प्रेक्टिस के साथ-साथ पूजा-अर्चना, प्रार्थना आस्था का अभ्यास तथा यौगिक क्रियाएँ भी जारी रखीं। वे रामायण महाभारत, श्रीमद्भागवतगीता आदि ग्रंथों का नियमित अध्ययन करते। इस प्रकार उनकी धार्मिक अभिरुचि में दिनों दिन अभिवृद्धि होने लगी। ये जो कुछ उपार्जन करते वे गरीबों, और संस्थानों के बीच बाँट देते। इस प्रकार मलाया में इनकी दरिद्रनारायण की सेवाओं ने इनके हृदय को विशुद्ध बना दिया और इनके कीर्तन, भजन, पूजा तथा प्राणायाम के साधना ने इनके चित्त की शुद्धि कर दी। ये एक 'कर्मयोगी वीर' के रूप में बदल गये। एक बार एक साधु उनके यहाँ रूका उन्होंने कुप्पू-स्वामी को स्वाध्याय करने के लिए एक पुस्तक दी। कुप्पू-स्वामी ने उस पुस्तक का अत्यधिक एकाग्रता के साथ आरम्भ से लेकर अन्त तक गहन अध्ययन किया और इनके मन में वैराग्य के प्रति प्रबल दृढ़ता की भावना का उदय हुआ। उन्होंने अपनी नौकरी छोड़कर साधना करने का निर्णय लिया और सन् 1922 में वे मलाया से लौटकर भारत आ गये। भारत वापस लौटकर इन्होंने घर तक अपना सामान पहुंचा दिया। किन्तु स्वयं घर के अन्दर नहीं गये। अब ये तीर्थ यात्रा के लिये निकल पड़े और सन् 1924 में इस तीर्थ भ्रमण के दौरान ये ऋषिकेश पहुँच गये। वहाँ पर ये विश्वानंद सरस्वती जी के सम्पर्क में आये और उनको अपना गुरु बनाया तथा सन्यास दीक्षा देने की उनसे प्रार्थना की। स्वामी विश्वानंद जी ने सन्यास दीक्षा प्रदान करने के बाद इनका नाम शिवानंद रखा।

इसके बाद स्वामी शिवानंद ने स्वर्गाश्रम में रहकर अनेक प्रकार की कठोर साधनाएँ करना प्रारम्भ कर दिया। ये 12-12 घंटे तक ध्यान में बैठे रहते थे और कुटिया में जा-जाकर साधुओं की बिना शतक लिये चिकित्सा करते और उनको औषधियां भी वितरित करते थे।

स्वामी शिवानन्द भिक्षाटन पर रहने लगे। इन्होंने साधना के साथ लोक-सेवा भी शुरू की। डॉक्टरी करते समय जो भी पूंजी जमा की थी उससे इन्होंने 'सत्य सेवा-आश्रम' का निर्माण किया। साथ ही लक्ष्मण झूला में 1927 में गरीबों के

लिए चिकित्सालय खोकलर आश्रम में तथा चिकित्सालय में साधुओं, संन्यासियों, तीर्थयात्रियों तथा उस क्षेत्र के ग्रामीणों की सेवा करने लगे। वे खुद साधुओं की कुटिया में दवाइयों के साथ जाते और आवश्यकतानुसार दवा देकर, उनकी सेवा, कुटिया की साफ-सफाई करते। इन्होंने हैजा और चेचक जैसे रोग के रोगियों की भी सेवा की। वे दिन-रात सेवा में लगे रहते।

दिव्य जीवन संघ-

लोक-कल्याण के उद्देश्य से इन्होंने 14 जनवरी, 1936 ई. को 'दिव्य जीवन संघ' की स्थापना की। सत्य, अहिंसा और चित्त शुद्धि में विश्वास करने वाला कोई भी व्यक्ति इस संघ का सदस्य हो सकता था। यह संघ सरकार से निबंधित है। इन्होंने अपने आश्रम में ही एक प्रिंटिंग प्रेस की स्थापना की, जिससे कि आसानी से जनसामान्य तक ये अपने साहित्य को पहुंचा सके। न केवल भारत के वरन् इनके शिष्यों में अनेक विदेशी लोग भी थे।

अनेक सेवा-संस्थानों की स्थापना-

शिवानन्द जी ने लोक कल्याण के उद्देश्य से 'डिवाइन लाइफ' नामक पत्रिका को सितम्बर 1938 में प्रकाशित किया, जिसमें विभिन्न आध्यात्मिक विषय प्रस्तुत होते है। शिष्यों की सहायता से "अन्न-क्षेत्र साधना कुटी" और 'योग हॉल' का निर्माण किया, क्योंकि निर्धन और भूखे को अन्न-दान करना संसार का सबसे बड़ा दान हैं।

1914 ई. को सार्वजनिक प्रार्थना के लिए भजन हॉल का निर्माण किया।

1942 ई. को शिष्यों का साथ लेकर "शिवानंद प्राथमिक विद्यालय" की स्थापना की। उसमें शारीरिक

शिक्षा को मुख्य स्थान तथा साथ ही में संस्कृत, हिन्दी, अंग्रेजी, विज्ञान, कला, औद्योगिक शिक्षा, अध्यात्म आदि की शिक्षा दी जाती।

ऋषिकेश में ही 1943 ई. में स्वामी जी ने 'विश्वनाथ मंदिर' की स्थापना की जो धार्मिक समन्वय का प्रतीक था क्योंकि यहाँ सभी धर्म के लोग बेहिचक प्रवेश कर दर्शन कर सकते हैं।

लोक-सेवा के उद्देश्य से 1941 ई. में 'आयुर्वेद चिकित्सालय' की स्थापना की।

इस संस्था के स्थापना के पीछे उपेक्षित भारतीय चिकित्साशास्त्र को प्रकाश में लाना और हिमालय की जड़ी-बूटियों से रोगी को रोग मुक्त करना उद्देश्य था।

सात वैज्ञानिक संस्कार-

स्वामी जी को अपने समय के योगियों में अग्रणी पाते हैं। जिस प्रकार यौगिक क्रियाओं तथा प्राणायाम पर इनका पूर्ण रूप से अधिकार था उसी प्रकार इनमें आध्यात्मिक ज्ञान की ज्योति भी की। जैसा सोचते वैसा ही वे करते थे। इन्होंने मानव कल्याणार्थ "सात वैज्ञानिक संस्कार" साधना के लिए आवश्यक बताये वे निम्न हैं -

1. स्वास्थ्य संस्कार

2. शक्ति संस्कार

3. आचार संस्कार

4. इच्छा संस्कार

5. हृदय संस्कार

6. आत्म संस्कार

7. आध्यात्मिक संस्कार

योग के क्षेत्र में दिव्य जीवन संघ का योगदान

योग के क्षेत्र में दिव्य जीवन संघ का योगदान महत्वपूर्ण है। जो निम्नवत हैं-

(1) योग वेदांत फॉरेस्ट एकादमी की अन्तर्गत वर्ष में दो माह के निःशुल्क योग और वेदान्त के पाठ्यक्रम चलाये जाते हैं।

(2) अखण्ड कीर्तन का जप निरंतर चलता रहता है, जिससे साधकों के मन में सदैव भक्ति भावना बनी रहती है, जो योग के लिए परम आवश्यक है।

(3) प्रातः सायं सभी साधकों एवं आगन्तुकों के लिये निःशुल्क योगाभ्यास कराया जाता है।

(4) साधकों को निःशुल्क आवास एवं भोजनादि की व्यवस्था उपलब्ध करायी जाती है।

(5) शिवानन्द जी ने योग एवं आध्यात्मिक पुस्तकें जन-कल्याण के लिए निःशुल्क वितरण व लागत मूल्य पर समाज को उपलब्ध करायी। इन्होंने 200 पुस्तकें योग व अध्यात्म पर लिखी हैं। जो समाज के लिए अति महत्वपूर्ण है।

(6) स्वामी सत्यानंद जी इन्हीं के परम प्रिय शिष्य थे, जिन्होंने योग के क्षेत्र में इन्हीं के द्वारा प्रेरणा लेकर एक नयी जागृति उत्पन्न की एवं बिहार योग विद्यालय मुंगेर की स्थापना की, जो विश्व-विख्यात है और आज भी योग क्षेत्र में महत्वपूर्ण योगदान दे रही है।

(7) दिव्य जीवन संघ के माध्यम से स्वामी जी ने अनेक विद्यार्थियों की शिक्षा की निःशुल्क व्यवस्था की तथा उनको देश-विदेशों में भेजकर योग विद्या का प्रचार-प्रसार किया।

(8) शिवानन्द होम के माध्यम से दिव्य जीवन संघ महत्वपूर्ण सेवा दे रहा है। यह संघ के मुख्यालय की गतिविधियों का एक भाग है, जिसके माध्यम से निष्काम सेवायें समर्पित की जा रही हैं। यहाँ निराश्रितों, निःसहायों और अभावग्रस्त व्यक्तियों को आश्रय तथा चिकित्सीय सुविधा-सहायता प्रदान की जाती है।

(9) योग और वेदांत में स्वामी जी का उत्कृष्ट योगदान रहा और आज भी संघ उसी उद्देश्य की पूर्ति में लगा है।

महानिर्वाण-

स्वामी शिवानंद ने आजीवन ही अत्यधिक करुणा एवं निःस्वार्थ भाव के साथ दीन-दुखियों की सेवा की। यह उनकी निःस्वार्थ सेवा और योग साधना का ही परिणाम था कि जो भी व्यक्ति इनके सम्पर्क में आता वह कृतार्थ हुए बिना नहीं जाता था। अपने इस जन्म के अंतिम दिनों में शारीरिक रूप से कमजोर और थोड़े बीमार रहने लगे। अतः आश्रम में रहकर ही अपने कार्यों को करते थे। 14 जुलाई 1963 में इन्होंने महानिर्वाण किया।

महेश योगी

महर्षि महेश योगी का जन्म 12 जनवरी 1918 को छत्तीसगढ़ के राजिम शहर के पास ही स्थित पांडुका गाँव में हुआ। उनके पिता का नाम रामप्रसाद श्रीवास्तव था। महर्षि योगी का वास्तवित नाम महेश प्रसाद श्रीवास्तव था।

उनके पिता राजस्व विभाग में कार्यरत थे। नौकरी के सिलसिले में उनका तबादला जबलपुर हो गया। लिहाजा पूरा परिवार गोसलपुर में रहने लगा। योगी का प्रारंभिक बचपन यहीं बीता। उन्हें यहाँ की प्रकृति बहुत पसंद थी। यहाँ के हितकारिणी स्कूल से मैट्रिक उत्तीर्ण करने के बाद उन्होंने इलाहाबाद विश्वविद्यालय से बीएससी की उपाधि ली और साथ ही गन कैरिज फैक्टरी में उच्च श्रेणी लिपिक के पद पर उनकी नियुक्ति हो गयी। फैक्टरी की छोटी-सी नौकरी से लेकर विश्वविख्यात महर्षि बनने तक की यात्रा में कई रोचक पड़ाव भी आये। यहाँ से उन्होंने 1940 में भौतिकी में मास्टर की उपाधि प्राप्त की।

आध्यात्मिक जीवन की ओर-

महेश जी का मन आध्यात्मिक जीवन की ओर झुका तो वे उच्च कोटि के

महात्माओं की खोज में निकल पड़े। जब एक दिन वे साइकिल से बड़े भाई के घर की तरफ जा रहे थे तभी उनके कानों में सुमधुर प्रवचन सुनाई पड़े। सम्मोहक बोल सुनते ही वे साइकिल को एक तरफ पटक कर वहाँ खिंचे चले गये। जैसे ही उन्होंने स्वामी ब्रह्मानंद सरस्वती को देखा और सुना तो अपनी सुध-बुध खो बैठे। इसी बीच आपको स्वामी ब्रह्मानन्द जी के दर्शन हुए जिनकी तप, ज्ञान और योग की प्रतिष्ठा संपूर्ण उत्तर भारत में थी। महेश जी आपसे विशेष प्रभावित हुए और इनसे दीक्षा लेने का निश्चय किया पर ब्रह्मानन्द जी कठोर परीक्षा के बाद ही दीक्षा देते थे। अतः महेश जी को कुछ वर्ष दीक्षा लेने के लिये रूकना पड़ा। जब सन् 1940 में स्नातक परीक्षा उत्तीर्ण की तब ब्रह्मानन्द जी ज्योतिषपीठ के शंकराचार्य के रूप में अभिषिक्त हुए। महेश जी को केवल दीक्षा का ही अवसर या सौभाग्य नहीं प्राप्त हुआ, बल्कि आपको ब्रह्मचारी के रूप में शंकराचार्य जी के आश्रम में प्रविष्ट होने का अवसर भी मिला।

भावातीत ध्यान - हिमालय क्षेत्र में 2 वर्ष का मौन व्रत करने के बाद सन 1955 में उन्होंने टीएम तकनीकी की शिक्षा देना आरंभ की। सन 1957 में उन्होंने टीएम आंदोलन प्रारंभ किया इसके लिए विश्व के विभिन्न भागों का भ्रमण किया जब राग ग्रुप बीटल्स ने 1968 में उनके आश्रम का दौरा किया तो आंदोलन जोर पकड़ लिया इसके पश्चात महर्षि योगी का ट्रांस डेंटल मेडिटेशन अर्थात भावातीत ध्यान पूरी पश्चिमी दुनिया में लोकप्रिय हुआ

भावातीत ध्यान योग की विशेषताएँ -

1. यह ध्यान शैली प्रगाढ़ होते हुए भी सरल है।

2. बुद्धिमान, मतिमंद कोई भी इस ध्यान शैली में सफलता प्राप्त कर सकता है।

3. यह ध्यान की क्रिया प्रत्यक्ष तथा अनुभवगम्य है, सरल है, वैज्ञानिक है।

4. स्त्री-पुरुष कोई भी ध्यान के द्वारा समस्त व्यवहार सम्पादन करते हुए, अपने जीवन में सुख, शान्ति और आनन्द भर सकता है।

5. शारीरिक, मानसिक तथा आध्यात्मिक विकास के लिये लाभकारी है।

6. यह शैली किसी धर्म, सम्प्रदाय या विश्वास का विरोध नहीं करती।

7. इस शैली के द्वारा मन सहज ही अनंत, शक्ति, सृजनात्मक बुद्धि, आनन्द तथा शान्ति के उद्गम स्थान तक पहुँच सकते है।

शंकराचार्य नगर का निर्माण -

महेश योगी का कार्य विश्वव्यापी हो गया। इसके सुव्यवस्थित संचालन हेतु

विशाल आश्रम की आवश्यकता खलने लगी तो 1961 में ऋषिकेश में मणिकूट पर्वत पर शंकराचार्य स्वामी शांतानन्द सरस्वती जी के द्वारा शंकराचार्य नगर तथा ध्यान विद्यापीठ का शिलान्यास हुआ। यह अपने ढंग का अभूतपूर्व आध्यात्मिक नगर है। यहाँ नौ वर्ष तक विदेशी जिज्ञासु योग-प्रशिक्षण प्राप्त करने आते रहे पर बाद में केवल भारतीय लोगों को प्रशिक्षण प्रदान किया जाने लगा।

महर्षि इण्टरनेशनल यूनिवर्सिटी की स्थापना -

सन् 1971 में महर्षि जी के कार्य का पश्चिम में बहुत अधिक विस्तार देख वहाँ भक्तों ने इण्टरनेशनल यूनिवर्सिटी की अमेरिका में स्थापना की। इसका प्रशासकीय प्रधान कार्यालय लास एंजेल्स नगर में है। यहाँ से ध्यान योग के क्षेत्र में अभूतपूर्व कार्य हो रहा है। इस संस्था के साथ महर्षि जी ने निम्नांकित कई देशों में 'आध्यात्मिक पुनरूत्थान केन्द्रों' की स्थापना की है- अर्जेन्टाइना, आस्ट्रेलिया, आस्ट्रिया, पूर्व अफ्रीका, बेल्जियम, ब्राजील, बर्मा, कनाडा, चिली, कोलम्बिया, डेनमार्क, यूथोपिया, फिनलैण्ड, फ्रान्स, जर्मनी, ग्रेट ब्रिटेन, ग्रीस, हालैण्ड, हांगकांग, आइसलैण्ड, ईरान, आयरलैण्ड, इजराइल, इटली, जापान, केनिया आदि।

विश्वविद्यालयों में अनुसंधान

यूनिवर्सिटी ऑफ केलिफोर्निया, यूनिवर्सिटी ऑफ टेक्सास, यूनिवर्सिटी ऑफ ससेक्स, यूनिवर्सिटी ऑफ कैनसास, स्टैनफोर्ड, रिसर्च इंस्टीट्यूट आदि अनेक संस्थानों में भावातीत ध्यान करने वाले हजारों व्यक्तियों के परीक्षण से निष्कर्ष प्राप्त हुए हैं कि-

मानसिक शान्ति

आन्तरिक प्रसन्नता

आत्मानंद का अनुभव

आत्म विश्वास की वृद्धि

बुद्धि की स्थिरता

कार्यशक्ति की वृद्धि

मानसिक शक्तियों का विकास

विचारों की स्पष्टता

मानवीय दुर्बलताओं पर नियंत्रण

योग तत्व

मानसिक और शारीरिक रोगों का दूर होना

निराशा की समाप्ति और आशा का उदय

पारिवारिक और सामाजिक जीवन में सामंजस्य, कर्मयोग की चरितार्थता आदि की प्राप्ति में यह ध्यान सहायक है।

महर्षि के ग्रंथ

महेश योगी जी ने अपने भावातीत ध्यान योग संबंध में अपनी पुस्तकों में विस्तारपूर्वक प्रकाश डाला है।

मेडिटेशन

दि साइंस ऑफ बीइंग एण्ड आर्ट ऑफ लिविंग,

ए रिडिस्कवरी टू फुलफिल द नीड ऑफ अवर टाइम

समस्त प्रमुख पत्रों में प्रकाशित लेख और भाषण हैं। अनेक शोध प्रबंध भी इस ध्यान पद्धति

पर लिखे गये हैं।

मुद्रा राम -

महर्षि योगी ने एक मुद्रा की स्थापना भी की थी। महर्षि महेश योगी की मुद्रा राम को नीदरलैंड में कानूनी मान्यता प्राप्त है। राम नाम की इस मुद्रा में चमकदार रंगों वाले एक, पाँच और दस के नोट हैं। इस मुद्रा को महर्षि की संस्था ग्लोबल कंट्री ऑफ वर्ल्ड पीस ने अक्टूबर २००२ में जारी किया था। डच सेंट्रल बैंक के अनुसार राम का उपयोग क़ानून का उल्लंघन नहीं है। बैंक के प्रवक्ता ने स्पष्ट किया कि इसके सीमित उपयोग की अनुमति ही दी गयी है। अमरीकी राज्य आइवा के महर्षि वैदिक सिटी में भी राम का प्रचलन है। वैसे 35 अमरीकी राज्यों में राम पर आधारित बॉन्ड्स चलते हैं। नीदरलैंड की डच दुकानों में एक राम के बदले दस यूरो मिल सकते हैं। डच सेंट्रल बैंक के प्रवक्ता का कहना है कि इस वक्त कोई एक लाख राम नोट चल रहे हैं।

महानिर्वाण-

ऐसे महान महर्षि महेश योगी की 5 फरवरी 2008 में नीदरलैण्ड में मृत्यु हुई। इन्होंने आखरी साँस तक शान्ति और सृजनपूर्ण एक नये युग के निर्माण का नेतृत्व किया। इनके पीछे भी इनके लाखों अनुयायी अपने-अपने संस्थानों का उच्च तरीके से कार्यभार सँभाल रहे है और महेश योगी के कार्यों को आगे चला रहे हैं।

सन्दर्भ ग्रन्थ सूची-

1.पतंजलि योगसूत्र- गीताप्रेस गोरखपुर

2.अग्निपुराण- गीताप्रेस गोरखपुर

3.श्रीमद्भगवद्गीता- गीताप्रेस गोरखपुर जगदीश चन्द्र मिश्रा - भारतीय दर्शन - चौखम्बा सुरभारती प्रकाशन वाराणसी ।

4 .चन्द्रधर शर्मा - भारतीय दर्शन - मोतीलाल बनारसी दास पब्लिकेसन दिल्ली ।

5. स्वमी निरजनानन्द सरस्वती - धेरण्ड संहिता योग पब्लिकेसन ट्रस्ट मुगेर बिहार

6. हठयोगप्रदीपिका- कैवल्यधान लोनावाला

7. ऋग्वेद - भाष्यकार स्वामी दयानन्द सरस्वती, आर्य प्रकाशन, दिल्ली, 2006 ।

8. यजुर्वेद - भाष्यकार स्वामी दयानन्द सरस्वती, आर्य प्रकाशन, दिल्ली, 2006 ।

9. सामवेद - भाष्यकार स्वामी दयानन्द सरस्वती, आर्य प्रकाशन, दिल्ली, 2009 ।

10. अथर्ववेद - भाष्यकार क्षेमकरणदास त्रिवेदी, आर्य प्रकाशन, दिल्ली - 2007 ।

11. भारतीय दर्शन - आ0 बलदेव उपाध्याय, शारदा मन्दिर, वाराणसी, 1991 ।

12. भारतीय दर्शन की रूपरेखा - प्रो0 हरेन्द्र प्रसाद सिन्हा, मोतीलाल बनारसी दास, 2002 ।

13. वेदों में योग विद्या - डॉ0 योगेन्द्र पुरुषार्थी - यौगिक शोध-संस्थान, ज्वालापुर, हरिद्वार,

14. उपनिषदों में योग विद्या - डॉ0 रघुवीर वेदालंकार ।

15. योगवशिष्ठ महारामायण - पं0 ठाकुर प्रसाद द्विवेदी, चौखम्बा संस्कृत प्रतिष्ठान, दिल्ली, 2001 ।

16. भारतीय दर्शन की रूपरेखा - प्रो0 हरेन्द्र प्रसाद सिन्हा, मोतीलाल बनारसी दास, 2002 ।

17.पतंजलि योग दर्शन - स्वामी विज्ञानानन्द सरस्वती (1999) योग निकेतन ट्रस्ट मुनि की रेति ऋषिकेष

18. योग विज्ञान - स्वामी विज्ञानानन्द सरस्वती (2007) योग निकेतन ट्रस्ट मुनि की रेति ऋषिकेष।

19.योग विज्ञान- विज्ञानानंद सरस्वती

20. हिन्दू धर्मकोश-राजवल्ली पाण्डेय

21.योग विज्ञान- डॉ. कामाख्या कुमार

22.वाइस ऑफ फ्रीडम - स्वामी मुक्तिबोधानंद, अद्वैत आश्रम, भारत

23.भारत के महान योगी-विश्वनाथ मुखर्जी

24.कुमार कामाख्या एवं मूर्ति बी.टी. चिन्दानन्द (2007) योग महाविज्ञान। स्टैण्डर्ड पब्लिशर्स दिल्ली।

25.भारतकोश ज्ञान का हिन्दी महासागर